무인카페

무

인 카페

지상 장편소설

문학수첩

차 례

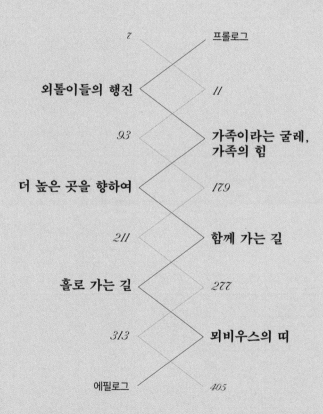

프롤로그

'타인은 지옥'이라는 사르트르의 말을 빌리지 않더라도 우리는 현실에서 그것을 수없이 겪는다. 타인의 욕망, 타인의 쾌락, 타인의 권력, 타인의 편견, 타인의 무관심, 타인의 죽음 때문에 사람들은 종종 짓눌리고, 서러워하고, 절망한다. 그런데 우리는 모두 타인들의 타인이다. 사람들은 자기만 이해받지 못하고, 당했다고 생각하며 "타인은 지옥"이라고 외치지만, 사실은 자신도 '타인의 타인으로서, 타인의 지옥'이었던 때가 있다. 그 점을 깨닫는 순간, 자신과 타인의 경계가 희미해진다. 타인의 사연들은 과거 자신의 사연이었거나 미래에 자신의 사연이 된다. 그때 문득, 지옥이었던 타인이 천국이 될 수도 있다.

서울의 가장 동쪽 지역인 해 뜨는 강동, 맑은 강동, 푸른 강동구의 어느 동네…. 부촌도 아니고 빈촌도 아닌 서민들의 터전에 무인카페가 생겼다. 열 명 남짓 앉을 수 있는 이 공간에는 스물네 시간 내내 부드러운 음악이 흘렀다. 아늑하고 편안했다. 고민과 갈등이 있는 사람들은 조용히 이곳에 머물며 커피 한 잔으로 마음을 달랬다. 그리 많은 사람이 오지 않았고 드나드는 시간대도 달라서 서로 만나는 일은 드물었다. 무인카페 근처에 있는 대로에는 거대한 쇼핑몰과 빌딩이 있지만 조금 안쪽으로 들어오면 빌라가 들어선 골목길이 얽혀있다. 또 조금만 걸어가면 늘 활기찬 전통시장이 나타났다. 이 동네는 화려하진 않았지만 삶의 활기가 늘 강물처럼 흘렀다. 새벽에든 밤에든 인적이 끊이지 않았고 무인카페는 언제나 불을 밝혔다. 이 동네에는 지나친 낙관과 과도한 비관이 머물지 못했다. 아슬아슬하게 살아가는 사람들의 애환과 살고자 하는 발버둥 그리고 작은 희망이 맴돌고 있었다.

무인카페에는 그런 기운이 모여들었다. 무인카페는 텅 빈 곳처럼 보였지만 사람들의 흔적은 그곳에 비치된 노트에 쌓여갔다. 사람들은 종종 자신들의 상처와 아픔을 노트에 적었고 그 사연을 통해 서로를 알아갔다. 타인으로부터 상처받은 그들은 또 타인으로부터 위로받았다. 또한 타인의 아픔을 보며 자신의 상처를 스스로 위로했고 타인을 사랑하기 시작했다.

무인카페는 이 세상과도 같았다. 주변의 식당, 고깃집, 편의점, 테이크아웃 카페, 미용실, 옛날 이발소, 빵집, 세탁소 등의 가게들은 주인이 자리를 지켰지만, 무인카페에서 주인을 보기란 힘들었다. 주인은 아무도 오지 않는 새벽에 잠시 나타나 커피 자판기에 재료를 보충한 후 사라졌다. 무인카페에서 주인을 본 사람은 아직 없었다.

그곳에 온 사람들은 주인이 안 보이는 세상에서 타인의 사연을 듣고 자신을 되돌아보았다. 그들은 나만 아프고, 고통스럽고, 외로운 게 아니라는 점을 알아가면서 타인은 지옥이지만, 타인은 천국이란 사실을 깨달아 갔다.

외톨이들의

행진

무인카페
습격

꿈일까? 멀리서 웃음소리가 들려왔다. 눈을 뜨니 회색빛 커튼 사이로 희미한 빛이 스며들고 어디선가 "하하" 웃음소리가 들려왔다. 다시 눈을 감으니, 이번에는 그놈의 목소리가 생생하게 들려왔다.

"야, 이거 물어봐."

꿈속에서도 꿈이라고 생각했다. 가끔 꿈에 나타나 나를 여전히 괴롭히던 그놈과 패거리. 무릎을 꿇은 나는 빵을 먹기 위해 목을 내밀었다. 개처럼 목을 내밀어 빵에 입을 대는 순간, 그놈은 손을 뒤로 뺐다. 그놈이 다시 킬킬거리며 웃어댔다. 고개를 들어 그놈을 보았다.

"어쭈, 쳐다봐? 어쩌려고? 흐흐."

살기 어린 그놈의 눈빛에 가슴이 내려앉았다. 나는 어금니를 꾹 깨물며 고개를 수그렸다. 그러자 그놈이 빵을 바닥에 떨어트 렸다.

"먹어봐."

시멘트 바닥에서 한 바퀴 구른 빵에는 하얀 먼지가 묻어있었 다. 나는 개처럼 빵을 물었고 그들은 크게 웃기 시작했다.

"하하, 하하, 하하⋯."

화들짝 놀라며 다시 눈을 떴다. 창밖의 희부연 어둠은 여전했 고 웃음소리는 계속 귓가에 울려 퍼졌다. 건너편 무인카페에서 들려오는 소리였다. 꿈속의 장면이 다시 떠오르며 공포심과 치 욕감에 가슴이 부들거려 왔다. 창문을 열고 내려다보니 건너편 무인카페 안에서 얼쩡거리는 사람들의 모습이 보였고 말소리가 더 분명하게 들려왔다.

"아, 씨발! 그 새끼가 엉기잖아. 존나 겁 많은 새끼가⋯."

거친 상소리와 여자아이들의 까르르 웃는 소리에 피가 끓어 올랐다.

나는 무인카페 건너편 건물 2층 원룸에 사는 아르바이트생이 다. 알바를 두 개 뛴다. 내가 묵는 방, 바로 밑의 편의점에서 정오부터 저녁 6시까지 일한 후, 이 동네의 포장마차에서 저녁 7시부터 자정까지 일한다. 집에 오면 새벽 12시 반. 씻고 침대에 누워 휴대폰을 보며 하루의 피로를 달래다 2시쯤 잠이 든다. 이제 이런 생활도 몇 개월 안 남았다. 내년 3월이면 복학할 테니까. 그런데 요즘 잠이 들락 말락 하는 새벽에 무인카페에서 소음이 들려왔다. 소음은 4시 정도나 되어서 사라졌다. 하루 이틀 그러다 말겠지 생각하며 참았지만, 소음은 며칠째 이어졌다. 잠을 설치고 난 후, 늦은 아침에 일어나면 울화가 치밀어 올랐다.

무인카페에서 나오는 웃음소리가 내 아픈 상처에 소금을 뿌리고 있었다. 고등학교 시절, 맹수들 앞에서 오들오들 떨며 개처럼 굴었던 아픈 기억. 그놈들의 잔인하고 야비한 눈빛, 거친 욕설…. 그 앞에서 나는 오금이 저린 채 저항 의지를 상실했다. 처음에는 용감하게 혼자서 싸웠지만, 하이에나 같은 무리를 이길 수 없었다. 죽음의 위협을 느낄 정도로 두들겨 맞은 후 굴복하고 말았다. 한 번 저항했다는 이유로 그놈들은 나를 계속 무자비하게 짓밟았다. 고등학교를 자퇴하고 그놈들을 찾아다니며 영화에서처럼 한 놈씩 죽여버리고 싶다는 충동도 종종 일었다. 지난 몇 년간, 잊으려고 무던히도 노력했다. 그런데 며칠째 무인카페에서 제멋대로 떠드는 놈들의 소리를 들으니, 그때의 상처가 도졌다.

나는 내 치욕스러운 상처를 극복하기 위해, 무인카페의 건방진 놈들을 응징하기로 했다. 그들을 팰 생각은 없었다. 다만 겁을 줘 쫓아낼 생각이었다. 우선 피가 줄줄 흐르고 눈깔이 뒤틀어진 마귀 가면을 쓰기로 했다. 군대에서 휴가 나왔을 때 친구들과 이태원 핼러윈 파티에 참여하면서 샀던 가면이다. 다음 해에 일어난 이태원 참사를 생각하면 지금도 가슴이 서늘해진다. 사람들이 깔려 죽은 골목길 근처에는 그런 가면을 파는 가게가 있었다. 그들을 겁주기 위해서 나는 야구방망이와 쇠줄이 달린 쇠갈고리도 준비했다. 마침 이것들은 건너편 아파트 단지에 있는 재활용품을 버리는 곳에서 우연히 주웠다. 나는 야구방망이를 버리는 건 이해하지만, 왜 쇠갈고리를 거기다 버리는지는 알 수 없었다. 어쨌든 그것을 발견한 나는 재수다 싶은 기분으로 주웠다. 습격 전날, 나는 상상 속에서 훈련했다. 피 흘리는 마귀 가면을 쓰고 야구방망이를 메고 쇠갈고리를 바닥에 질질 끌면서 들어갈 생각이었다.

무라카미 하루키의 《빵가게를 습격하다》라는 소설이 생각났다. 몇 달 전에 우연히 읽었는데 20대 중반의 휴학생인 나로서는 공감이 되지 않았다. '빵가게'를 습격한 이들에게 "바그너 음악을 들어주면 빵을 실컷 먹게 해주겠다"고 말하는 주인이 현실에 존재할 수 있을까? 신도 마르크스도 존 레넌도 다 죽었던 시대, 그 공복감을 달래기 위해 가게를 습격한 남녀도 비현실적이지만, 우적우적 빵을 씹고 있는 그들에게 〈트리스탄과 이졸데〉를 들려주며 해설서를 읽는 가게 주인은 상상이 안 됐다. 뭐 소설이니까 독특한 작가의 세계라고 여길 수 있다. 하지만 저렇게 새벽에 욕을 하면서 떠드는 인간들은 어엿한 현실이다. 나는 상식과 예의도 없이 야밤에 떠드는 그들에게 "조용히 해주면 커피를 사주겠다"라는 아량을 베풀 여유가 없다. 저런 새끼들은 야구방망이로 사정없이 두들겨 패야 한다.

드디어 디데이가 왔다. 그날도 새벽 2시 반 정도가 되자 소음이 들려왔다. 기다렸던 나는 바로 마귀 가면을 쓰고 거울을 보았다. 괴기스러웠다. 눈깔이 툭 떨어질 것처럼 튀어나왔고 삐뚤어진 입으로 야비하게 웃는, 징그러운 모습이었다. 독한 마음으로 문을 나섰다. 줄 달린 쇠고리는 왼손으로 끌고 야구방망이는 오른쪽 어깨에 멘 채 계단을 내려왔다. 쇠갈고리가 돌계단을 스치면서 내는 드르륵 소리가 음산했다. 거리에 나오니 겨울 찬바람이 스산했고 인적은 뚝 끊겨있었다. 다만 건너편 무인카페 불빛만 환했다. 심호흡을 크게 한 나는 무인카페를 향해 걸어갔다. 안에 그들이 보였다. 문을 활짝 열어젖히자, 남자애 둘은 고개를 뒤로 젖히며 소스라치게 놀랐고 여자애 둘은 벌떡 일어나

뒷걸음질을 쳤다. 그들의 눈과 얼굴에 서리는 공포감을 보는 순간, 배 속 깊은 곳에서 쾌감이 솟구쳤다. 얼음장 같은 긴장감 속에서 나는 한동안 그들을 노려보다가 쇠고리를 질질 끌며 안으로 들어갔다. 드르륵, 드르륵, 기분 나쁜 소리가 열 명 남짓 앉으면 꽉 차는 좁은 카페 안을 가득 채웠다. 그들은 모두 일어나 한쪽 구석으로 뒷걸음질 쳤다. 나는 아무 말 없이 커피 자판기 앞에 섰다. 가슴이 터질 것 같은 긴장감이 맴돌았다. 그들도 놀랐겠지만 나도 긴장했다. 한 5초쯤 자판기를 바라보다 고개를 획 돌려 그들을 노려보았다. 그 시절 나를 괴롭히던 그놈들의 얼굴이 그들에게 겹쳤고, 겁에 질린 그들을 보니 더욱 분노가 치솟았다. 나는 어깨에 멘 야구방망이로 거칠게 바닥을 쿵 찍었다. 순간, 그들은 허겁지겁 밖으로 내빼며 외쳤다.

"아, 씨발! 저건 뭐야, 좆같이!"

그들은 그 말을 남긴 채 도망가 버렸다.

그다음 날은 조용했다. 그러나 이틀째 되는 날, 다시 시끄러워졌다. 그들이 돌아온 것이다. 나는 잠시 망설였다. 다시 가서 그런 쇼를 하면 먹힐까? 어쩌면 한바탕 주먹이 오갈지도 모른다고 생각했다. 30분 정도 참다가 다시 가기로 했다. 이번에 만약 싸움이 붙으면 앞뒤 안 가리고 그들을 박살 내리라고 다짐했다. 법이고 뭐고 간에 더는 그런 인간들에게 밀리고 싶지 않았다. 다시 마귀 가면을 쓰고 야구방망이를 든 채 계단에서 내려왔다. 그런데 건물 밖으로 나가보니 무인카페 앞에 경찰차가 출동해 있었다. 주민으로 보이는 사람들도 서있었다. 할머니 한 분과 부부로 보이는 중년의 남녀였다. 이상한 모습으로 갔다가는 오해받을 것 같아서 일단 방에다 야구방망이와 가면을 놓아둔 후 다시 나왔다. 구경하던 이들 중에 아줌마가 남편에게 작게 속삭였다.

"아, 저놈들 만날 이 시간에 이게 뭐야. 무인카페인지 뭔지 생기는 바람에 시끄러워서 잘 수가 있나? 주인 없이 야밤에도 문을 여니 저런 놈들이 오지."

그들이 경찰에 신고한 것 같았다. 잠시 후 어제 본 아이들이 나오는데 남자애들은 어제의 나처럼 마귀 가면과 야구방망이를 들고 있었고 여자애들은 식칼을 들고 있었다.

"어머머, 저게 뭐야? 흉측하게…. 아니, 식칼을 들고 있잖아!"

할머니가 놀라서 소리쳤다. 짐작건대 그들은 어제의 내 흉내를 냈고 여자애들은 한술 더 떠 식칼로 나를 겁주려고 했던 것 같다. 고등학생으로 보이는 애들인데도 남자애들은 어깨가 딱 벌어지고 인상이 험상궂어서 폭력배 같았다. 여자애들은 화장을 짙게 하고 팬티가 보일락 말락 하는 똥꼬치마를 입고 있었다. 경찰 두 명이 그들을 경찰차에 태운 후 사라졌다. 그들은 이틀 전 허겁지겁 도망친 자신들이 치욕스러웠을 것이다. 저런 인간들은 치욕을 당하면 잠을 못 잔다. 요즘엔 여자아이들도 매우 거칠어졌다. 식칼을 들고 오다니. 어쨌든 그들은 물러갔다. 곧 풀려나겠지만 주민들이 신고한다는 사실을 알기에 다시 나타나기는 힘들 것이다. 나는 옛날의 그놈들에게 복수라도 한 것 같은 쾌감을 느꼈다.

허탈하기도 했다. 법이 없다면 저런 인간들을 마음껏 두들겨 패고 싶다. 내가 옛날에 그들에게 무릎 꿇은 것처럼 그들을 무릎 꿇리고 싶다. 내 안의 복수심은 자꾸 자라고 있다. 그러면 안 된다는 마음도 들지만, 그만큼 학교폭력의 끔찍한 기억은 지금도 나를 돌아버리게 한다. 나는 텅 빈 무인카페에서, 그들을 몰아낸 점령군이 된 기분을 만끽하며 카페라테를 한 잔 마셨다. 밝은 불빛 아래서 부드러운 재즈 음악이 흐르고 있었다. 벽에는 온갖 쪽지들이 보였다. 전부 사랑 타령이었다.

아, 연애하고 싶다. 연애하고 싶다. 연애하고 싶다.

재석아, 보고 싶다. 평생 기다릴게. 그 여자만 만나지 마. 다른 것은 다 용서해 줄 수 있어.

사랑, 사랑, 사랑, 사랑, 사랑, 사랑, 사랑.

피식 웃음이 났다. 10대 후반, 20대 초반들일 것이다. 달콤한 시절을 보내는 아이들이지만 나는 저 시절로 돌아가고 싶지 않다. 끔찍한 시절일 뿐이다. 문득 책상 위에 놓인 노트들이 무엇인지 궁금했다. 세 권의 노트에는 낙서와 그림들이 많았지만 가끔 자기 회한, 고민, 짜증 등도 보였고 거기에 달린 답글도 있었다. 점잖은 이야기도 있었지만 10대 아이들의 반말 투도 있었다.

초등학교 4학년 때부터 나는 인생에 대해 생각했다. 지금은 고등학생. 내 인생은 어디로 가는가? 최선? 노력? 징그럽다. 힘들고 지친다. 인생이 고달프다.

ㄴ 나도.

ㄴ 뭘, 벌써 그래. 조금 더 지나면 뼈가 시리고, 고통스러워져. 하지만 그 시기가 지나면 또 달콤해진다. 단, 잘 살아가려고 노력한 사람들만.

ㄴ 맞아요.

ㄴ 아, 구려. 꼰대 냄새.

남동생이 변태다. 자는데 막내 여동생의 눈을 까서 흰자위를 보며 실실 웃는 놈이다.

ㄴ 존나 역겹네. 패버려. 눈 흰자위는 왜 좋아하는 거지?

ㄴ 몰라. 그러니까 변태 새끼지.

사랑하는 동식아, 네가 벌써 어른이 되었구나. 실감이 안 난다. 엊그제까지만 해도 똥 기저귀 갈아줬는데 세월이 빠르다. 그런데 어른이면 어른답게 살길 바란다. 네 방은 네가 좀 치웠으면 좋겠다. 할머니 허리가 아파 죽겠어.

엄마는 왜 내 방에 집착하는 걸까? 노크도 없이 벌컥벌컥 문 열고 들어온다.

ㄴ 우리 엄마도 그래. 감시가 심해.

설날 아침에 왔어요. 다른 곳은 다 문을 닫았는데. 여기 커피 맛이 참 좋네요.

ㄴ 네, 우리 무인카페는 스타벅스 커피 맛보다 몇 배는 좋아요. 찾아주셔서 감사합니다! 새해 복 많이 받으세요.

인생은 계절과 같다. 봄, 여름, 가을, 겨울처럼 순환한다. 또한 날씨와도 같다. 맑은 날이 있으면 흐린 날도, 비 오는 날도 있다. 다만 그게 언제 올지는 아무도 모르는 법.

ㄴ 비가 올 때를 대비하여 미리미리 우산을 준비해야 합니다.

모두 힘내세요. 좋은 날이 더 많을 거예요. 부정적인 말보다 긍정적인 생각만 하며 살아요. 맛있는 커피 마시면서 오늘도 파이팅!

ㄴ 감사합니다. 행복하세요.

ㄴ 너무 긍정적으로 살다가는 사기꾼에게 속아요.

아무도 없는 새벽, 이곳에 와서 커피를 마시고 있다. 나는 이제 망했다. 퇴직금을 모두 날려버렸다. 몇억 원이 순식간에 날아갔다. 사기꾼에 속은 것인지, 운이 나빴던 것인지 모르겠다. 돈도 돈이지만 배신감에 미칠 것 같다. 세상이 싫고 인간들이 싫다. 죽고 싶다.

ㄴ 그래도 다시 힘을 내서 살아가야지요. 앞으로 좋은 일이 생길 겁니다.

ㄴ 힘내세요.

그 외에도 수많은 글이 있었다. 어떤 글은 길었고, 어떤 글에는 답글이 수없이 이어지고 있었다. 차갑게 보이는 이 도시 사람들의 마음속에 이런 선한 기운이 있었나? 긴 글과 답글들을 읽는 가운데 감동이 밀려왔다.

세상이 원망스럽다. 사람들이 무섭다. 약사인 어머니와 아버지는 금실이 좋았고 착하게 사셨던 분이다. 대한약국을 하면서 동네 주민들에게 늘 친절했던 분들인데, 어머니가 오토바이에 치여 사고를 당하신 후 아버지가 1년 동안 간호하셨다. 간신히 어머니는 깨어나고 거동을 시작하셨지만, 이번에는 아버지가 암으로 돌아가셨다. 어머니 병간호하느라 아버지 스스로 돌보지 못하신 사이에 그렇게 되신 것이다. 오토바이를 몰던 사람은 보험도 들지 않았고, 피해자가 사망하지 않았기에 큰 처벌을 받지도 않았다. 우리는 치료비 도움도 못 받은 채 풍비박산이 났다. 아버지는 가시고, 어머니는 여생을 힘들게 사실 것이며, 딸인 나는 세상을 원망하며 살 것 같다. 하늘도 무심하시지. 세상도, 사람도, 하늘도 모두 원망스럽다.

ㄴ 너무너무 안됐습니다. 저는 그 약국을 이용하면서 약사님들이 얼마나 친절했던가를 잘 압니다. 선한 분들이셨는데 너무 안타까워서 눈물이 납니다. 지금도 친절했던 그분들의 표정이 눈에 선합니다. 명복을 빕니다. 하늘나라 가셨을 거예요.

ㄴ 약국이 갑자기 문을 닫아서 이상하게 생각했는데 이런 소식을 듣고 보니 충격입니다. 좋은 분들이셨는데, 이런 변을 당하시

다니 너무 안타깝습니다. 명복을 빕니다.

ㄴ 왜 문을 닫았나 했더니 이런 사연이 있었군요. 저도 그곳에 들
러서 약사님들 만나고 나면 온종일 기분이 좋았어요. 왜 이런
분들에게 이런 일이 일어났는지 안타깝습니다. 따님, 힘내시기
를 바랍니다. 아버님, 하늘나라 가셨을 거예요.

ㄴ 한 생명과 가정을 망가트리고 나서도 뻔뻔스럽게 살아가는 인
간들과 이런 세상이 원망스럽습니다. 이 세상에는 사악하고
뻔뻔한 인간들이 너무 많아요. 하지만 법은 무력합니다. 이 세
상에 대해 분노합니다. 그러나 아버님은 좋은 데 가셨을 겁니
다. 따님이 어머니 잘 모시면서 꿋꿋하게 살아가길 바랍니다.

ㄴ 어떻게 해요… 눈물이 납니다. 저는 학생인데 예전에 타이레놀
사려다가 돈이 몇백 원 모자라서 돌아서려는데 아주머니가 그
냥 싸게 주신 적이 있어요. 늘 고맙게 생각하고 있었는데 어떻
게 이런 일이… 기도하겠습니다. 감사합니다. 안녕히 가세요.

이런 답글들이 무려 세 페이지에 걸쳐 이어지고 있었다. 어떤
이들은 답글을 쓴 후, 작은 하트 스티커를 옆에 붙여놓았다. 나
도 가끔 들렀던 동네 약국이었다. 노부부의 선한 눈빛과 친절로
기분이 좋아지던 곳이었다. 약사 부부의 선한 기운이 사람들 가
슴에 쌓여있다가 봇물 터지듯 쏟아지고 있었다. 길고 긴 답글들

마지막에 약사 부부의 딸이 올린 답글이 큰 글씨로 쓰여있었다.

ㄴ 약사의 딸입니다. 너무너무 감사합니다. 여러분들의 위로와 격
    려의 답글을 보며 눈물을 흘렸습니다. 이런 일을 당하고 보니
    세상이 원망스럽고, 법도 원망스럽고, 사람들도 원망스럽고,
    하늘도 원망스러웠습니다. 원망과 분노가 제 가슴을 휘저어서
    앞으로 어떻게 살아갈지 막막했습니다. 하루하루가 지옥이었
    습니다. 그런데 여러분들의 답글이 저를 살렸습니다. 답글을
    보면서 감동하고 또 감동했습니다. 감사합니다. 열심히 살아가
    겠습니다. 아버지는 좋은 곳에 가셨으리라 믿습니다. 어머니와
    함께 열심히, 용감하게 살아가겠습니다. 여러분들의 선한 말과
    사랑이 풍비박산된 가족을 살렸습니다. 여러분, 사랑합니다.
    감사합니다.

　글을 보는 동안 눈물이 핑 돌았다. 어느샌가 날이 밝고 있었
다. 몸은 피곤했지만 마음은 경건해졌다. 고등학교 시절, 학교
폭력 피해에 시달렸던 나는, 나만 억울하고 힘든 줄 알았다. 텔
레비전 드라마나 블로그, 인스타그램을 보면 나만 빼고 다들 잘
먹고, 잘 사는 것 같았다. 그러나 사람들은 모두 상처를 안고 살
아가는 것 같았다. 어른이 된다는 건 '나만 아픈 것'이 아니라

'남도 아프다'는 사실을 알아가는 것일까? 또한 세상에는 악한 이들도 많지만 선한 이들이 더 많다는 생각이 들었다. 밝아오는 새벽 기운을 맞으며 내 가슴속에서는 삶에 대한 강한 의욕이 솟구쳤다. 다행히 그다음 날부터 떠들어 대던 아이들은 나타나지 않았고 무인카페 앞에는 경고문이 붙었다.

오전 12시부터 5시까지 청소년 출입 금지, 밤에 고성방가 금지, 금연

밖에 있던 작은 테이블도 없어졌다. 꽁초가 많이 나오고 고성방가하는 사람들 때문에 민원이 수시로 발생해 없앴으니 양해해 달라는 공지문도 붙어있었다. 그 후부터 평온한 일상이 이어졌다.

돌아온 탕자,
차라리 간첩이라도 되어라

다리를 다친 후부터 밤이면 무인카페에 들러 시간을 보내고 있다. 푸근한 곳이다. 루이 암스트롱의 가래 섞인 듯한 노랫소리도, 존 콜트레인의 영혼을 뒤흔드는 색소폰 소리도 오갈 데 없는 내 마음을 어루만져 준다. 이곳에 앉아있으면 과거의 추억이 모두 아름답게 보인다.

한 시절, 원 없이 살았지. 다니던 직장을 그만두고 5년간 잘 놀았다. 배낭 메고 물가 싼 나라를 떠돌았다. 가끔 돌아와 쉬기도 하고 알바도 했지만 잠시였다. 나는 늘 틈만 나면 떠났다. 그 대책 없이 방랑하던 시간을 후회하지는 않는다. 나는 특히 세계의 변방을 좋아했다. 유럽에서도 유라시아 대륙의 끝인 포르투갈의 대서양 해안 길, 스페인의 산티아고 길을 좋아했다. 그리고 인도 히말라야산맥, 라다크의 레 지방, 중국의 실크로드, 동부 아프리카, 중남미의 안데스산맥 또 동남아시아의 한적한 해변들을 좋아했다. 한때 너무도 부지런히 살았기에 한적한 곳이 좋았다. 30대 초반의 내 삶과 여행은 거칠 것이 없었다.

그런데 요즘, 내 삶은 찌그러지고 있다. 기독교 성경책에는 '돌아온 탕자'를 반기는 아버지 이야기가 있다. 집에서 성실하게 살아온 큰아들은 아버지에게 불평했다. 그는 재산을 탕진하고 돌아온 동생을 위해 잔치를 베풀어 주는 아버지를 이해할 수 없었다. 그 시절에도 돌아온 탕자는 환영받지 못했던 것 같다. 그 아버지만 특별한 인물이었다. 이 시대에 그런 아버지는 기대하지 않는 것이 좋다. 돌아온 탕자. 나는 오라는 곳도 없고, 갈 곳도 없다.

여행하는 동안, 어느 책 제목처럼 '하마터면 열심히 살뻔했다'라는 생각을 했다. 나는 열심히 살고 싶지 않았다. 대충대충 돈 벌어 여행이나 하며 평생 살 수 있을 것 같았다. 하지만 그 생각의 유효기간은 겨우 5년이었다. 여행도 지치기 시작했고 무엇보다 30대 중반의 나이에 부모 집에 얹혀산다는 사실은 고역이었다. 어른이 되면 보금자리를 떠나 자기 터전을 잡는 것은 당연한 이치. 동물도 다 그렇게 하고 있다. 하지만 인간 사회에서는 그것이 만만치 않았다. 독립하자니 월세도 부담되었다. 결국 돌아온 탕자는 부모 집에 얹혀살며 눈치를 볼 수밖에 없었다.

여행기나 써볼까? 유튜브를 해볼까? 어느 날 문득, 충동이 일었다. 그러나 백화점 문화센터에서 하는 10주짜리 여행작가 수업을 들어보니 희망이 사라졌다. 출판 분야는 점점 망해가는 추세고, 여행기 한 권 쓰기조차 엄청나게 어려워 보였다. 책을 내보았자 잘 팔리지도 않는 게 현실이라고 했다. 여행기를 많이 냈다는 강사의 삶도 넉넉지 않아 보였다. 하여 일찌감치 여행기 쓰기는 포기했다. 이 시대의 대세는 유튜브였다. 태국에 가서 동영상을 찍어 유튜브에 올린 적도 있지만 곧 그만두었다. 몇 달이 지나도 구독자가 200명밖에 안 되었다. 수익이 발생하는 기본 조건인 구독자 1,000명은 요원해 보였다. 미련 없이 포기했다.

그럼, 이제 뭐를 하지? 장사나 노동은 엄두가 나지 않았다. 나는 누구인가? 불교 선사의 고차원적인 화두가 아니라, 현실적으로 나의 정체가 모호했다. 나는 직장인도 아니고, 여행자도 아니고, 프리랜서도 아니고 한때 직장인, 한때 여행자였다. 아무 생각 없이 살아왔다. 아버지의 말이 종종 머릿속에서 맴돌았다.

"너는 정체가 뭐야? 사람은 직장이 있어야 하고, 타이틀이 있어야 하고, 돈을 벌어야 하고, 나이가 들었으면 결혼해서 마누라와 애가 있어야 하고, 미래의 꿈이 있어야 하는데… 너는 정체가 뭐야? 앞으로 어떻게 살 거야? 차라리 간첩이라면 내가 이해가 가겠어. 공작금이라도 있고 생활에 목표가 있잖아."

"간첩이라고요? 제가 간첩이 되면 좋겠어요? 세상에…."

"여보, 당신 말이 너무 심해. 자식이 간첩이 되면 좋겠어?"

늘 침묵하던 어머니도 한마디 했다.

"말이 그렇다는 거지, 누가 간첩이 되래? 간첩은 공작금과 삶의 목표라도 있다는 거지. 그리고 아, 간첩이 되기는 쉬운가? 내 말은, 사람은 인생의 목표와 방향이 분명해야 한다는 얘기야."

30대 중반의 자식이 얼마나 한심해 보였으면 아버지가 그런 말을 했겠나. 그래도 그렇지, 간첩과 나를 비유하다니. 섭섭한 마음이 들었지만 정말, 간첩이 되고 싶다는 생각도 들었다. 북한의 간첩은 싫고, 스파이 영화에 나오는 국가정보원이나 미국의 시아이에이 요원이 되고 싶었다. 한동안 그 방법에 대해 생각해 보았지만 막막했다. 대학을 나오면 안정된 직장에 들어가 은퇴할 때까지 꾸준히 다니는 것을 '인생 공식'으로 알고 있는 아버지는 나에게 늘 훈계했다.

"네가 배가 불러서 그래. 사는 건 장난이 아니야. 이 자본주의 사회에서는 경쟁이야, 경쟁이라고. 그걸 이겨내지 못하면 살 수가 없는 거야."

58년 개띠인 아버지의 말은 늘 이렇게 끝났다.

"베이비 부머 세대인 우리는 개처럼 컸어. 개처럼 맞고, 개처럼 일하고, 개처럼 취급받으면서 악착같이 돈 벌어서 집 사서 여기까지 온 거야…. 그냥 된 게 아니란 말이다. 고도성장기면 돈을 거저 주나? 개처럼 일해야 돈을 주지. 그런데 너희 세대는 뭐가 잘났다고 그 정도 일하면서 '하마터면 죽을뻔했다'는 말을 하는 거야…. 한심해. 잘 먹고, 잘 대접받으면서 사니 자기네들이 왕자, 공주인 줄 알아. 이 세상이 얼마나 냉혹한 곳인 줄 알아? 다들 개처럼 살고 있다고."

아버지는 내가 사다 놓은 책 제목,《하마터면 열심히 살 뻔했다》를 늘 '하마터면 죽을뻔했다'로 비틀어 말했다. 아버지는 개띠답게 '개'라는 말을 즐겨 쓰셨다. 아버지 입에서 개라는 말만 나오면 나는 골치가 아팠다. 잘살기 위해서 개처럼 일해야 한다는 말도 도무지 이해되지 않았다. 예나 지금이나 개가 일하나? 소가 일하지. 또 요즘 개는 얼마나 호강하나? 그런데 개처럼 일하며 열심히 살아야 한다니, 도무지 논리에 맞지 않아 보였다.

그러던 중, 코로나가 터졌다. 다들 죽어나갔지만, 나에게는 기회였다. 배달 라이더를 시작한 것이다. 중고 오토바이를 사서 오전 11시부터 저녁 10시 정도까지 배달했다. 코로나가 한참일 때는 그래도 한 달에 400만 원에서 500만 원을 벌었다. 그리고

1년 반 정도 그렇게 배달하러 다니다 사고를 당했다. 차를 피하려고 핸들을 돌리다 오토바이가 쓰러지며 오른쪽 다리가 깔렸다. 정강이뼈가 부딪혔는데 처음에는 별것 아닌 줄 알았지만, 다음 날부터 다리가 붓고 엄청나게 아팠다. 결국 3개월 동안 깁스를 해야만 했다.

'잘됐다. 좀 쉬자, 너무 힘들었어.'

그렇게 생각하며 요즘은 살살 살고 있다. 그러나 목발을 짚고 다니는 나를 보며 아버지는 한숨을 내쉬었다. 놀 때는 노는 게 한심해 보였고, 열심히 살다가 이렇게 다치는 꼴도 한심해 보였던 것 같다. 우선 아버지와 같이 밥 먹는 시간을 피해야만 했다. 아버지의 '밥상머리 교육'을 받으면 소화가 안 됐다. 나는 종종 자리를 박차고 뛰쳐나오곤 했다. 아버지는 올해 정년퇴직을 하셨지만, 7시에 아침 식사를 하시고 10시 정도에는 어디론가 꼭 나가셨다. 어머니도 그때쯤 어디론가 사라지셨다가 다들 오후 5시 정도면 들어오셨다. 부모님은 어디서 뭘 하시는지 늘 부지런히 사셨고 은퇴 후에는 극도로 생활비를 아끼셨다.

부모님은 규칙적으로 생활하셨다. 저녁은 6시쯤 드시고, 연속극과 뉴스를 보신 후, 밤 11시면 잠자리에 드셨다. 부모, 특히 아버지를 피하려면 나는 11시 이후에 들어와야 했고, 아침 10시 이전에는 방에서 나오지 말아야 했다. 내 집과 마누라가 있으면 좋겠다고 생각했지만 막막한 일이었다. 거기다 다리에는 깁스를 하고 있으니 한숨만 푹푹 나왔다.

다행히 배달 라이더를 하며 번 돈이 있어 외식할 여유는 있었다. 11시쯤 아침 겸 점심을 먹고, 유튜브를 보며 뒹굴뒹굴하다 오후 4시 반이면 집을 나왔다. 목발을 짚었으니 멀리 갈 수는 없었다. 공원이나 카페에서 휴대폰을 보며 시간을 보냈다. 그러다 발견한 곳이 무인카페였다. 집에서 10분 거리로 좀 떨어져 있지만, 캄캄한 밤에도 문을 여는 스물네 시간 무인카페가 나의 도피처가 됐다. 밤 10시부터는 사람이 거의 없었다. 내가 떠날 11시 무렵에 어쩌다 20대 초반의 여자가 도둑고양이처럼 오는 모습을 보았지만 대체로 카페는 늘 텅 비어있었다.

무인카페에 들르면 늘 거기 놓인 노트를 펼쳐 보았다. 대개 사랑 타령, 낙서가 많았지만 진지한 글도 보였다. 어느 약국 딸의 절절한 이야기부터 부부 싸움을 한 후, 집을 나왔는데 갈 데가 없어 밤새도록 여기 있다 간다는 글, 우울한 일이 있었는데 맛있는 커피와 음악에 위로받고 간다는 글이 보였다. 6년 동안 방에서 나오지 않다가 1년 전 밖에 처음 나왔다는 글도 있었다. 정말 6년 동안 방에서 안 나왔을까? 그것이 가능할까? 말로만 듣던 은둔형외톨이, 히키코모리 아닌가? 그런 사람이 실제로 있구나. 나도 거기에 글을 끄적인 적이 있었다.

나는 정체가 불분명한 사람. 5년간 세계를 여행했으나 이제는 백수. 그러나 아직도 여행자 기분으로 사는 백수 여행자. 1년 반 동안 배달 라이더를 하다가 다쳐서 지금은 환자. 미래의 꿈이 뭔지는 몰라. 우리 아버지는 차라리 간첩이라도 되라지만 그건 쉬운가? 나는 뭐 하는 사람일까? 부러진 다리가 나으면 다시 떠날까? 그러나 돌아오고 나면 이 우울한 감정이 다시 지속될 것 같은 느낌. 그것이 두려워서 이젠 여행도 떠나고 싶지 않다. 그렇다고 여기 남아서 할 일도 마땅치 않다. 나는 어디로 가고 있는 것일까?

이 글에 대한 답글이 적힌 것은 이틀 후였다.

ㄴ 으하하. 간첩이 되라는 부모도 있군요. 그런데 솔직히 배부른 고민 같네요. 지방에서 올라와 고시원에서 라면 하나로 세 끼를 때우고 간신히 버티며 9급 공무원 시험 공부를 하는 저로서는 세계를 5년간 여행했다는 분이 한없이 부럽습니다. 그리고 요즘 배달 라이더, 돈도 많이 번다는데…. 요즘 저는 낭떠러지에 매달려 있는 기분입니다. 몸도, 마음도 모두.

나는 내 글에 달린 이 답글을 앞에 두고 밤 10시부터 자정까지 앉아있었다. 화도 나고 온갖 상념이 머릿속에서 맴돌았다. 밖으로 나오니 찬 겨울바람이 몰아쳤다. 목발을 짚고 천천히 근처 편의점으로 가는데 웬 20대 중반의 청년이 축 늘어진 어깨를 하고 건너편 건물로 올라가고 있었다. '혹시 저 친구가 답글을 쓴 사람일까?'라는 생각에 물어보고 싶었지만 근거 없는 의심이었다. 편의점 밖의 의자에 앉아 새우깡에 소주를 마시는 동안 아무도 지나가지 않았다. 찬 겨울바람만 거리에 감돌고 있었다.

배부른 고민이라고? 근데 라면 하나로 세 끼를 때운다고? 구라 아니야? 끼니마다 라면을 먹는다면 몰라, 어떻게 라면 하나로 세 끼를 때우지? 이 새끼… 구라쟁이. 소주 한 병을 급하게 마신 후, 나는 다시 무인카페로 가서 노트에 이런 답글을 썼다.

ㄴ 얼마나 어려운지 모르겠지만 자기 고민은 다 자기에게 힘든 법입니다. 댁이 나에 대해서 얼마나 아신다고? 그리고 라면 하나로 세 끼를 해결한다는 게 말이 됩니까? 세 번에 나눠서 먹나요? 라면 하나를요? 그게 가능합니까? 그리고 배달 라이더가 돈 많이 번다는 이야기도 있지만 그만큼 고생해요. 이 한겨울에 내복이랑 솜바지를 아무리 입어도 달리다 보면 몸이 동태처럼 업니다. 댁처럼 편안하게 앉아서 시험공부하는 것보다

36

훨씬 어려워요. 사고 날 위험성도 있고요. 길에서 죽을 수도 있어요. 지금 다쳐서 목발 짚고 다니는데 뭐가 부러워요? 여행하면서 좋은 데 묵는 것도 아닙니다. 몇천 원짜리 게스트하우스에서 자다가 빈대한테 물려 온몸이 퉁퉁 붓고 나면 그런 말 안 나옵니다. 온종일 걷고, 또 걸어야 해요. 그러니 남에 대해서 함부로 말하지 맙시다.

소주를 마신 후라 좀 흥분한 상태에서 글을 갈겨 썼다. 목발을 짚고 돌아오는 길에 찬 바람이 씽씽 불었다. 길가의 고양이들이 어디론가 후닥닥 숨고 있었다.

'쟤들도 추운 데서 고생하는구나. 사는 게 왜 이러냐.'

목발을 짚고 걸으려니 더 서글퍼졌다.

공무원 시험 준비생이
라면 하나로 버티는 법

가끔 금수저들이 부러울 때가 있다. 부모 잘 만나 좋은 교육을 받고, 좋은 대학 들어가, 좋은 직장에 취직하는 아이들이 부럽다. 지방에 있는 대학교를 나오고 또 흙수저인 나는 용은 아예 꿈꾸지 않는다. 개천에서라도 살 수 있다면 더 바라지도 않는다. 하지만 9급 공무원 시험에서 세 번이나 낙방한 나는 이제 생존도 버겁다. 세상을 탓하지는 않는다, 내가 못나서 경쟁에서 패배했으니까. 경쟁 없는 이상적인 사회는 아예 상상도 안 한다. 하지만 편법에 의해서든, 부모의 엄청난 지원에 의해서든 출발점이 우리와 다른 금수저들을 보면 허탈하다.

어쨌든 나는 악착같이 노력했다. 공부하는 사람들이 만들어내는 노량진의 후끈한 열기는 지금은 아련한 추억이 되었다. 4년 전부터, 내가 목표로 했던 것은 9급 공무원 중에서 국가직 공무원 일반행정직이었다. 그 분야는 공무원 시험 중에서 가장 인기 있는 분야 중의 하나로 경쟁률이 높았다. 필수 과목인 국어, 영어, 한국사는 익숙했고 선택 과목인 행정학 개론, 행정법 총론도 해볼만했다. 세 차례 실패했지만, 그래도 처음 시작할 때는 희망에 부풀었다.

오전 5시 반에 일어나 6시 반까지 공부한 후, 아침을 간단히 먹었다. 그리고 7시 20분부터 하는 영어 강의를 들은 후 계속 학원, 자습실, 집을 오가며 공부만 했다. 밤 11시에 잠이 들 때면 뿌듯했다. 이렇게 1년만 공부하면 쉽게 붙을 것 같았다. 거리에서 2,500원짜리 컵밥으로 끼니를 때워가며 책벌레처럼 공부했다. 집에서 보내주는 돈으로 숙식비와 학원비를 해결하면서 버텼다. 노량진에서 파는 컵밥은 맛도 괜찮았고 양도 많아서 좋았다. 그러나 금방 배가 푹 꺼졌다.

가끔은 순댓국도 먹었다. 피자와 치킨과 생맥주가 사무치게 그리웠지만 참고 또 참았다. 같이 공부하던 사람들과의 인간관계도 모두 단절한 채 책만 바라보며 생활했다. "나는 사람이 아닙니다. 나는 유령입니다"라는 말을 늘 중얼거리며 살았다. 그러나 찬 바람 부는 겨울, 학원에서 친 모의고사 점수는 형편없었다. 절망감이 몰려왔다. 이렇게나 했는데 요것밖에 안 나오다니. 점심 식사 후, '카페 오르페우스'에 가서 아메리카노를 매일 한 잔씩 마신 시기는 그때부터였다. 무엇엔가 위로받고 싶었다. 커피를 주문하고, 사람들과 대화하고, 눈을 마주치고, 따스한 커피를 홀짝이며 흘러나오는 음악을 듣는 시간은 생명수와도 같았다. 성희와 다른 친구들을 알게 된 시기도 그 무렵, 그 카페에서였다.

첫 번째 시험은 보기 좋게 떨어졌다. 그해 9급, 국가직 공무원 일반행정직 경쟁률은 161.8:1이었다. 그리고 두 달 후인 6월에 있던 서울시 공무원 일반행정직 시험에서도 실패했다. 성희를 비롯해 사귄 친구들도 모두 떨어졌기에 '두 번째는 될 거야. 대개 3년은 걸린다잖아?'라고 생각하며 우리는 서로를 위로했다. 그러나 처음의 결심과 달리 공부의 강도는 느슨해져 갔다. 친구들을 사귀었고 또 성희에게 끌리는 마음은 어쩔 수 없었다. 다른 남자와의 묘한 삼각관계 속에서 마음이 심란했다. 잡념에 시달리다 뒤늦게 친구들과 멀리하고 허겁지겁 공부했지만, 다시 떨어졌다. 경쟁률은 114.1:1이었다. 89명 뽑는데 36,701명이나 지원해서 405.3:1이라는 경쟁률을 보인 2016년에 비하면 훨씬 낮았지만 암담했다. 그래도 다시 하는 수밖에 없었다. 다른 친구들도 다 떨어졌다는 사실을 위로로 삼으며 세 번째 도전을 시작했다.

가끔 건너편 사육신공원을 산책하다가 벤치에 앉아 데이트하는 공시생들을 부러워하면서도 한심하게 보았다.

'공부는 언제 하려고?'

그런데 어느 날 가을 햇볕을 쬐며 공원의 벤치에 앉아있는 성희와 그녀의 남자 친구를 보았다. 그렇구나, 그렇게 되었구나. 낌새는 어느 정도 눈치챘지만, 막상 다정하게 앉아있는 그들을 보니 가슴이 무너져 내렸다. 내가 성희에 대한 감정을 억누르는 사이에 상황이 그렇게 된 것이다. 둘이 '사람'이 되어가는 동안 나는 유령이 되어버렸다. 괴로움을 이기며 공부에 집중하려 했지만 그럴수록 더 힘들었다. 여기에 더해 시험 보기 한 달 전에 일어났던 사건은 나를 완전히 무너트렸다.

여태껏 옆방에 사는 30대 중반 정도 되는 사내와 말을 섞은 적은 없다. 그는 늘 중얼거리고 있었다. 얼핏 보면 이어폰을 낀 채 전화 통화를 하는 것처럼 들렸지만 혼잣말이었다. 그는 밤에도 그랬다. 가끔은 뭐라 크게 소리치기도 했다. 측간 소음이 심한 이곳에서는 전화 내용이 모두 들렸다. 어느 날 밤, 갑자기 큰 소리가 들려왔다.

"내가 뭘 어쨌다고요? 내가 뭘 어쨌다고요! 내가 뭘 어쨌다고요!"

누구와 전화 통화를 하는 게 아니었다. 소리가 점점 커지더니 나중엔 비명을 질러댔고, 부스럭거리다가, 쿵 소리가 들려왔다. 잠시 후 씩씩거리는 숨소리가 들리더니 갑자기 의자가 넘어지는 소리도 들려왔다. 잠시 후 캑캑 소리가 들려오더니 다시 적막해졌다. 그 후 몇 분 동안, 나는 어찌해야 할지 모른 채 귀를 세우고 있었지만, 그 후 아무 소리도 들리지 않았다. 그제야 불길한 느낌이 솟구쳤다. 옆방으로 뛰어가 문을 두드렸으나 조용했다. 2층에 있는 관리실로 뛰어 내려가 알렸고 근무하는 사람이 올라와 문을 강제로 열었다. 혀를 내밀고 대롱대롱 매달려 있던 그의 모습은 지금 생각해도 끔찍하다. 다음 날 저녁, 그 사건은 텔레비전 뉴스에도 나왔다. 공시 생활 6년째, 지방에서 올라와 살던 그는 빈곤한 집안 사정과 우울증 때문에 자살했다는 것이다.

그때부터 악몽에 시달렸다. 꿈에 그의 마지막 모습이 자꾸 나타났다. 죄책감도 밀려왔다. 그때 빨리 연락했으면 그가 살아났을지도 모르는데, 방치했다는 사실이 나를 괴롭혔다. 결국 나는 세 번째 시험에서도 실패했다. 그해 경쟁률은 126.2:1이었다. 그 무렵부터 까마귀 소리가 크게 들리기 시작했다. 깍깍하며 늘 들리는 까마귀 소리가 내 머리를 쪼아댔다. 성희와 그녀의 남자친구는 시험에 합격했고 나는 노량진에서 버틸 수 없었다. 그 무렵 만길의 엽서를 받았다. 만길은 공시에 두 번 떨어진 후, 머리나 식힐 겸 여행을 떠나더니 1년이 되어도 돌아오지 않았다. 집에 돈이 좀 있는 그가 부러웠지만 나는 그를 흉내 낼 수 없었다. 1년 만에 그가 보낸 엽서에는 하얀 아오자이를 곱게 차려입은 베트남 여인이 웃고 있었다.

잘 지내고 있지? 그동안 대만, 태국, 말레이시아, 싱가포르, 라오스, 캄보디아를 거쳐 베트남 호찌민에 왔다. 다들 잘 지내길 바란다. 나는 말이야, 이런 세상이 있는 줄 미처 몰랐어.

'이 자식이, 놀리는 것도 아니고….'
화가 났지만 만길이가 부러웠다. 머리가 썩 좋은 친구가 아니어서 다시 공시를 볼 것 같지는 않았다. 장사를 할지, 평생 백수로 살지 모르겠지만 아버지가 부자면 아들의 선택지는 넓어진다. 나는 3년을 백수 공시생으로 보내고 나니 집에 손을 내밀기가 미안했다. 지방에서 살아가는 부모님도 사정이 좋지 않으셨다. 결국 나는 노량진을 떠났고 1년 동안 알바를 하며 돈을 모아 다시 1년 동안 공부할 수 있는 여유를 만들었다.

노량진에서 멀리 떨어진 이곳에 자리 잡고 네 번째 도전을 시작했다. 마지막이라고 생각했다. 인터넷 강의를 들으며 공부에 전념했다. 생활비는 극도로 절약했다. 라면 하나로 하루를 때웠다. 봉지 커피를 하루에 두 번으로 나누어 마시며 오로지 공부만 했다. 낭떠러지에 선 인간은 그렇게 해야만 했다. 그러나 종종 과열된 머리를 식히기 위한 휴식이 필요했다. 내가 무인카페를 드나들기 시작한 시기는 찬바람 부는 가을부터였다. 새벽 6시에는 사람들이 없었다. 내가 그곳에서 제일 싼 아메리카노를 마신 적은 딱 한 번이었다. 그 후부터는 집에서 탄 인스턴트커피를 보온병에 담아 와 무인카페에서 마셨다. 제일 싼 아메리카노도 나에게는 부담스러웠다. 그곳에 가면 늘 따스한 음악이 흘러나와서 좋았다. 벽에 걸린 '사랑 타령' 쪽지들을 보면 피식 웃음이 나왔다. 거기 놓여있는 손님들이 적은 노트를 보는 재미도 있었다. 30분 정도 쉬고 나면 다시 내 방으로 와 공부를 시작했다.

어느 날 무인카페의 노트에서 해외여행을 하고 돌아와 방황한다는 글을 보았다. 여행에서 돌아온 후, 배달 라이더를 하던 사람이 쓴 글이었다. 팔자 좋은 고민처럼 들렸다. 그들이 한 달에 400만 원에서 500만 원을 번다는 소리도 뉴스에서 본 적 있었다. 그런데 그의 아버지가 "차라리 간첩이라도 돼라"는 부분이 너무 웃겨 그 밑에 답글을 달았는데, 다음 날 와보니 답글이 달려있었다. 그는 좀 화가 난 것 같았다. 배달 라이더의 고충, 장기 여행자의 어려움이 적혀있었는데 내가 라면 하나로 세끼를 해결한다는 사실이 의심스러웠나 보다. 그에게 좀 미안한 생각이 들었다. 나는 팔자 좋게 아버지 돈으로 여행하는 고시원 친구 만길을 떠올리고 그런 글을 썼던 것인데 경솔했다. 사실 나는 그의 나이도, 살아온 과정도 전혀 모른다. 누군가가 나를 보면 팔자 좋은 백수 공시생이라 할 수도 있겠지. 나는 그의 글에 답글을 달았다.

ㄴ 함부로 판단해서 미안합니다. 제가 아는 세계가 좁다 보니 미처 생각을 못 했습니다. 그런데 라면 하나로 하루를 때우는 것은 간단합니다. 아침에 라면을 삶을 때, 라면수프를 한 개 다 넣어 국물을 많이 만듭니다. 밥과 김치는 고시원에서 줍니다. 그래서 아침은 라면에 밥과 김치를 먹고, 점심과 저녁은 고시원에서 주는 밥과 김치를 따로 퍼서 보관했다가 남은 라면 국물에 말아 먹습니다. 그러니까 라면 국물을 온종일 먹는 셈입니다. 라면은 제 돈이지만 밥과 김치는 고시원에서 준 것이라, 라면 하나로 때운다고 표현한 것입니다. 아, 빼먹은 게 있는데 저녁마다 달걀도 하나씩 넣어서 먹습니다. 봉지 커피도 매일

한 개씩 먹고, 우유도 작은 팩을 하나씩 먹습니다. 어떻게 라면 하나로 하루를 때우겠습니까? 그리고 일주일에 한 번씩 순댓 국을 먹습니다. 시장에 가서 포장해 오면 양을 많이 주어서 점심, 저녁으로 나눠서 먹을 수 있습니다. 무인카페는 매일 오지만 딱 한 번 사서 마셨고 이후에는 인스턴트커피를 타 갖고 와서 마십니다. 무인카페 사장님에게는 미안한 일이지만 요즘 제 형편이 안 좋다 보니 그렇습니다. 빨리 아픈 다리 다 낫기를 바랍니다.

벌레처럼 살아가는 공시생

은둔형외톨이,
6년 만에 방에서 나오다

　　　　1년 전 겨울, 어느 날 나는 6년 만에 방에서
나왔다. 하얀 눈이 쌓인 밤이었다. 6년 만에 바라본 세상은 신기
했다. 글재주가 없어서 잘 표현하지는 못하지만 싸늘한 공기에
심장이 벌렁거리던 순간은 지금도 잊을 수 없다. 세상은 나를
은둔형외톨이라고 부른다. 유튜브를 보고 알았다. 일본에서는
히키코모리라고 한다는데 지금 한국에 그런 사람들이 약 50만
명 정도가 있다는 뉴스를 보았다. 취업이 안 되거나 가정 문제,
실직, 실연 등으로 그렇게 된다는데 나는 학교폭력과 아버지 때
문이었다.

　나는 초등학교 때부터 말을 더듬었다. 왜 말을 더듬게 되었

는지 그 이유는 모르겠다. 아버지는 내가 말 더듬는 모습을 못마땅하게 여겼다. 내가 우물쭈물하며 대답을 빨리 못 하면 아버지는 화부터 버럭 냈다. 겁에 질려 허둥거릴수록 나는 말을 더 더듬었다. 초등학교 때는 아이들이 놀렸다. 창피했지만 견뎠다. 그러나 중학교에 들어가면서부터 달라졌다. 힘이 세거나 똑똑한 아이들이 나를 괴롭혔다. 2학년 때부터 아이들이 나를 때리기 시작했다. 세 년이 그랬다. 내가 맞고, 허둥거리며 말을 더듬을수록 그들은 재미있어하며 계속 괴롭혔다. 그년들은 내 머리 끄덩이를 잡고 종종 바닥에 팽개쳤다. 바닥에 뒹구는 나를 발로 걷어차기도 했다. 그년들은 깔깔거리며 웃어댔다. 너무 무서워서 선생이나 부모에게 말할 수도 없었다.

나는 늘 잘 넘어지고 부딪히는 칠칠치 못한 아이로 취급받았다. 방에 누워 잘 때면 맞은 데가 아파서 신음이 나왔지만 참았다. 아버지가 알았다가는 더 혼이 날 것만 같았다. 하루하루가 지옥이었다. 지금 생각해도 가슴이 부들부들 떨린다. 그렇게 중학교 2학년 시기를 버티고 나서 3학년에 올라가던 해부터 나는 학교에 가지 않았다. 그런 나를 보고 아버지는 화를 내며 이유를 대라고 했지만 말하기 싫었다. 아버지는 나를 때렸고 상도 뒤엎었다. 그때 아버지가 화만 내지 않았어도 말했을 텐데 아버지가 무서워 이야기할 수 없었다. 말하면 맞고 다닌다고 더 화를 낼 것 같았다. 나는 방문을 닫아걸었다. 아버지는 문을 부수려고 했지만 엄마가 필사적으로 말렸다. 그렇게 방문을 닫아건 후 나는 아버지를 본 적이 없다. 아버지는 내가 왜 그런지도 모른 채 죽었다. 엄마는 아버지가 죽은 후에야 내가 왜 이렇게 되었는지 알았다. 은둔한 지 거의 6년이 되어가던 무렵이었다.

나는 사람들이 여전히 무섭다. 눈빛들이 사납다. 아버지는 성질을 낼 때면 사나운 호랑이 같아서 나는 정신을 잃을 것만 같았다. 나를 때리던 아이들은 몰려다니는 하이에나 같았다. 지금도 길에서 마주치는 사람들이 갑자기 사나운 짐승처럼 돌변할 것 같아서 눈을 제대로 쳐다보지 못한다.

은둔하던 6년 동안 엄마는 밥상을 방 앞에 두고 문을 두드렸다. 그럼 나는 밥만 먹은 후 상을 내놓았다. 내 방은 아무도 들어오지 않는 나의 세계였다. 아버지가 직장에 나가거나 엄마가 밖에 나가도 나는 방에서 나오지 않았다. 화장실에 갈 때만 나왔다. 꾹 참았다가 집이 비거나, 다들 잠든 새벽에 몰래 나와 일을 보았다. 양치질과 세수도 어쩌다가 새벽에 했다. 씻는 건 생리할 때만 부분적으로 씻었다. 나갈 일이 없으니 씻을 일도 없었다. 엄마가 방을 치워주려 해도 거부했다. 방 안에는 먼지가 그대로 쌓였다. 언제 계절이 바뀌는지도 몰랐다. 밥그릇만 왔다 갔다 했을 뿐 내 방은 변화가 없었다. 가끔 너무 답답해서 밤에만 창문을 열었다. 나는 빛이 무서웠고 어둠이 편안했다.

　은둔형외톨이들에게는 무기력증이나 우울증이 생긴다는데 나는 그렇지 않았다. 20대 후반, 30대들은 그런가 보다. 하지만 나는 놀리고, 때리던 아이들을 만나지 않고, 입시에 시달리지 않으니 마음이 편했다. 밥은 엄마가 주고, 집에서는 컴퓨터나 휴대폰으로 인터넷만 보니 내 방은 나의 세계였다. 다만 뒤룩뒤룩 살이 쪄갔다.

　그렇게 6년째 되던 어느 날 아버지가 갑자기 죽었다. 심근경색에 의한 심장마비라고 했다. 나는 장례식장에 가지 않았다. 하나밖에 없는 딸이라고 엄마가 가자고 했지만 싫었다. 아버지에 대한 정도 별로 없었고 장례식장에서 사람 만날 일을 생각하면 너무 무서웠다. 장례식을 치르는 3일 동안 집에 있는 라면만 먹었다. 엄마는 장례식을 치르고 온 날 밤, 안방에서 울었다. 화장실에 갔다가 그 소리를 들으며 나도 안방 문 앞에 앉아서 훌쩍였다. 엄마가 불쌍해 보였다. 아버지가 사라진 집 안은 넓어 보였다. 엄마와 이야기도 시작했다. 엄마는 아버지를 잃은 슬픔에 빠져있었지만, 대화를 시작한 나를 보고 희망을 찾는 것 같았다. 그때부터 나는 더듬거리는 말로 내가 중학교 때 당했던 학교폭력의 고통을 이야기했다. 엄마는 서럽게 울기 시작했다. 엄마의 그 모습을 보며 다시는 엄마를 아프게 하지 않겠다고 결심했다. 그날 밤, 나는 6년 만에 처음으로 집 밖에 나갔다. 하얀 눈으로 뒤덮인 그 세상을 나는 지금도 잊지 못한다.

그 후 1년 동안 나는 은둔형외톨이들이 모여 사는 공동체에 들어가서 새 삶을 시작했다. 그곳은 그런 사람들만 모인 장소였다. 열다섯 명 정도가 공동생활을 하는 그곳은 아침 7시에 일어나 함께 청소했고 다 같이 식사를 준비했다. 식사 당번은 돌아가면서 정했는데 매일 회의를 한 후, 그날 정한 메뉴에 필요한 식재료를 당번들이 사 왔다. 그 외에는 모두 자유 시간이었다. 여기 사람들은 처음에는 서로 눈조차 마주치지 못할 정도로 수동적이었다. 그래서 마음이 편했다. 대개 언니나 오빠였고 은둔 기간이 1년부터 6년까지로 다양했는데 사연도 천차만별이었다. 나처럼 학교폭력이나 부모와의 갈등도 있었지만, 취업이나 연애에 실패해서 무기력증 혹은 우울증에 빠진 사람들도 있었다.

내가 나이는 어린 편이었지만 은둔 기간만큼은 선배여서 사람들이 나에게 그간의 일도 물어보았다. 나이가 20대 후반, 30대에 접어든 사람들은 먹고사는 문제 때문에 더 힘들었다고 한다. 독립해서 은둔하며 간신히 살다가 돈이 떨어질 무렵 자살 시도를 한 언니도 있었고, 원룸에 살면서 집 안을 다 쓰레기로 채워놓고 도망쳤다는 오빠도 있었다. 그곳에서 몇 개월을 보내는 동안 나는 사람들과 어울리는 법을 배웠고 조금씩 자신감을 찾아갔다. 지금은 꽃을 다듬고 장식하는 수업을 받고 있다. 나의 장래 희망은 플로리스트다. 중학교 중퇴인 내 학력으로는 이 세상에서 할 수 있는 게 별로 없었다. 하지만 꽃을 보면 나는 행복하고 가슴이 설렜다.

그렇게 1년 동안 세상을 배워가던 나는 우리 동네에 새로 생긴 무인카페에 월요일 밤 11시 무렵에 들른다. 전번에는 목발을 짚으며 카페를 나서는 사람을 보고는 도둑고양이처럼 살그머니 무인카페로 들어갔다. 그러나 무인카페는 대체로 텅 비어있다.

컴컴한 밤이지만 환하고 아무도 없는 공간에서 커피를 마시면 마음이 편안해진다. 무인카페는 나의 새로운 은둔지다. 다행히 나는 밤에 커피를 마셔도 잠은 잘 잔다. 이곳은 흘러나오는 음악도 좋다. 무슨 음악인지는 잘 모르겠지만 말이다. 방 안에 갇혀서 6년의 세월을 보낸 나는 모르는 게 너무 많다. 유튜브를 통해서 배우고 있지만 역사도, 음악도, 미술도, 문학도 나는 잘 모른다. 그래서 사람과 소통하는 데 아직 어려움이 있다. 그러나 플로리스트가 되면 꽃만 상대하며 살아갈 수 있으니 희망이 있다.

이곳의 벽에 걸린 쪽지들은 대개 사랑 타령이다. 나도 가끔 남자에 대한 호기심이 생기지만 아직은 무섭다. 연애하고 싶다는 저들은 나와 다른 세상에서 살고 있다. 그런데 노트에는 사람들의 솔직한 이야기가 적혀있어서 읽고 싶어진다. 낭떠러지에 매달린 심정으로 하루에 라면 하나로 세 끼를 해결한다는 공시생에 비하면 나는 잘 먹는 셈이다. 팔자 좋게 세계를 여행하다가 돌아온 백수 아저씨는 아버지가 차라리 간첩이라도 되라는 말을 했다고 한다. 피식, 웃음이 났다. 그래도 이 아저씨는 배달 라이더를 했다니 대단해 보인다. 부부 싸움을 하고 나왔다는 아줌마의 글도 보인다. 평안한 가정은 어디 있는 것일까? 인스타그램을 보면 다 행복하게 사는 것 같은데 어떤 게 진실일까? 나도 노트에 몇 자를 적는다. 익명이니까 쓰고 싶은 마음이 생긴다.

나는 은둔형외톨이, 히키코모리다. 6년 동안 방에만 있다가 밖으로 나왔다. 방에서 나온 지 1년이 되어가지만, 아직은 세상과 사람들이 무섭다.

이 짧은 글에 수많은 답글이 이어질지 미처 몰랐다.

오고 가는 답글 속에
정이 오가고

　길거리에 동그마니 서있는 무인카페는 늘
비어있지만, 수많은 사연이 모여들고 있었다. 그곳에 드나드는
몇 명의 사람들은 일정한 패턴을 보이고 있었다. 은둔형외톨이
는 월요일 밤 11시쯤, 공시생은 매일 새벽 6시, 휴학생은 오전
11시 반, 백수 여행자는 밤 9시나 10시쯤 나타났다. 그들은 각
자 만나지는 못했지만 노트에 어쩌다 적히는 글들을 통해 서로
를 조금씩 알아갔다.

　백수 여행자는 자신이 적은 글에 대한 답글을 다음 날에 보았
다. 미안하다는 말에 진심이 담긴 것 같아서 마음이 풀렸다. 라

면 한 개로 하루를 때운다는 사실에 대한 의문도 풀렸다. 그는 고시원에서 밥과 김치를 주는지 몰랐다. 아침에 만든 라면 국물과 밥, 김치로 세 끼를 먹는다는 이야기를 들으니 마음이 짠해졌다. 아무리 매일 우유 한 팩, 계란 하나를 먹고, 일주일에 한 번씩 순댓국을 먹어도 한참 젊은 나이에 영양이 부족할 것 같았다. 게다가 마지막에 '벌레처럼 살아가는 공시생'이란 글을 보니 가슴이 아팠다. 20대 후반으로 보이는 공시생이 안쓰럽게 생각되어 그는 답글을 달았다.

ㄴ 내가 흥분해서 미안합니다. 다리가 아프고, 스트레스를 받다 보니 예민했습니다. 몸 잘 챙기면서 공부 잘하기를 바랍니다.

백수 여행자는 공시생에게 밥이라도 사주고 싶었지만, 오버하는 것 같아서 그만두었다. 그는 자기 앞가림이나 잘하기로 결심하며 생각했다.

'이제 깁스를 풀면 뭘 하지? 코로나가 풀려가니 다시 여행을 떠날까? 아니야, 여행도 이젠 지겹다. 낭만적이던 허름한 게스트 하우스, 여행자들과 어울리던 도미토리도 이젠 지겨워. 그렇다고 배달 라이더를 계속해? 이것도 지겹다. 잠자면서도 늘 오토바이를 탄 것처럼 몸이 떨렸는데…. 이러다가는 영원히 배달 인생이 될 것만 같아 두렵다. 앞으로 40대, 50대, 60대도 이렇게 살 수는 없잖아. 이제 내 나이 30대 중반, 배달 라이더와 결혼하겠다는 여자가 있을까? 나는 여자가 그립다. 사랑이 그립다.'

공시생은 백수 여행자의 정중한 답글을 본 후, 자신도 답글을 달고 싶었지만 참았다. 어차피 스쳐 지나가는 인연, 이 정도로 해결된 것에 만족하자고 생각했다. 무엇보다도 시험 날짜가 닥쳐오고 있어서 다른 데 신경 쓸 겨를이 없었다. 공시생은 새벽에 이곳에 들러 의식을 치르듯 집에서 타온 인스턴트커피를 마시면서 음악을 듣다가, 자기 방으로 가서 공부에 집중했다. 공시생은 늘 "이번이 마지막"이라고 중얼거리며 공부했다. 영양이 부족해서 가끔 빈혈기도 느꼈지만, 그는 "정신일도 하사불성"이라고 중얼거리며 이겨나갔다.

20대 중반의 은둔형외톨이는 일주일에 한 번씩이지만 자기 이야기를 짧게 썼고 거기에는 답글이 많이 달렸다. 사람들은 텔레비전에서나 보던 은둔형외톨이, 특히 6년이나 방에서 나오지 않았다는 사실이 신기했나 보다.

ㄴ 아니, 정말 6년간이나 방에서 나오지 않았어요? 대단하네요.

나는 하루라도 나가지 않으면 답답한데. 어쨌든 이제 정상 생
활을 하니 다행이에요. 파이팅!

ㄴ 나도 그런 적이 있어요. 한 달 정도 그러다 안 되겠다 싶어서
다시 나와 생활하고 있지만, 그 기분은 조금 알아요. 힘내기 바
랍니다.

ㄴ 내 딸이 지금 그래요. 방학인데 한 달 정도 자기 방에 틀어박혀
서 꼼짝을 안 해요. 방 안은 엄청나게 어질러져 있고. 이러다가
학교도 안 가겠다고 그러는지 걱정이 되네. 학교에서 무슨 일
이 있던 건지…. 그런데 도대체 말을 안 하니 답답해요.

ㄴ 아니, 공부하는 게 얼마나 좋고 편한 건데. 나, 시골에 살면서
어릴 때부터 밭일하느라 공부 못 했어. 교복 입고 학교 다니는
애들 보면 얼마나 부러웠는지 몰라. 그런데 요즘 애들은 왜 그
런지 몰라. 어휴, 우리는 맞으면서 컸어. 요즘엔 다들 왕자나 공
주처럼 자라니 이거 문제라고. 나이 들면 아이들이 왕처럼 행
세해. 그때 가서 아무리 이야기해 봤자 소용없어. 애들은 패야
해. 맞으면서 크는 거고, 그래야 어른 무서운 줄 알고 또 그런
애들이 커서도 부모에게 잘한다고.

은둔형외톨이는 '애들은 패야 한다'는 글을 보면서 아버지를
떠올렸다. 나이 든 사람들의 말투는 무서웠다. 그녀는 아버지에

게 많이 맞지는 않았지만, 표정과 말투가 두려워 늘 움츠린 채 살아왔다. 이런 글 외에도 수많은 답글이 달려있었다. 가끔 비난하는 글도 있었지만 대개는 격려하는 글이었고, 심지어는 자신에게 '인간 승리'를 했다면서 조언을 구하는 사람도 있었다. 은둔형외톨이는 어리둥절한 기분이 들었다.

'아니, 이것도 무슨 스펙인가? 하긴 센터에 갔을 때도 내가 6년 동안 방 안에 있었다고 하니 은둔 고수로 대접했지.'

그녀는 이런 열띤 반응이 어색해서 숨고 싶었지만 오로지 글로만 만나는 것이니 참을만했다. 또 은근히 이런 비대면 대화가 재미있었다. 사람들은 자신에게 거길 빠져나온 비결을 물었고, 은둔형외톨이가 '아버지 돌아가시고 나서 힘들어하는 엄마를 더 괴롭히고 싶지 않았다'고 답하자 '장하다'는 답글도 달렸다. 은둔형외톨이가 모든 답글에 대답한 것은 아니다. 그런데 이 답글만큼은 신경이 쓰였다.

ㄴ 잘 이겨냈네요. 나도 그런 경험이 있어서 잘 알아요. 나는 1년 정도 그랬어요. 학교를 안 다닌 것 같은데 공부는 해야 해요. 검정고시라도 쳐야 합니다.

이 짧은 답글을 보면서 은둔형외톨이는 의문이 들었다.

'나는 플로리스트가 되고 싶은데… 꽃 다루는 일은 학력이 필요 없는데…. 검정고시라도 쳐서 학력을 인정받아야 하나?'

은둔형외톨이는 답글로 묻고 싶었지만 참았다. 그저 고민만 했다.

그렇게 한겨울이 갔다. 2월 말에 백수 여행자는 드디어 깁스를 풀었고, 휴학생은 알바를 끝낸 후 복학할 준비를 했으며, 은둔형외톨이는 생활에 변화가 없었다. 공시생은 4월 초에 필기시험을 보았으나 5월 중순, 합격자 발표 명단에 그의 이름은 없었다. 어느 날 아침, 공시생은 절절한 심정을 담은 글을 노트에 썼다. 그렇게라도 쓰지 않으면 못 견딜 것 같았다. 스물아홉의 청춘이 그렇게 지고 있었다.

공시생 시험에 떨어지다, 도망가지 마삼!

    5월 중순, 푸른 신록의 기운이 세상을 덮어오는 희망찬 계절에, 공시생은 절망의 나락으로 떨어졌다. '정신 일도 하사불성'이란 절대적 평가의 세계에서나 있을법한 일. 예를 들면 검술의 세계에서나 해당하지, 상대 평가의 세계에서는 맞지 않았다. 떨어지는 것이 정상에 가까운 현실이었다. 국가직 공무원 시험의 전체 경쟁률은 낮아졌지만, 여전히 일반행정직 경쟁률은 높았다. 한 명이 시험에 붙으려면 아흔네 명이 떨어져야만 하는 상황이었다. 젊은이들은 '모두 다 죽어도 나는 안 죽는다, 나는 성공한다'라는 심리가 있다. 아무리 위험한 곳에 가지 말라고 해도 그들은 가고, 아무리 안 된다고 세상 사람들이 합창해도 '하면 된다'라는 신념을 갖고 시도한다. 그것이 젊은이의 심리지만 공시생은 점점 '해도 안 된다'라는 냉혹한 현실을 실감하기 시작했다.

공시생은 생활비도 떨어졌다. 집에 생활비 지원을 요청할 수 있는 상황도 아니어서 난감했다. 네 번의 실패는 공시생을 움츠러들게 했다. 벌써 스물아홉 살, 서른을 앞에 둔 현실도 믿어지지 않았다. 공시생은 인생을 다 산 기분이 들었다. 그에게 자꾸 노량진 고시원에서 자살한 사람의 마지막 모습이 떠올랐다. 당당히 합격해서 공무원 생활을 하고 있을 성희의 모습도 떠오르며 '내 인생은 실패했다'라는 절망감이 밀려왔다.

꿈과 희망이 사라지자 세상은 그에게 사막처럼 변했다. 그는 아무도 없는 시간에 가서 카페라테를 마셨다. 시럽을 타서 마시니 달고 고소했다. 하지만 그는 괴로웠다. 삶에 목표가 있을 때는 집에서 탄 인스턴트커피를 마시는 궁색함도 버틸만했는데 이제는 모든 것이 암담하게 느껴졌다. 꿈과 희망은 그에게 사치스러운 환상이 되었다. 그러나 세상은 도도하게 흘러가고 사람들은 여전히 활기차게 사는 것 같았다. 공시생은 그 무심한 활력이 낯설었다. 세상은 자신과 따로 놀고 있었다. 공시생은 무인카페에 비치된 노트에 긴 글을 썼다.

내 인생은 이제 끝났다. 공시에 네 번 낙방했다. 이번 9급, 국가직 공무원 일반행정직 경쟁률은 93.9:1. 지난 시기에 비하면 낮은 경쟁률인데도 나는 떨어졌다. 사람들은 "힘내세요"라는 말을 쉽게 하지만 이 경쟁 구도 속에서 패배자는 항상 생긴다. 앞으로 남은 서울시 공무원 시험도 칠 형편이 안 된다. 이제 버틸 여력도 없다. 하기 전부터 절망한다. 정치인들은 이런 구조를 변화해 "모두 다 잘사는 사회를 만들겠다"고 외쳐대지만 믿지 않는다. 그건 현실성이 없는 말이다. 아무리 경제가 좋아져도 어쨌든 사람은 경쟁하며 살아가야 한다. 100:1이 아니더라도 10:1의 경쟁 또는 2:1의 경쟁이 생기고 거기서 패배하는 사람은 늘 있다. 경제가 좋아져서 구인난이 생길 수도 있지만, 그럼 또 기업들이 경쟁하게 된다. 그런 상황에서도 좋은 일자리는 당연히 사람들이 몰려서 경쟁이 발생한다.

깨닫고 해탈하면 고통으로부터 해방된다고 불교에서는 말하며, 믿고 기도하면 하나님의 은총을 받는다고 기독교에서 말한다. 좋다. 그렇다고 치자. 하지만 이 경쟁을 피할 수 있나? 이것을 어떻게 해결할 것인가? 아무리 생각해도 답이 보이지 않는다. 세상이나 자본주의를 원망하지는 않는다. 공산주의 국가는 평등한가? 거기도 공산당원은 특별 계급 아닌가? 거기도 무시무시한 경쟁사회다. 조선 시대에도 과거에 합격하지 못한 양반들은 몰락했다. 권력과 돈과 명예를 얻기 위해서 인간들은 머리 터지게 싸울 뿐이다. 이 절박한 현실을 없애주겠다고 말하는 정치인들도 본인과 자기 자식들을 위해서 온갖 애를 쓰고 편법을 쓰지 않나? 그게 현실이다. 그들의 위선을 탓할 힘도 나에게는 없다. 어쨌든 남 탓하고 싶지 않다. 그러나 나도 할 말은 있다. 정말 최선을 다했다. 집의 도움을 받지 못한 채, 나 스스로 돈을 벌어 공부했다. 라면 한 개로 하루를 버텨가며, 돈 아껴가며, 시간 아껴가며 최선을 다했다. 사랑하는 여자에게 고백도 하지 못하다 친구에게 뺏기며 모든 것과 단절한 채 공부만 했다. 그런데 망했다. 내 탓인가? 세상 탓인가? 신의 탓인가? 팔자 탓인가? 아니, 운명이나 신이 있기나 한 것인가? 모르겠다. 머리가 터질 것 같다.

답답해서 이런 글을 적고 있다. 그래도 공부하는 동안 매일 아침 6시, 집에서 타온 인스턴트커피를 이곳에서 마시고 음악을 들어가며 좋은 시간을 보냈다. 사장님, 미안합니다. 오늘부터 며칠 동안은 자판기에서 뽑아 마실게요. 정말 감사했습니다. 당분간 알바 자리라도 알아봐야겠다. 지금은 막막하지만, 아니 앞으로도 계속 막막하겠지만… 어쨌든 살기는 살아야겠는데, 나이가 벌써 스물아홉. 지금까지 뭘 했나 모르겠네.

공시생이 오후에 이 글을 쓴 후, 백수 여행자는 그날 밤에 그것을 보았다. 그는 바로 답글을 달았다.

ㄴ 나이 타령하지 마삼. 스물아홉이면 아직 어린애임. 인생 아직
  시작도 안 했음. 나 올해 서른여섯임. 만나서 술과 고기를 사겠
  음. 커피도 사겠음. 내일 저녁 6시에 여기서 만나요. 도망치고
  피하지 마삼.

꿈을 바꾸면
길이 보여

　　백수 여행자는 무인카페 노트에서 오래간만에 공시생의 글을 보는 순간 충격을 받았다. 그가 시험에서 떨어졌다는 사실보다도 엄청난 공시 경쟁률을 보고 놀랐다. 그는 그 세계를 잘 몰랐다. 라면 하나와 고시원에서 주는 밥, 김치로 하루를 버틴다는 옛날 글도 생각 나서 그에게 화냈던 것이 더욱 미안했다. 자기만 이해받지 못한 게 아니라 공시생 역시 이해받지 못했다는 점을 알았다. 백수 여행자도 회사에 취업하는 과정에서 경쟁했지만 그 정도는 아니었다. 또 부모덕에 어찌됐든 잘 먹었다. 여행 중에 못 먹은 것이야 자기 흥에 겨워서 그랬던 것이다. 장기 여행자들에게는 배고픔과 초췌함도 낭만이었다.

그런데 공시생이 좌절하고 낙담하는 모습을 보니 꽃을 피우기도 전에 지는 것 같아서 안타까웠다. 그는 공시생에게 밥이라도 한 끼 사주고 싶었다. 그리고 아직 한창나이라는 점을 꼭 이야기해 주고 싶었다. 시간에 맞춰 백수 여행자가 무인카페에 가보니 공시생은 이미 와서 기다리고 있었다. 공시생이 먼저 인사를 했다. 백수 여행자는 이내 공시생에게 말을 놓았다.

"나보다 나이가 어린 거 같은데 말 놓을게. 우선 자리를 옮길까? 요 근처에 고기 맛있는 집이 있어, 거기로 가자."

"네, 다리는 다 나으셨나 보네요."

"며칠 전에 깁스 풀었어. 목발 짚고 다니다 제대로 걸으니 살맛이 나네, 하하."

그들은 근처의 삼겹살집으로 향했다. 공시생은 체격도 좋고 시원스러운 성격의 백수 여행자에게 호감을 느꼈다. 큰형을 만나는 기분이 들었다. 반면에 백수 여행자는 삐쩍 마른 공시생이 안쓰럽게 느껴졌다. 공시생에게 삼겹살은 정말 오래간만이었다. 술도 그랬다. 고기를 척척 굽던 백수 여행자는 소주잔을 치켜들며 외쳤다.

"자, 한잔해. 그동안 공부하느라고 수고했어!"

공시생은 그 말을 듣는 순간 가슴이 울컥했다. 그는 잠시 말을 잃은 채 소주잔을 멍하니 바라보았다. 노량진을 떠났던 그는 2년 동안 늘 혼자였다. 친구들도 다 끊고 외로웠던 그는 낯선 사람의 다정한 말을 듣고 보니 가슴이 미어졌다. 특히 시험에 떨어진 후, 그는 누구에게도 위로받지 못했다. 분위기를 눈치챈 백수 여행자는 말없이 먼저 술을 마셨다.

"고기 타네… 어서 먹어. 제사 지내나? 하하."

술이 들어가고 고기를 먹자 공시생에게 행복감이 밀려왔다. 그동안의 좌절감과 낭패감도 잊은 채 그는 웃기 시작했다. 백수 여행자도 잠시 미래의 걱정을 잊고 웃었다. 고기는 고소했고 술은 감미로웠다. 그들은 소주 두 병을 순식간에 비웠고 삼겹살 4인분을 먹는 동안 이야기는 하지 않았다. 그냥 먹기만 했다. 먹는 것이 좋았다. 5월 중순, 따스한 기운 아래서 술과 고기를 먹는 동안 그들의 걱정은 봄눈 녹듯이 사라지고 있었다.

"세상 참 웃겨. 그렇지? 혼자서 외롭게 밥 먹거나 술 마시면 온통 세상이 우울한데 이렇게 같이 먹고 마시니 좋네. 정말 좋아. 우리의 근심, 걱정이 다 어디로 간 거지? 하하."

"네, 저도 이런 시간이 얼마 만인지 몰라요. 공시 준비하던 몇 년 동안은 금욕적인 생활을 하느라…."

"사리 생겼겠네, 하하. 금욕이 힘들어. 특히 남자들, 이 정욕을 어쩔 거야. 마음고생, 몸고생 많이 했겠네."

공시생은 그 말을 듣는 순간 성희의 얼굴을 떠올렸다. 시험에 이미 합격한 그녀는 지금쯤 행복할 것이다. 남자 친구와 잘 사귀고 있겠지. 잠시 공시생의 얼굴에 스치는 그늘을 본 백수 여행자가 물었다.

"왜? 짝사랑하던 여자가 생각나?"

공시생은 술김에 그동안 있었던 일을 길게 이야기했다.

"그래, 그런 이야기는 자꾸 해야 해. 하면서 풀어야 해. 그거 안 풀면 병 생겨. 그나저나 나는 공시 경쟁률이 그렇게 높은 줄 미처 몰랐어. 정말 고생했네. 인생 실패자라고 생각하지 마. 경쟁률이 그렇게 높으니 떨어지는 사람들이 훨씬 더 많잖아."

"그런데 이제 나이가 들어서, 다시 할 엄두가 나지 않아요."

백수 여행자가 크게 웃기 시작했다.

"아하, 나이. 나이…. 이 친구야, 아직 인생 시작도 안 했는데 무슨 나이 타령이야. 하긴 나도 스물아홉 때 그랬지. 서른이 될 때 믿어지지 않더라고. 이제 아저씨가 됐다는 생각에 아찔한 거야. 그런데 지내 놓고 보니 그 시절은 아직 애송이야, 애송이. 내가 올해 서른여섯인데 지금 마흔 넘어간 선배들 보면서 아직 내가 어리다고 생각해."

"그렇기는 하지만 직장 들어간 친구들은 이제 경력을 쌓아가고 있는데… 그 문턱을 넘지 못했으니 막막한 기분이 듭니다."

백수 여행자는 말을 멈춘 채 진지한 표정으로 돌아갔다. 한동안 침묵이 흘렀다. 말없이 술을 마시던 그가 입을 열었다.

"그건 그래. 나도 직장 생활 몇 년 했지만 돌아다니고 나니 이제 경력 단절자가 됐어. 막막한 건 나도 마찬가지야. 오죽하면 아버지가 간첩이 되라는 말을 했겠어, 후유."

공시생은 웃음을 참지 못하고 한참 동안 킥킥거렸다. 백수 여행자도 피식 웃으며 말했다.

"깐깐하지만 성실한 분이야. 평생을 열심히 일하셨지. 그 덕에 나도 빌붙어서 사는데⋯. 나는 욜로 하다가 골로 가고 있어."

'욜로', You Only Live Once. 백수 여행자가 그 말에 들떠서 직장을 그만두고 여행을 떠난 것은 아니었지만 그런 분위기에 젖었던 것은 사실이었다. 한 번뿐인 인생, 멋대로 살고 싶었던 그에게 목표 없는 방랑은 낭만이었다. 하지만 30대 중반을 넘어가는 그에게 앞날은 먹구름 낀 하늘처럼 다가오고 있었다.

"저는 욜로 할 엄두도 못 내면서 살아왔는데, 벌써 골로 가고 있어요, 하하."

공시생이 쓸쓸하게 웃었다.

"아, 욜로라는 게 요즘엔 자기만 생각하고, 앞날 생각하지 않은 채 잘 먹고, 잘 살자는 이기적인 행위처럼 보이지만 원래 뜻은 자기 식대로, 자기 삶을 잘 살자는 거지. 세상의 가치나 관습에 맞추지 말고…. 여행하는 게 결코 편하게 노는 건 아니야."

"그렇다 하더라도 전, 욜로족도 못 돼요. 세상에서 만들어 놓은 길을 걷기 위해 노력했으니까요."

백수 여행자는 소주를 들이켜더니 큰 소리로 말했다.

"물론 생존이 먼저지. 상황이 급박하면 당연히 그렇게 해야 하는 거고. 돈을 벌어야 해. 나도 살기 위해서 직장에 들어갔고, 또 살기 위해서 직장을 그만두고 여행을 떠난 거야. 처음부터 욜로니, 뭐니 그런 생각이 있던 게 아니라고. 남들 다 들어가는 직장에 들어가려고 나도 공부 열심히 했어. 그런데 직장 몇 년 다니다 보니까 숨 막히더라고. 미칠 거 같은 거야. 그러니까 나도 30대 초반까지 세상이 정해놓은 길을 정신없이 달려온 거지. 갑갑한 중고등학교 시절, 입시, 대학, 취업 그리고 퍽퍽한 직장 생활…. 우리 아버지는 그게 원래 인생이라고 말하는데 그건 아닌 것 같더라고. 요즘, 욜로 하다가 골로 간다는 말도 떠돌지만, 사실 나는 골로 갈뻔하다가 욜로 한 거라고. 내가 직장 생활 계속했더라면 병났을지도 몰라. 내 성격상 갑갑한 직장 생활에 적응하기가 정말 힘들었어."

"배달은 더 하고 싶지 않으세요?"

"지겨워. 삶이란 게 뭘 하나 오래 하면 지겨운 법이야. 그리고 몸이 많이 상했어. 허리도 아프고, 다리 살이 딱딱해졌어. 하루에 열 시간 넘게 오토바이를 타면 그렇게 돼. 물론 열 시간 동안 계속 타는 건 아니지만 늘 대기해야 해. 그리고 아차 하면 사고가 나니까 늘 아슬아슬하고 무서워…. 그렇다고 다시 장기 여행을 하고 싶지도 않고."

"저는 세계 여행을 몇 년 한다는 게 꿈처럼 여겨져요. 한 번도 외국에 나가지도 못했고, 또 어떻게 그렇게 돈만 쓰면서 오래 여행할 수 있는지도 의문이고요. 집에 돈이 많은 사람들이나 그렇게 하는 줄 알았습니다."

"집에 돈 많고, 학벌 좋은 젊은 애들이 직장 그만두고 장기 여행을 할까? 자기 인생 내팽개치는 길을 쉽게 가겠어? 스펙이 중요하고 돈이 중요한데. 그 친구들도 물론 여행하지만, 그들은 나와 좀 다른 것 같아. 나는 인생 내던지고 방랑한 거야. 나는 그게 좋았어. 그러니까 여행이라고 똑같은 게 아니야. 서로 다른 세계에서 노는 거지. 물가 싼 나라인 동남아, 인도, 중남미는 하루에 4만 원 정도로 버틸 수 있었어. 변방 지역으로 가면 더 쌌고. 지금은 물가가 올랐겠지만 그 시절엔 그랬어. 직장에서 몇 년 번 돈으로 한동안 떠돌았지."

"그럼 배달하면서 번 돈으로 다시 몇 년 떠돌 수 있겠네요."

"그런데 그게 내키지 않는단 말이야. 여행도 시들해졌어. 맛있는 음식도 많이 먹고 나면 질리듯이 여행에도 '한계 효용 체

감의 법칙'은 작용해. 그래서 다른 걸 해야겠는데 영 명확하지 않단 말이야. 계속 배달 라이더 생활하면 어느 여자가 나에게 오겠어. 난 결혼도 하고 싶은데 막막해."

백수 여행자는 쓸쓸하게 웃다가 계산을 마친 후, 커피를 마시자고 했다.

"오늘은 무인카페 가지 말고 스타벅스 가자고."

공시생은 잘 알지도 못하는 사람에게 이런 선심을 베푸는 백수 여행자가 너무도 고마웠다. 카페의 푸근한 의자에 앉아 진한 아메리카노를 마시며 이런저런 이야기를 계속 나누었다.

"저, 형님… 배달 라이더는 어떻게 해요?"

"왜? 그거 해보려고?"

"네, 지금 뭐라도 해야 하거든요. 공시는 이제 포기하고 우선 알바라도 하면서 생계를 유지하고 그다음을 생각해 봐야 하니까요."

백수 여행자는 답을 하지 않은 채 한동안 생각에 잠겨있다가 말했다.

"우리 바꿀까?"

"네? 뭘 바꿔요?"

"인생을 말이야. 꿈을 바꾸자고."

공시생은 눈을 크게 뜨고 백수 여행자를 바라보았다. 그도 눈을 크게 뜨고 공시생을 바라보았다. 한동안 침묵이 흐른 후 백수 여행자가 말을 이었다.

"내가 공무원 시험을 준비하고, 네가 배달 라이더를 하는 거야."

"네? 형님이 공무원 시험을 본다고요?"

"왜? 나는 안 되나?"

"아, 그게 아니라 너무 뜻밖이어서요."

"나, 공부 잘했어. 범생이 생활 하기가 싫어서 이런 길로 나섰지만 공부하는 거 좋아했어. 그러니까 서로 바꾸자고. 내가 중고 오토바이 줄게. 그걸로 배달해 봐. 요즘은 좀 수입이 줄었지만 그래도 300만 원 넘게는 벌 수 있을 거야. 오토바이 탈 줄 알지?"

"자전거는 탈 줄 아는데 오토바이는 안 타봤어요."

"그거 금방 배워. 요령이나 주의할 점은 내가 다 가르쳐 줄게. 하다 보면 터득하게 돼. 한 달 수입에서 50만 원 정도는 보험료로 비축해야 해. 기름값도 한 달에 30만 원은 들어갈 거야. 내가 다 알려줄게. 대신 나한테 공시에 관한 모든 걸 가르쳐 줘. 책도 다 주고. 서로 바꾸자고, 어때?"

공시생은 입을 벌린 채 백수 여행자를 쳐다보았다. 그가 농담 하는 것 같지는 않았다. 백수 여행자는 눈을 반짝이며 계속 말을 이었다.

"꿈을 바꾸자고. 사람이 평생 하나의 꿈만 간직하면서 살 수 있는 시대가 아니야. 옛날에는 '안 되면 되게 하라'는 말이 있었지만, 요즘에는 '안 되면 되는 거 하라'는 말이 떠돌잖아."

"하하, 그런 말이 있나요?"

"응, 나도 인터넷에서 봤어. 맞는 말 같아. 이제부터 나는 공무원이 되는 꿈을 꾸고, 너는 배달 라이더를 꿈꿔. 그리고 여행 유튜버에 도전해 봐. 나도 한때 해본 적 있긴 한데 어렵더라고. 동영상 편집 요령도 가르쳐 주고 짐벌도 줄게. 사람 사귀는 거 좋아하나?"

"네, 그건 좋아해요. 공시 준비하느라 사람들과 단절했지만, 시골 출신이라 사람들과 어울리는 건 좋아해요. 하지만 제가 그걸 해서 돈을 벌 수 있을까요?"

"아, 그건 해봐야 아는 거지. 일단은 그냥 될 거라고 생각하며 하는 거야…. 사는 건, 그런 거야. 그냥 해가는 가운데 전진하는 거야. 현지인들 사귀고, 같이 놀고, 먹는 동영상을 찍어봐. 사람들은 그런 동영상을 좋아해. 나는 혼자 놀다 보니 동영상이 별로 재미없었어. 아무리 멋진 풍경을 담아도 사람들은 흥미 없어 해. 사건이 있어야 해. 그거 잘하면 여행하면서 돈도 많이 벌어. 유명 유튜버는 방송에도 출연하던데? 옛날에는 여행작가들이 활동 많이 했지만, 이제는 여행 유튜버의 시대라고."

공시생은 얼이 빠진 채 백수 여행자의 이야기를 듣기만 했다. 처음 만난 사람이 오토바이에다가 동영상 찍는 장비까지 준다니 믿어지지 않았다.

"그런데 형님은 공무원 되면 만족하겠어요? 자유로운 삶을 살다가 답답한 삶을 살면 후회 안 하겠어요?"

"나 한때 자유롭게 살았잖아. 그런데 지금 시들해졌어. 결혼도 하고 싶은데 이대로는 안 되잖아. 금방은 어렵겠지만 마흔 살 되기 전까지 죽어라 하면 안 될까? 지난 2년간 배달하면서 모아놓은 돈으로 버틸 수 있을 것 같아. 그렇게 해서 공무원 되면 마흔부터 예순 초까지 평범한 생활을 하다가, 은퇴하고 나서 다시 신나게 떠돌고 싶어. 어때, 괜찮은 생각 아니야?"

공시생은 백수 여행자가 대단히 충동적인 사람이라고 생각했다. 하긴 그러니까 직장을 그만두고 5년씩이나 떠돌았고 또 배달 라이더도 했다는 생각이 들었다.

"참 묘하네요. 저는 학창 시절부터 공부만 하고, 졸업 후에도 공시 준비하면서 지쳤는데, 형님은 몇 년 놀고 나니까 공부할 힘이 생겼나 봐요, 하하."

"나는 한때 놀고 또 배달하면서 머리를 비웠잖아. 그러니까 공부할 힘이 생겼어. 학창 시절부터 계속 20여 년 동안 공부만 해온 사람은 공부가 지겨울 거야. 그러니 이제 머리를 좀 비워

봐. 그렇게 2년 넘게 일하면 여행 자금이 모일 거야. 어때 해볼 만하지 않아?"

공시생은 아직도 얼떨떨했다. 백수 여행자가 너무도 고마웠다. 어차피 그는 공부할 의욕을 잃었고 앞으로 생계가 막막한 처지였다.

"쇠뿔도 단김에 빼랬다고 내가 내일부터 가르쳐 줄게."

백수 여행자는 모든 것에 거침이 없었다. 카페에서 나올 때 그들의 얼굴은 붉게 상기되어 있었다. 세상은 변한 게 하나도 없었고 별다른 사건도 없었지만, 두 사람이 삶의 목표와 꿈을 바꾸자 일어난 변화였다. 그들은 내일 오전에 무인카페에서 다시 만나기로 하고 헤어졌다.

"아, 그리고 명심해야 할 건 잘 먹어야 해. 라면 하나로 하루를 때우지 마. 배달 라이더 하려면 체력 소모가 많아. 잘 먹는 것, 이거 정말 중요해. 그리고 내일을 위한 희망도 좋지만, 오늘 하루를 무사하게 잘 살아가는 게 더 중요해. 배달하면서 느낄 거야. 순간순간이 위험해. 아차 하면 사고로 죽을 수도 있고 다리가 부러질 수도 있어. 꿈도 좋지만 일단은 '오늘도 무사히' 정신으로 하루만 사는 거야. 용감해야 해. 인생이 어디로 가든."

공시생은 큰형 같은 그의 말이 너무 감사해서 울음이 터질뻔했다. 그는 백수 여행자에게 머리를 깊이 숙이며 생각했다.

'이 형은 오늘 하루만 사는 사람처럼 공부에 자신을 불사르겠지. 나도 그렇게 살아볼 테다.'

끓어오르는 삶의 열기가 공시생을 휘감아 왔다.

은둔
벗어나기

은둔형외톨이는 차차 세상에 익숙해지기 시작했다. 꽃을 배우는 가운데 친구도 사귀었고, 다행히 주변 사람들이 잘 대해줘서 상처받는 일도 없었다. 또한 그녀는 무인카페에 글을 쓰는 재미를 느껴가고 있었다. 은둔형외톨이가 6년 동안 방 안에만 있었다는 글 밑에는 이런 답글들도 달렸다.

ㄴ 화장실은요?
ㄴ 밥은요?

그럼, 누군가 그 밑에 '신문지에다 쌌어요'라는 답글을 달아놓았다. 이곳에 드나드는 10대들이 장난으로 쓴 것 같았다. '이 자식들이'라고 생각하면서도 은둔형외톨이는 웃음이 나왔다. 은둔형외톨이도 장난삼아 답을 달았다.

ㄴ 똥과 오줌은 요강에다 쌌어요. 요강, 알아요? 밥통 비슷한 거.

은둔형외톨이가 실제로 요강을 이용한 것은 아니었지만, 이제 그녀는 글로 장난칠 만한 여유가 생겼다. 사람들은 그녀의 기분과 심리에도 관심이 많았다. 그들은 방 안에만 있는 것이 고통이라고 여겼지만, 그 시절에 그녀는 밖에 나가는 것이 고통이었다. 은둔형외톨이는 영화에서 나오는, 인큐베이터의 속의 인간처럼 컴퓨터를 통해 세상을 관람했다. 방 안에서 먹고, 마시고, 화장실에서 싸는 것만이 그녀의 세계였다.

그녀는 은둔 생활을 끝낸 후, 정확히 월요일 밤 11시부터 30분 동안 무인카페에 머물며 커피를 마시고 짧은 글을 썼다. 그녀는 길게 이야기하는 법을 잘 몰랐다. 말을 더듬다 보니 어렸을 때부터 말도 짧게 했고 글도 짧게 썼다. 사람들은 그녀의 짧은 글보다 훨씬 더 긴 글을 답글로 달아놓았다. 그녀는 다른 사람들과의 소통을 그런 식으로 하며 차차 자신감을 얻어갔다. 여전히 사람들과 마주치면 그들의 눈빛이 무서웠고 인터넷에 글 쓰는 일도 두려웠지만, 무인카페의 노트는 안전하다고 여겼다.

휴학생은 그로부터 열두 시간 정도가 지난, 오전 11시 반에 무인카페로 와서 아메리카노 한 잔을 마시며 하루를 시작했다. 그는 화요일 오전이 늘 기대되었다. 은둔형외톨이가 월요일 밤에 쓴 글을 읽으며 공감도 했지만 걱정도 되었다. 그는 은둔형외톨이의 글에 답글도 달았지만, 그녀는 답글을 달지 않았다. 그는 '검정고시라도 치라'는 그의 글이 꼰대 말투 같아서 그녀의 기분을 상하게 했을지도 모른다는 걱정을 했다. 하지만 그녀의 기분이 상한 것은 아니었다. 다만 그녀는 '나는 플로리스트가 되고 싶은데, 꽃 다루는 일은 학력이 필요 없지 않나요?'라는 답글을 쓰면 서로 글이 길어질 것 같아서 피했을 뿐이다. 그녀는 길게 늘어지는 이야기는 질색이었다. 어쨌든 은둔형외톨이의 삶에는 점점 더 활력이 생겼다. 어머니도 딸이 능동적으로 변하는 모습을 보면서 힘을 냈다. 은둔형외톨이는 그런 희망적인 이야기들을 짧게 무인카페 노트에 썼고 사람들은 격려의 말을 달아주었다.

휴학생도 고등학교 1학년 때 학교폭력 피해자였다. 폭력을 당한 이유는 자기 친구를 괴롭히는 일진들에 맞섰기 때문이다.

정의감에 불타서 맞섰지만 그는 무너졌다. 일진들은 늘 점심시간에 몰려와 그를 괴롭혔고 수업이 끝난 후에도 끌고 가 때렸다. 한 명이라면 모르겠는데 집단을 이길 수는 없었다. 그는 담임선생에게 말했지만, 선생은 그들을 말로만 훈계했다. 그러자 일진들은 그를 더욱 괴롭혔다. 교장선생에게도 찾아가 호소했지만 교장선생 역시 우유부단했다. 나중에 알고 보니 그들 중 어느 애의 아버지가 교육계 고위 공직자라서 절절맨다는 이야기를 들었다. 휴학생은 절망했다. 썩어빠진 세상에서 기댈 데가 없었다.

처음에는 맞으면서 분노했지만 점점 그의 정신도 무너졌다. 그들의 폭력 앞에서 무릎을 꿇는 수모를 당하고 돌아서면 죽고 싶도록 자신이 미워졌다. 그 공포감과 치욕감 속에서 더는 학교에 다닐 수 없었다. 그가 학교에 가기를 거부하자 부모는 깜짝 놀랐다. 그러나 사실을 알고 나서는 같이 분노했고 아들이 치유할 시간이 필요하다며 이해해 주었다. 그는 집에서 은둔 생활을 하며 세상과 단절했다. 그는 인간과 세상 자체가 싫어졌다.

그가 은둔에서 깨어나게 된 계기는 어느 날 텔레비전에서 본 동물 다큐멘터리였다. 아프리카 초원에서 사자 무리를 지배하던 수컷들이 힘이 약해지자 다른 외부 집단에서 온 수컷들에게 쫓겨나는 비참한 모습을 보았다. 또한 수많은 가젤과 얼룩말들은 약한 개체들을 희생시켜 무리를 보존하고 있었다. 처음에는 피를 흘리며 죽어가는 약한 것들에 대한 동정심이 일었지만, 어느 날 문득, 그에게 이런 외침이 들려왔다.

'저것이 세상 아닌가? 내가 어디 간들 저런 법칙에서 벗어날 수 있을까? 결국 힘센 것이 살아남는다. 폭력배들처럼 나쁜 인간이 되자는 게 아니라 그들로부터 나를 그리고 우리를 지키기 위해서는 힘을 키워야 한다. 언제까지 피하고 도망치며 살 수는 없다. 아니, 더 좋은 곳으로 도망치는 것도 능력이다. 방 안에 처박혀 있다고 해결되는 건 없다.'

1년 만에 그는 자신의 나약함을 통렬히 반성하면서 방을 박차고 뛰쳐나왔다. 그에게 강해진다는 사실은 육체적 능력을 키우는 것만이 아니었다. 그는 인간의 힘은 근본적으로 집단과 조직에서 차지하는 위치에서 온다는 점을 깊이 인식했다. 힘센 조직으로 들어가려면 공부해야 한다고 생각했다. 그는 검정고시를 보기로 했고 맹렬하게 공부해 괜찮은 대학에 들어갈 수 있었다. 그리고 2년 후 그는 군대에 갔다. 군대에서 자신을 강하게 단련했고 제대한 후에도 한 학기 동안 복학을 미루면서 일했다. 집에 돈이 없어서가 아니라 세상을 더 경험하면서 강해지고 싶어서였다. 편의점과 포장마차에서 10개월 동안 알바를 하며 돈을 벌었다. 그는 나약한 자신이 변한 것에 대해 만족하며 복학을 앞두고 있었다.

그가 보기에 은둔형외톨이는 너무 나약해 보였다. 나약하면 어딜 가나 또 당한다는 사실을 잘 알기에 걱정이 되었다. 그러나 이제 은둔에서 막 빠져나온 그녀에게 세상의 냉혹한 현실을 알려주면 또 움츠러들 것 같아서 적극적으로 권하지 못했다. 복학을 얼마 앞둔 휴학생은 이곳에서의 삶을 정리하는 마음으로 노트에 글을 남겼다.

이제 이곳에서의 삶도 끝나간다. 이번 3월부터는 복학한다. 사실 나도 학교폭력 피해자다. 고등학교 시절 나는 약한 인간은 아니었지만, 더 센 놈들로부터 괴롭힘을 당했다. 그들은 하이에나 떼처럼 몰려다니며 약자들을 괴롭혔다. 약자를 도우려다 나는 당했다. 선생도 나를 보호해 주지 못했다. 내가 나를 방어하지 못하면 아무도 나를 도와주지 않는다는 것을 알았다. 강해져야만 했다. 나는 고등학교를 그만두었지만, 검정고시를 통해서 대학에 갈 수 있었다. 이제 나는 많이 강해졌다. 보람찬 시간이었다. 그 길에서 이 무인카페의 커피는 아침마다 나를 격려해 주었다. 매일 오전 11시 반에 와서 커피를 마시던 시간은 달콤했다. 고마운 곳이다. 안녕.

휴학생은 이 글을 월요일 날 오전에 썼고 은둔형외톨이는 그 날 밤에 그것을 보았다. 그녀는 학교폭력 피해자였으면서도 더욱 강하게 변해가는 이 사람에게 강렬한 매력을 느끼며 답글을 달았다.

ㄴ 그런 사연이 있었군요. 전번에 검정고시라도 보라는 이야기, 감사합니다. 그런 상처를 딛고 강해지는 모습이 존경스럽습니다. 아침마다 이곳에 들렀나 봐요. 전 늘 월요일 밤마다 왔었는데…. 당분간은 저도 매일 아침에 들를 생각입니다.

은둔형외톨이는 그를 만나고 싶었으나 솔직하게 말하기가 겁나서 슬쩍 돌려 말했다. 자신을 분명하게 표현하는 삶을 살아본 적이 없는 그녀는 만나보고 싶다는 마음을 그렇게 적었다.

약자는
강해져야 해

휴학생은 다음 날 오전에 무인카페에 와서 은둔형외톨이가 쓴 글을 보고 고개를 갸우뚱거렸다.

'당분간은 매일 아침에 들르겠다고? 뭘 뜻하는 말이지? 내가 오전 11시 반에 들렀다는 글을 쓰니 막연하게 자기도 그때 온다는 건가? 안녕이라고 카페에 이별 인사까지 했는데.'

휴학생은 그녀가 자신을 만나고 싶어 한다는 점을 느꼈지만 화요일 날은 용달차를 타고 오전 10시에 이삿짐을 옮겨야만 했다. 휴학생은 다음 날인 3월 1일, 11시 반쯤 무인카페에 다시 오기로 하고 그곳을 떴다. 이삿짐은 책상과 옷을 담은 박스 몇 개와 노트북, 이불 등이 전부였다. 집으로 돌아가는 그의 마음은 뿌듯했다.

　은둔형외톨이는 무인카페에 '만날 들를 것'이라고 썼지만 딱 이틀만 기다릴 생각이었다. 화요일은 플로리스트 선생님의 사정으로 수업이 없었고 3월 1일, 수요일은 휴일이어서 그녀는 오전에 카페에 올 수 있었다. 만약 그 남자가 올 의사가 있다면 이틀 중에 하루는 오리라고 예상했고 만약 안 오면 체념하기로 했다. 그녀는 늘 세상을 그렇게 소극적으로 살아왔다. 은둔형외톨이는 화요일 날 오전에 무인카페에 나가서 기다렸지만 그는 나타나지 않았다. 그녀는 다음 날에는 오전 10시부터 나가서 기다렸다. 마지막이라고 생각하며 카페라테를 두 잔이나 마셨다. 11시 반이 다가올수록 가슴이 두근거려 왔다.

　'그 사람이 올까? 막상 오면 어쩌지?'

　갑자기 그녀는 머릿속이 하얘지는 것을 느끼면서 도망치고 싶어졌다. 11시 20분이 되자 그녀는 벌떡 일어나 가쁜 숨을 억누르며 나가려고 했다. 그 찰나, 문을 열고 휴학생이 나타났다. 은둔형외톨이는 그를 보는 순간 놀라서 뒷걸음질을 쳤다. 휴학생은 그런 그녀를 보며 멈칫했다.

　"혹시, 6년간 은둔했다는 분 아니에요?"

　"네…, 네…. 맞, 맞아요."

은둔형외톨이는 대답하면서도 창피했다.

"아, 미안해요. 이름을 모르니까 그렇게 불렀어요. 반갑습니다. 답글 보고 혹시나 해서 나온 거예요. 어제는 이사하느라 못 왔어요."

그녀는 눈을 마주치지 못한 채 고개를 숙였다. 휴학생은 그녀에게 자리에 앉으라고 권했다. 잠시 침묵이 흘렀다.

"커피 한잔하실래요?"

"저, 저는… 벌, 벌써 두, 두 잔이나 마셨어요."

"그럼 다른 거 마실까요?"

"아, 아뇨…. 아뇨…. 네…. 네…. 전, 전… 카페, 카페… 라테 마실게요. 근데 저, 사, 사주시려고요? 고, 고맙습니다."

휴학생은 그녀를 물끄러미 쳐다보았다. 중학교 3학년 때부터 6년간 은둔하다 나왔으니, 대학에 다니고 있을 나이. 그녀는 자신보다 두세 살 정도 어린 20대 초반의 여성이었다. 은둔하느라 살이 쪄, 통통하면서도 귀여운 인상이었는데 말을 더듬고 있었다. 그녀의 상기된 얼굴을 보니 잘 대해주고 싶었다.

"저도 학교폭력 피해자였고 1년 동안 집 밖으로 나오지 않았어요. 같은 입장에서 많이 이해해요. 그런 나쁜 것들은 다 벌 받을 거예요. 안심하세요, 하하."

은둔형외톨이는 여전히 눈을 깔고 있었지만 굵고, 씩씩한 목소리에 마음이 진정되었다. 드디어 커피가 나왔고 잠시 침묵이 흘렀다. 커피를 마시는 동안 부드러운 재즈 음악이 계속 흘러나왔다.

"그동안 고생 많이 했겠어요?"

"네, 네…."

"플로리스트가 되는 게 꿈인가 봐요. 재미있어요?"

"네, 네…."

"꽃을 좋아하나 봐요?"

"네, 네…."

다시 침묵이 흘렀다. 잠시 후 은둔형외톨이가 고개를 들더니 휴학생을 빤히 쳐다보았다. 휴학생은 그녀의 돌변한 모습을 보고 잠시 놀랐으나 순수한 눈빛이 아름답다고 느꼈다.

"질, 질, 질문이 있는데요…. 플, 플로리스트가 되는 데는 학, 학력이 필요 없어요. 근데 검정… 검정고시를 보아서라도 학, 학교에 가, 가라고 했잖아요. 왜, 왜지요?"

그녀의 눈빛에는 진심으로 그 이유를 알고 싶다는 열기가 넘쳐흘렀다.

"강해지기 위해서입니다. 악한 놈들은 꼭 패거리로 몰려다녀요. 거기다 자기 부모 믿고 거들먹거리지요. 그런 놈들과 싸우기 위해서는 강해져야 하는데 강해지려면 육체만이 아니라 정신도 강해져야 하고 지식을 가져야 해요. 그리고 정상적인 집단에 들어가서 보호받아야 해요. 그렇지 않고 외톨이로 방치되면 나쁜 놈들은 그런 사람을 집중적으로 더 괴롭혀요. 그러니까 계속 배우면서 사회의 지식과 수단을 이용할 줄도 알아야 해요. 플로리스트가 되는 것도 좋지만 사회생활을 하려면 배워야 합니다. 수많은 관계와 환경에 적응하고, 대처하고, 자기를 방어하기 위해서라도."

은둔형외톨이는 그의 이야기를 유심히 들었다. 눈을 아래로 깔았으면서도 가끔은 그의 눈을 쳐다보았다. 그녀는 그의 눈빛 속에서 진정성과 용기를 보았다. 여태까지 접해보지 못한 눈빛이었다.

"하지만 제가 이길 수 없는 사람들을 만나면 어떻게 해요?"

그 말을 하고 나서 그녀는 속으로 깜짝 놀랐다. 말을 더듬지 않은 것이다. 휴학생도 갑자기 변한 그녀의 말투에 놀랐으나 내색하지 않았다.

"그때는 토끼는 수밖에 없어요. 도망치는 겁니다!"

"하하, 하하…."

그녀는 의외의 답변에 한참을 웃었다. 심각한 대답을 기대했는데 웃기는 대답이었다.

"아프리카 세렝게티에 사는 가젤이나 얼룩말들은 사자가 덤

비면 죽어라 도망갑니다. 어쩔 수 없어요. 하늘이 그렇게 만들어 놓았어요. 약자는 강자를 보면 집단을 이루어 방어해야 하지만 정 안되면 도망가야 해요. 삼십육계 줄행랑이라는 소리 들어 봤어요? 중국 무술에서 가장 고차원적인 전략이 삼십육계 줄행랑, 즉 도망치는 겁니다!"

은둔형외톨이는 또 한참 동안 웃었다.

"그러니까 싸울 때는 싸우고, 도망칠 때는 잘 도망쳐야 해요. 도망치는 것도 능력입니다. 가만히 있으면 당하기만 해요. 도망치지 못하는 상황이라면 죽기 살기로 싸워야 합니다. 우리는 독해질 필요가 있어요. 나는 지금도 학교폭력을 당했을 때 더 독한 마음으로 대들지 못한 걸 후회해요. 그놈들 머리통을 돌로 내려쳤으면 그놈들도 물러섰을 텐데 당하기만 했어요. 맞은 것보다 그들에게 굴복했다는 수치감이 나를 더 괴롭혔어요…. 다시 누군가 괴롭히고 폭력을 행사하면 그때는 그것들의 코나 귀라도 물어뜯으세요. 그 독함이 있어야 악한 놈들, 강한 놈들은 물러섭니다…. 개인이든, 나라든 죽기 살기로 싸우면 함부로 건들지 못해요. 그때 방송국에 연락하고, 학교 정문 앞에서 일인 시위라도 해야 했는데…. 그렇게 했으면 그들이 함부로 못 했을 거예요. 아마 학교 선생들도 벌벌 떨면서 대책을 세웠겠지요. 방송국이나 신문사에서 몰려오면 자기들도 불리했을 테니까…. 세상을 너무 겁내지 마세요. 마음을 야무지게 먹고, 공부도 해서 자신을 강하게 만드세요. 당당해져야 합니다. 살기 위해서 우리는 빠릿빠릿해야 해요."

그의 열띤 소리를 들으면서 그녀의 가슴이 두근거려 왔다. 자기 주변에서 이런 말을 해주는 사람은 그동안 한 명도 없었다. 지금까지 그녀의 엄마는 자신을 사랑해 주고, 위로해 주고, 또 센터에서 만났던 언니와 오빠들도 친절하게 대해주었지만, 그들 역시 다 약한 사람들이었다. 그런데 그녀는 휴학생에게서 용기를 보았다. 그녀는 자신도 모르게 외쳤다.

"고맙습니다…. 검정고시 하겠습니다. 도와주세요!"

그녀의 열기 띤 말과 절실한 눈빛에 휴학생의 가슴이 떨려왔다. 그녀의 눈빛에서 절대로 물러서지 않겠다는 의지가 보였다.

"아무 때고 연락하세요. 내 이메일과 전화번호 알려줄게요. 힘내세요!"

그녀는 눈을 크게 뜨고 그의 눈을 쳐다보았다. 휴학생은 더 따스한 말을 해주면 그녀가 울 것 같다는 느낌이 들어서 더는 말하지 않았다. 그들은 무인카페를 나와 반대편을 향해서 각자의 길을 갔다. 휴학생은 이곳에서 보낸 시간이 보람찼다는 생각에 가슴이 뿌듯해졌다. 그녀 역시 소중한 사람을 만난 이 무인카페가 너무도 고마웠다. 그녀는 가다가 뒤를 돌아보았다. 그의 넓은 어깨가 든든해 보였다. 그녀도 가슴을 활짝 펴고 씩씩하게 걸었다.

'그런데 내가 왜 아까는 말을 안 더듬었을까?'

그녀는 길을 걸으며 곰곰이 생각해 보았다. 이유가 있다면 단 하나였다. 절실했기 때문이다. 그 절실함이 오랫동안 그녀를 괴롭혔던 말더듬증을 사라지게 했다. 그녀는 더욱더 절실하고 용감하게 살기로 결심했다. 휴학생은 걸으며 그녀의 마지막 말을 떠올렸다.

"도와주세요…."

그녀의 강렬한 눈빛은 아름다우면서도 총명했다. 그는 한없이 그녀를 도와주고 싶었다.

가족이라는 굴레, 가족의 힘

40대 가정주부의
외로움과 불안함

내 나이 마흔여섯 살. 평범하면서도 팔자 좋은 40대 중반의 가정주부다. 서울에 있는 32평 아파트에 살고 아이는 하나다. 남편은 튼실한 직장에 잘 다니니 이 나이쯤 되면 행복해질 줄 알았다. 그런데 요즘은 환장하겠다. 우선 하나밖에 없는 딸아이가 미쳐가고 있다. 중학교에 들어가자 슬슬 반항하던 아이는 1년이 지나자 폭탄이 되었고 이제는 내가 한마디 하면 열 마디를 하며 대들었다. 별것 아닌 일에도 딸은 반항했다. 방이 어질러져서 "방 좀 치워라", 너무 먹고 살찌는 것 같아서 "적게 먹어라"고 말하면 펄펄 뛰었다. 자기가 다 알아서 할 텐데 간섭한다는 것이다. 알아서 하긴 뭘 하는가? 하나도 행동으로 옮기지 않으면서 주둥아리만 나불대는 꼴이 가관이다. 공부 좀 하라고 말하면 "방금 하려고 했는데 엄마가 그 말을 해서 하기 싫어졌다"는 기가 막힌 말을 하며 길길이 날뛰었다. 아이는 동네가 창피할 정도로 소리를 질러댔고 나 역시 미친년처럼 소리를 질렀다. 딸은 나를 닮아서인지 절대로 지기 싫어했다. 두 미친년이 한밤중에도 대판 싸운 적이 있었고 전번에는 딸이 하도 날뛰어서 내가 손으로 어깨를 밀치자, 딸은 고양이처럼 내 팔을 할퀴기까지 했다.

그럴 때마다 남편은 늘 피했다. 그는 집안일을 남의 일 대하듯이 거리를 두었다. 딸의 성적에도, 성격에도 관심이 없었다. 자기는 직장 일에 신경 쓰는 것만 해도 힘이 드니 시간 많은 내가 다 알아서 하라는 것이다. 오히려 딸보다 이런 남편이 더 문제였다. 남편의 나이 이제 50대 초반, 지천명의 나이라고 하는데 자기 분수를 알아서인가? 집안일과 세상일로부터 거리를 두고 회사 일에만 신경 쓴 채 자기 방에 들어가 유튜브와 게임 삼매경에 빠졌다. 거의 20년을 같이 살았는데도 도대체 저 인간의 속을 모르겠다. 우리는 대화를 거의 하지 않고 산다. 남편은 다른 세계에 살고 아이는 바락바락 대든다.

친정집도 그렇다. 하나밖에 없는 남동생은 40대 중반인데도 장가를 가지 못했다. 안 간 건지, 못 간 건지 도무지 알 수가 없다. 그놈도 대화 불가다. 내 주변의 남자들은 왜 이런가? 변변치 않은 직장이나마 다니고 있으니 다행이지만, 가끔 친정에 가면 집 안이 엉망이다. 남동생 방은 늘 잡동사니로 어질러져 있고 담배 냄새에 찌들어 있다. 거실도 어질러져 있고 욕실에는 곰팡이가 피어있다. 70대 후반의 홀어머니는 집을 치울 여력도 없었고 남동생은 주말이면 게임에 빠져있거나 놀러 다니기에 바빴다. 그런 동생을 보면 안에서 열불이 터졌다.

"게임하면 돈이 나와, 밥이 나와? 왜 거기에 미쳐서 그러지?"

한번은 그런 소리를 동생에게 했더니 동생은 나를 한심하다는 눈초리로 쳐다보았다.

"누나는 아직 나이도 많지 않은데 왜 그렇게 꼰대 같은 소리를 해?"

"뭐야? 너는 아재 아닌 거 같고? 게임만 하면 다 젊은 거야?"

"후유… 내 말은 게임이 그냥 놀이만은 아니라는 거야. 인터넷에 '장부루' 쳐봐. 걔는 94년생인데 그 젊은 나이에 대학교수가 됐어. 또 '리그 오브 레전드' 챔피언 '페이커'가 받는 연봉이 얼마인 줄 알아? 100억 원이 넘는다는 소리가 있어."

이건 또 무슨 소리인가? 얘가 게임만 하더니 미쳤구나. 이름도 이상한 장부루 그리고 페이커는 또 뭐야? 무슨 암호 같은데… 게임을 해서 1년에 100억 원을 번다고?

"리그… 뭐라고? 그게 뭔데?"

"말하면 누나가 알아? 나중에 인터넷 찾아봐."

이 새끼가 게임 좀 아는 것이 뭐 그렇게 대단하다고…. 그때는 황당한 데다 처음 들어보는 얘기라 입을 다문 채 한숨을 쉬었지만 동생은 당당했다. 거기다 동생은 요즘엔 인터넷에 웹소설을 쓰느라 바쁘다고 했다.

집에 와서 인터넷에 장부루를 검색해 보니 진짜 교수였다. 인공지능학과 교수인데 학생들과 게임에서 만나 대화하는 게 기사화돼 있었다. 학생이 게임을 하면서 장부루에게 자기네 학교에도 장부루라는 교수가 있다며 말을 건다. 장부루는 모르는 척했지만 "하늘 아래 장부루는 한 명"이란 학생의 말에 자신이 교수라는 걸 인정한다. 젊은 애가 교수가 되어 학생들과 함께 게임하고 또 가르치는 세상이다. 이런 기사를 보면 내가 구시대 인물이 되는 것 같아서 기가 죽는다.

이번에는 페이커를 검색해 보니 더 충격이었다. 페이커는 96년생인데 강서구의 건물을 110억 원대에 매입해 건물주가 됐다는 기사가 있었다. 스물네 살에 건물주가 됐다고? 기초생활수급자 가정에서 성장한 페이커는 고등학교 2학년 때 프로게이머가 되지 않겠냐는 제안을 받고 학교를 중퇴했다. 이후 돈을 엄청나게 벌었는데 그가 사는 집이 친구들과 술래잡기할 수 있을 정도로

넓다는 것이다. 세상에, 집이 얼마나 넓기에…. 이런 동화 같은 이야기가 실화인가? 게임을 전혀 모르는 나는 용어도 모르겠다. 그저 묘한 상실감만 들었다.

다들 이렇게 살고 있나? 그러니까, 내 남편이나 남동생이 이런 세계에 사는 거지? 이것들이 자기도 언젠가 프로게이머가 되어 건물주가 되는 꿈을 꾸면서? 연예인 지망생들이 스타를 꿈꾸듯이? 솔직히 금액이 너무 커서 정신이 좀 어지러웠다. 한편으로는 혹시나, 하는 마음도 들었다. 그러나 이내 머릿속이 정리되었다. 연예인은 아무나 되고, 프로게이머는 아무나 되나? 피라미드 꼴의 정상을 바라보며 그 밑에서 자기 인생 탕진하는 사람들이 얼마나 많겠는가?

동생의 말을 듣고 어느 사이트에 들어가 웹소설이란 걸 읽어 보니 확신이 들었다. 인기 있는 판타지 소설이란 것들은 황당무계해 보였다. 전부 환생이니, 빙의니, 귀신이니… 유치 짬뽕의 극치였다. 동생이 쓰는 소설이 어떤 건지 모르겠지만 안 봐도 딱 알 것 같았다. 10대나 20대는 그렇다 치자. 무슨 40대 중반이 이런 데서 그런 소설을 쓰나? 현실에서는 아재 분위기 풀풀 내면서 인터넷상에서 어리게 노는 꼴이 가관이었다. 가끔 친정집에 가서 욕실 청소를 하다 보면 속이 뒤집혀서 미친년처럼 혼자서 소리를 질러댔다.

"염병! 무슨 판타지 소설? 네 인생이 판타지다! 네가 피터 팬인 줄 알아? 현실감각을 찾아야지. 자기 집 청소하는 게 그렇게 힘들어?"

도대체 마음 붙이고 기댈 데가 없었다. 게다가 딸이 반항이라도 하면 특히 괴로웠다. 내가 자기를 어떻게 키워왔는데, 하나밖에 없는 딸이라고 벌벌 떨면서 위했는데…. 어릴 적 재롱 피우던 모습이 떠오르면 미칠 것만 같았다. 딸은 무슨 말만 하면 벌컥벌컥 화를 내고 자기 방에도 못 들어가게 했다. 방 안에서 뭘 하고 있는지 도무지 알 수가 없었다. 치밀어 오르는 감정이 하나가 아니었다. 분노, 배신감, 섭섭함, 사랑, 측은함은 물론, '내가 자식을 잘못 키운 것인가'라는 후회와 의심도 들었고 '도대체 내가 무슨 잘못을 했길래 저 아이가 저토록 반항하는 것일까'라는 좌절감도 들었다.

그리고 이번에 큰 사건이 일어났다. 아이가 마트에 뭘 사러 간 사이에, 딸이 두고 간 휴대폰에 눈길이 갔다. 마침 인스타그램을 하다가 로그아웃하지 않은 상태였다. 잽싸게 딸의 인스타그램을 보니 가관이었다. 어떤 남학생과 메시지가 계속 오갔는데 남자는 시큰둥하고, 내 딸만 몸이 달아오른 것 같았다. 딸은 개의 호감을 사려고 온갖 아양을 떨었는데 남자애가 이런 메시지를 보냈다.

"나는 외모를 좀 보거든. 외모가 중요해."

그 말은 내 딸의 얼굴이 못생겼다는 이야기였다. 그 말도 기분이 나빴지만, 그 말을 듣고도 어떻게든 호감을 사려고 치근덕거리는 딸아이에게 더 화가 났다. 마침 딸이 돌아오자 나는 버럭 소리를 질렀다.

"야, 너는 자존심도 없어? 너 싫다는 놈한테 왜 그렇게 비굴하게 그래?"

그러자 난리가 났다. 우선 내가 자기 휴대폰을 마음대로 본 것이 문제가 되었다. 한동안 고성이 오가다가 화제는 그 남자애 얘기로 흘러갔다.

"네 얼굴이 어때서? 예쁘기만 한데. 그것도 몰라보는 놈이 뭐가 좋다고 그래!"

내가 보기에 딸은 미스코리아 정도의 외모는 아니지만 복스럽고 귀엽고 예쁘기만 했다. 그러나 딸의 외침 앞에서 나는 입을 다물 수밖에 없었다.

"나는 원판이 나쁘잖아! 아무리 꾸며도 원판이 나쁘니까, 안된단 말이야! 엄마랑 아빠가 잘생겼으면 내가 이 고생 안 하잖아! 나는 원죄를 갖고 태어났다고!"

이년이… 욕이 튀어나왔지만 꾹 참았다. 원판? 원죄? 기가 막

혀서! 그 후 일주일 동안 아이는 방문을 닫고 들어가 대화를 거
부했다. 지금도 냉전 중이다. 다행히 아이는 은둔형외톨이가 되
지는 않았다. 학교와 학원은 꾸역꾸역 다니고 공부도 뒤지지는
않는다.

　아이와 한바탕 일을 치른 후, 거울 속의 내 얼굴을 보았다. 조
금 찢어진 작은 눈, 볼록 튀어나온 볼, 작은 입, 계란형의 얼굴.
예쁜 편은 아니지만⋯ 이만하면 어때서? 지적이고 귀엽지 않
나? 문득 남편의 얼굴이 떠올랐다. 넓적한 얼굴, 개구리 같은 큰
입⋯. 남편의 원판이 나쁘긴 하지. 그래도 성실해서 결혼했다.
근데 생각보다 너무 성실하다. 회사에서 일하고 들어오면 게임
에 너무 성실하다. 어쨌든 이 험한 시기를 잘 넘어가길 바랄 뿐
이다. 일찍 결혼한 친구들 이야기를 들어보니, 자식들이 중학
교 때부터 다 '폭탄'처럼 되는데 그 폭탄을 터트리지 말고 잘 지
내면 고등학교 때부터 차차 진정된다고 했다. 어디선가 본 이야
기지만 부모는 아이에게 그저 퍼주고, 질 수밖에 없는 존재라고
생각하며 버티고 있다. 나 역시 그 시기에 부모님에게 반항했던
기억을 떠올리며 마음을 추스르고 있다.

　이 동네에 이사 온 지는 1년째다. 무인카페는 나에게 휴식처
이자 도피처다. 점심을 먹고 동네 한 바퀴를 산책하다가 거의

매일 아메리카노나 카페라테를 한 잔 마신다. 어쩌다 사람이 있을 때도 있지만 대개는 비어있다. 이곳에서 음악을 들으며 비치된 노트를 종종 읽는다. 세상에, 6년간이나 방 안에 처박힌 히키코모리도 있다. 그에 비하면 우리 딸은 다행이다. 또 삶의 방향을 잃은 사람, 라면 하나로 하루를 버티는 공시생 이야기를 보면서 '나는 얼마나 행복한가?'라는 생각이 들었다.

그러나 그런 안도감이 일시적이고 허약하다는 사실은 잘 안다. 나에게는 불안감, 초조함, 억울함이 늘 맴돌고 있다. 이건 어디서 오는 것일까? 내가 나를 위한 삶을 살지 못해서일까? 나는 가정주부로서 집안, 시집, 친정집 등에 신경 쓰면서 살아왔지만 스스로 '생산한 것'이 없다. 나 자신을 위해 살아본 기억이 없다. 돈을 벌거나 활동하는 친구들을 보면 부럽다. 그들은 앞서가고 나는 뒤처진 존재가 된 기분, 인생이 이것으로 끝나는 느낌, 그런데 아무도 알아주지 않는 현실. 그저 모두 내가 밥해주고, 청소해 주고, 뭔가를 해주는 존재로만 알지 고마워하지 않는 인간들. 나는 집에서 외면당하고 무시당하는 존재다. 가끔 눈물이 난다.

거기다 요즘은 남편이 의심스럽다. 남편이 바람을 피우는 것 같다. 정확한 증거는 없지만 느낌이 그렇다. 그렇지 않으면 딸과 내가 한바탕 싸울 때 남의 일 바라보듯이 고요하게 지낼 수 있을까? 뭔가 자기 세계, 자기가 사랑하는 여자가 있으니까 그럴 수 있는 것 아닌가?

가끔 내가 심각하게 화를 내면 남편의 태도가 돌변할 때도 있다. 그럴 때 남편은 상황 수습을 위해 극진하게 노력한다. 그래서 더 의심이 간다. 차라리 초지일관 무뚝뚝하면 성격이 그러려니 하겠지만 어떻게 사람이 이렇게 급변하는가? 그러고 나면 다시 언제 그랬냐는 듯, 자기 세계에 빠져있다. 가끔 내게 잘해줄 때면 아주 머리가 좋은 '고수'에게 놀아나고 있다는 기분도 든다. 인간을 다루는 테크닉이 보통이 아니다. 곰곰이 생각해보니 결혼 전에도 그랬다. 연애를 기가 막히게 잘했지. 남편은 내 감정을 너무도 잘 컨트롤했다. 실수하는 법이 없었다. 그런데 결혼하고 나니 돌변했다. 결국 나는 그의 손바닥 위에서 놀아난 것은 아닐까? 얼마나 연애 박사이기에 나를 그렇게 홀렸나? 자기 배우자까지 전략으로 대하는 인간. 남편은 직장 생활도 잘하는 편이다. 동료들과의 관계도 좋고 상사들에게도 신임받는 것 같다. 흠잡을 데가 없다. 그래서 더 불안하다.

이 사람의 가치관과 인생관은 무엇인가? 사람이 40대나 50대가 되면 그런 고민 하지 않나? 자기 과거를 돌아보며 반성하고 미래에 대해서 생각하지 않나? 그런 태도는 자신과 가족에 대한 책임감에서 나오는 것 아닐까? 그런데 그는 자기에게도, 가족에게도 책임감이 없는 것 같다. 그는 다른 세계에 빠진 것이 틀림 없다. 그 다른 세계에 내가 모르는 '그녀'가 있는 것은 아닐까? 한 때 흥신소에 그를 조사해 달라고 부탁할 생각도 했지만 친구들 이 말렸다.

"너, 좀 이상하다. 네가 너무 편해서 그러는 거야. 시간이 많아서 그래. 세상에 그 정도 되는 남편이 어디 있니? 성실하잖아. 자기 도 사는 게 바쁘고 피곤하니까 집에 돌아와 말을 안 하는 거지."

친구들의 말이 맞는지도 모른다. 이런 나의 의심은 친정아버 지 때문에 생겼을 것이다. 지금은 돌아가신 친정아버지는 70대 중반부터 3년 동안 바람을 피우셨다. 몇 년 전, 중풍으로 쓰러지 신 후에야 이 사실을 알았다. 한 달 동안 중환자실에 계실 때 아 버지의 애인과 우리 어머니는 병실에서 만났다. 그녀는 혼인신 고는 올리지 않았지만 자신이 아버지의 하나뿐인 연인임을 의 심조차 하지 않았다고 했다. 세상에… 그녀는 아버지가 사별한 사람인 줄 알았다는 것이다. 어떻게 멀쩡한 엄마를 죽었다고 말 하고, 두 집 살림을 3년 동안 들키지 않고 하셨을까? 신묘한 기 술을 가지신 아버지는 두 여자, 아니 세 여자의 뒤통수를 세게 후려치신 후 가볍게 세상을 뜨셨다. 살아남은 자들의 허탈감, 배 신감은 이루 말할 수 없었다. 아버지의 연인도 불쌍해 보였다.

그리고 나도 언젠가 그렇게 될 수 있다는 불안감 속에서 40대 중반을 보내고 있다. 어느 날, 노트를 읽기만 하던 나는 한 줄을 남기기로 결심했다.

남자들은 다 짐승들이야. 이것들은 도대체 믿을 수가 없어.

은퇴하면
좋을 줄 알았는데

우울한 마음을 달래려고 자정쯤 집에서 나왔다가 발견한 곳이 무인카페였다. 사람은 없었다. 잠이 안 오겠지만 카페라테를 뽑았다. 어차피 졸리지도 않으니 될 대로 되라는 마음이었다. 아무도 없는 공간, 따스한 불빛 아래서 부드러운 음악을 들으니 다른 세상 같았다. 가족도, 세상도, 미래도 모두 잊고 커피 맛에만 머물고 싶었다. 벽에는 사랑 타령하는 쪽지들이 걸려있었고 노트도 보였다. 노트를 보니 재미있다. 남자가 다 짐승이라는 여자, 은둔을 6년이나 했다는 아이, 세계 여행을 했다는 백수 여행자와 공시생의 답글…. 사연 있는 사람들만 이곳에 모이나?

문득 삶이 징글맞다는 생각이 들었다. 왜 이렇게 사연이 많은 거야? 평안한 삶은 없나? 그동안 나는 그저 돈 벌어오는 기계였고 그 역할이 끝나자 폐기 처분을 당하는 기분이 들고 있다. 언젠가 그런 이야기를 한 적이 있지만 아내는 건성으로 들었다. 그러면서 오히려 자기도 힘들다고 했다. 살림하고 남편 내조하고, 시댁과 친정을 신경 쓰는 것, 아이들 입시 전선에서 정보를 얻고 학원, 과외 선생을 알아보고 뒷바라지하는 그동안의 삶이 얼마나 어려웠는 줄 아냐며 나보다 더 긴 하소연을 했다.

은퇴하면 좋을 줄 알았다. 작년에 퇴직하면서 2년만 참으면 연금 생활자가 된다는 희망에 부풀었다. 그동안 저축한 돈과 퇴직금이 있고, 평소에 재테크를 했기에 2년 정도 돈을 까먹어도 별걱정이 없었다. 드디어 내년 초부터 국민연금 150만 원 정도를 동갑내기인 아내와 함께 받는다. 거기다 지금 민간연금도 150만 원 정도 받고 있으니, 부자는 아니지만 먹고 사는 것은 문제가 없다. 서울에 38평 아파트가 있고 저축한 돈 몇억 원을 주식에 투자해 놓았다. 이제 서른 살이 넘은 아들은 대기업에 취업해서 자기 밥벌이를 하고 있으니 한숨 놓았다. 이제부터는 허리끈을 풀고 나도 나 자신을 위해 살아보고 싶었다.

그런데 아내는 달랐다. 하나밖에 없는 아들을 결혼시키려면 전세금이라도 마련해 주어야 한다며 나를 닦달했다. 어디 가서 노인 알바 자리라도 구해서 돈을 벌라는 것이다. 자신도 재주 좋게 어느 마트의 직원으로 취직했다. 하지만 나는 일하고 싶지 않았다. 평생을 일하느라 지쳤는데 또 일하라고? 아내는 노인을 돌보는 일이라도 구해보라는데 기가 막혔다. 나도 노인이 되어가는데 무슨 징그럽게 노인을 돌봐!

나는 아들에 대해서도 별로 걱정하지 않았다. 대기업에 취업했으니 먹고살기는 문제없고, 결혼한 뒤에는 월세부터 시작하면 되지 않나? 한 10년 정도 맞벌이해 가면서 돈을 저축해 전세로 옮기고 그러다 대출받아서 집을 산 후, 50대에 자기 집을 가지면 되는 것 아닌가? 나도 그렇게 살아왔다. 하지만 아내의 이야기는 달랐다.

"무슨 한심한 소리 하는 거야? 요즘 전세금도 없으면 누가 시집온대? 부모가 되어서 그 정도는 해줘야지. 그리고 집값 올라가는 거 봐. 월급으로 언제 집 산다고?"

아내는 나를 무정하고 이기적인 아버지로 몰아붙였다. 그런 이야기를 아들 앞에서 당당히 했다. 자연스럽게 아내와 아들은 한편이 되었고 나를 타산적인 아버지로 몰아갔다. 나는 늘 소외감을 느끼면서 살아왔다. 특히 아이의 대학입시 과정에서 그랬다. 대학에 들어가는 과정이 얼마나 복잡한지 학교 선생도 잘 모를 정도라고 했다. 엄마와 학원 선생들이 중심이 되어 아이들 교육을 끌고 갔다. 가끔 내가 무슨 말만 하면 "당신은 모르면 가만히 있어"라는 말이 돌아왔다. 그 과정에서 학교 선생과 아버지의 권위는 무너지고 인간의 도리, 바른 생활 따위는 웃기는 소리가 되었다. 아이들의 최우선 목표는 오로지 대학입시였고 그걸 최전선에서 진두지휘하는 인간이 아내였다. 아내는 아들의 학점까지 신경 쓰며 교수에게 전화를 거는 어머니는 아니었지만, 자식에 대한 애정과 의무감은 대단했다. 자신이 시집온 후, 고생한 것을 대물림해 주고 싶지 않다는 생각을 갖고 있었다. 아내는 말뿐만이 아니라 실천했다. 어디선가 또 알바 자리를 얻어서 투잡을 뛰었다. 아들을 위해 열심히 돈 버는 것, 그것이 남은 인생의 목표라고 생각했다. 아내는 나에게 비싼 점심 사 먹지 말라며 도시락을 싸주었다. 자기도 귀찮을 텐데 도시락을 챙겨주는 아내의 열성 앞에서 내가 무슨 이야기를 하나?

나는 늘 나갔다. 처음에는 시간이 많아서 좋았다. 온갖 곳을 돌아다니며 자유 시간을 즐겼다. 봄이나 가을에는 공원에서 도시락을 먹으면 소풍 나온 것 같아서 괜찮았다. 그런데 겨울이 되니 추운 데서 도시락을 먹는 것이 너무도 을씨년스러웠다. 한겨울에는 나가지 않고 텔레비전을 보는 가운데 살이 쪄갔다. 뒤룩뒤룩 뱃살이 나오니 보기 흉했다. 결국 다시 밖으로 나갔다.

지난겨울, 늘 다닌 곳은 동네 도서관이었다. 대개 60대들이 자리를 잡고 신문이나 책을 보고 있었다. 신문은 보기 싫었다. 세상이 난리가 난 것처럼 시커먼 활자들이 가득했지만 다 별것 아닌 것들이라 생각했다. 내가 쓸모없는 인간이 되듯, 요란스러운 사건들도 곧 잊힐 것 아닌가?

도서관에서 나오면 늘 한강에 갔다. 날씨가 싸늘할 때 한강 근처의 벤치에 앉아 도시락을 먹는 내가 처량했다. 은퇴하면 여행도 하고, 외식도 하고, 자유도 즐길 줄 알았는데 한두 달 그러다 말았다. 찬밥을 먹고 한강 변을 거닐다 보면 울컥 화가 치솟았다. 그동안 얼마나 힘들게 살아왔는데 언제까지 이렇게 살아야 하나? 아내의 기세를 보면 이건 뭐 아들에, 손주까지 다 맡아서 책임질 것 같았다. 저러다 결국 아들에게 배신당할 텐데….

자식, 특히 아들은 다 그 길을 걷는다. 결혼하는 순간 마누라의 영향을 받는다. 내가 그러지 않았나? 어머니를 실망하게 하고 서럽게 한 장본인이 아내와 나 아니었나? 자기는 그걸 안 당할 것 같은가? 그것도 모르고 자기와 아들은 영원히 가까우리라고 생각하는 아내가 한심해 보였다. 결국 옆에 남는 건 남편인데 말이다. 서운한 마음에 강변에 있는 편의점에서 낮술도 마셨다. 삶의 벼랑 끝을 어슬렁거리는 기분이 들었다. 내 편은 하나도 없고 이제 좋을 일은 하나도 없어 보이는 인생. 가족도, 조직도, 사회도, 세상도 모두 나와 상관없이 돌아가는 회전목마.

얼마 전에 불 꺼진 거실에 앉아 베란다 밖을 바라본 적이 있었다. 건너편 아파트에는 아직도 불이 꺼지지 않은 집들이 많았다.

"그렇게 열심히 살아서 뭣들 하려고?"

나도 모르게 그런 말이 입에서 튀어나왔다. 얼마 전에 대학 동기가 갑자기 죽었다. 괴로사였다. 자다가 일어나지 못했는데 뇌출혈이라고 했다. 장례식장에 모인 친구들의 표정은 어두웠다. 세상을 뜬 그를 며칠 전에 만났던 친구는 더 낙담했다. 이제 우리도 언젠가, 갑자기 간다는 사실이 실감 났다. 나의 아버지도 그렇게 갑자기 가셨다. 시장에서 옷 장사를 하시며 3형제를 키우셨던 아버지는 50대 중반에 뇌출혈로 갑작스레 세상을 떠나셨고, 홀로 남으신 어머니는 그 옷 장사를 이어받아 간신히 자식들을 학교에 보내셨다. 다들 커서 결혼했지만, 어머니를 모시는 사람은 하나도 없었다. 형이 어머니를 모시지 않으니 둘째인 나도 책임지기 싫었고 셋째는 지방에서 생활했다. 결국 어머니는 오랫동안 외롭게 홀로 사시다가 위암에 걸려 요양병원에서 돌아가셨다. 3형제 모두 임종을 보지 못했다. 나도 그렇게 가겠지. 병들면 하얀 전등 밑에서 어머니처럼 이런저런 주삿바늘을 꽂은 채 외롭게…. 그런 상상을 하면 가족도 모두 낯설게 보였다. 내가 부모를 그렇게 보냈는데 나라고 별수 있겠나? 업보지. 아들에게 지극정성을 보이는 아내 역시 그렇게 외롭게 죽을 것 아닌가? 불쌍해 보였다.

예전처럼 늙고, 병든 부모를 자식들이 봉양하는 시대가 아니다. 모든 것이 급변하는 이 시대에는 서로 거리 두고 사는 것이 속 편하다. 하지만 좁은 아파트에서는 서로 일거수일투족을 다 보게 된다. 자식은 부모의 사소한 허물을 다 보니 부모의 권위, 특히 아버지의 권위는 없어진다. 부모 또한 자식의 일상에 간섭하게 되니 자식도 짜증이 난다. 아이가 분리, 독립하는 시점이 올까? 언젠가 아내에게 이런 말을 한 적이 있다.

"부모가 앞장서서 다 해주면 아이들이 성장 못 해. 아이 결혼하고 나서도 간섭할 건가? 그걸 좋아할 며느리가 어디 있어? 자기 남편 마마보이라고 싫어하지. 당신, 그거 지나치면 병이야."

"병은 무슨 병이야…. 부모니까 당연히 그러는 거지."

좋다. 아내는 자기가 좋아서 그렇게 한다고 하자. 하지만 내 삶은 어찌 되는 거지? 나는 이렇게 소외 속에서 계속 빌빌거리며 살다가 죽어야 하나? 어디론가 도피하고 싶다. 내 마음대로 어디 가지도 못하는 신세인 나의 도피처는 동네의 무인카페다. 한밤중에, 아무도 없는 곳에서 음악을 들으며 커피를 마시니 마음이 편안해진다. 잠시나마 이런 공간에서 보내는 시간이 꿀맛 같다. 노트에 적힌 이런저런 사연을 보다가 나도 짧은 글을 썼다.

은퇴하면 좋을 줄 알았는데, 이게 뭐냐? 이제 폐기 처분 되는 기분이 든다. 하고 싶은 것 하다가 죽어야지… 삶이 뭐라고. 그렇지 않으면 원통할 것 같아.

이 개만도 못한 것들아,
개만큼만 해봐!

남자들은 다 짐승들이야. 이것들은 도대체 믿
을 수가 없어.

이런 글을 무인카페 노트에 썼던 40대 중반의 가정주부는 진
지하게 자신에 대해 생각해 보았다.

'내가 혹시 의부증은 아닐까? 바람피우고 떠나신 아버지 때
문에 그런 건지도 모르지. 철저하게 집안일에 거리를 둔 채 고
요하고 냉정한 남편. 그러다 내가 짜증을 내면, 참기름 바른 인
간이 되어 흠 하나 잡히지 않는 인간. 그 순간만 지나면 또 냉정
하게 자기 세계에 빠지는 인간. 내가 남편을 아버지와 같은 급

의 신공을 터득한 인간으로 볼 수밖에 없는 이유다. 그런데 증거가 없어.'

이렇게 계속 남편을 의심한 그녀는 선택의 길에서 고민했다. 정신과에 가서 자신의 의부증 증세를 검진받을 것인가? 부부 클리닉에 가서 자신들의 부부 생활에 대해 검진받을 것인가? 아니면 흥신소로 갈 것인가? 그녀는 세 번째 선택지를 택했다. 인터넷에서 보니 요즘은 흥신소가 합법화되고 분위기도 예전처럼 어둡지 않다고 한다. 흥신소를 '탐정 사무소'라고도 부르는데 올라온 탐정들의 사진 속 인상이 한결같이 좋았다. 밝고, 세련된 영업 사원들처럼 보였다. 그녀는 고민 끝에 한 흥신소에 전화를 걸었다. 그때 전화를 받는 남자의 중저음 목소리가 그만 그녀의 가슴을 흔들었다. 신뢰를 넘어서 가슴이 설렐 만큼 매력적이었다.

'어머… 내가 왜 이래. 이러다 내가 불륜이라도 저지르는 거 아니야?'

옛날 외국영화에서 본 그런 기억을 떠올리며 그녀는 머리를 흔들었다. 그녀는 설레는 가슴을 눌러가며 상담했다. 맡기는 일에 따라 비용이 달라지며 배우자 불륜에 관한 건은 하루에 50만 원에서 70만 원 정도라고 했다. 또 배우자의 동선과 상황에 따라서 금액은 올라갈 수 있다고 했다. 그녀는 생각해 보겠다고 말한 후 전화를 끊었다. 다른 흥신소 몇 군데도 전화를 걸어보니 가격이 모두 달랐다. 그녀는 쉽게 결정할 수 없었다. 늘 일정하게 출퇴근하는 남편의 뒤를 조사해 보았자 의미 없는 것 같고, 무슨 약속이 있어서 늦게 들어올 때 하기로 했다. 그런데 남편은 아무리 기다려도 약속이 없었다. 사실, 평소에도 늦게 돌아오는 경우가 별로 없었다. 주말에도 자기 방에서 인터넷이나 게임을 하는 사람이었지 어디 나가지도 않았다.

'내가 쓸데없는 짓을 하는 건 아닐까?'

가정주부는 낮에 무인카페에 와서 커피를 마시며 수없이 생각했다. 그런데 무인카페 노트에 적힌 어느 젊은 여자의 글을 보니 속이 뜨끔했다. 이혼한다는 부모를 비난하는 내용이었다. 가정주부는 그런 글을 보니 더 고민이 되었다.

'막상 불륜을 알게 되면 어쩔 것인가? 이혼하면 집이 반쪽이 되는데 아이는 누가 키울 것인가? 차라리 모르고 사는 게 좋지 않을까? 모르는 척하면서? 어쩌면 이 인간이 낮에 그 짓을 하는 것은 아닐까? 설마… 하지만 설마가 사람 잡는다는 말도 있잖아.'

가정주부는 머리가 터질 것만 같았다. 결국 그녀는 흥신소를 찾아갔다. 조사 후에, 아무 일도 없다는 사실이 판명 나야만 마음이 편해질 것 같았다. 그녀가 찾아간 흥신소 직원들은 인상이 좋고 믿을만해 보였다. 3일 정도, 남편을 뒤쫓아 달라고 했다. 그리고 결과는 '아무 일도 없음'이었다.

"성실한 남편입니다. 일밖에 모르던데요. 동선이 빤해요. 쫓아다니는 우리가 답답할 정도였습니다."

그 말을 들으며 가정주부는 처음에는 안도했지만, 일주일 후 또 다른 의심이 들었다. 그녀는 예전에 본 일본 영화를 떠올렸다. 흥신소에서 일하는 직원이 남편의 불륜 현장을 사진으로 남긴 후, 그것을 의뢰인인 아내에게 갖고 가지 않고 남편에게 보여준다. 직원은 아내에게 '아무 일 없다'고 보고하는 대가로 남편에게도 돈을 받아낸다. 결국 탐정은 양쪽으로부터 돈을 받아먹은 것이다.

'이 흥신소 직원도 수상하다. 그냥 없다고 하면 될 것이지 왜 성실한 남편이라며 칭찬하는가 말이다.'

가정주부는 여전히 심기가 불편했다. 거기다 들어간 돈을 생각하니 속이 쓰려왔다. 그녀는 결국 제풀에 지쳐서 의심을 거두기로 했다. 해결된 것은 아무것도 없었다. 남편은 낮에는 일, 밤에는 게임과 인터넷에 빠져있었고 딸애는 방문을 걸어 잠근 채 자기 세계에 들어가 있었다.

'모래알 같은 우리 식구들…. 남편이 돈을 벌어다 주면 뭐 하나? 나를 인간 대접하지 않는데. 서로 대화하고, 속을 알아야 가족이지. 딸애는 내가 낳았으면 뭐 하나? 나를 상대하지 않는데. 그래, 여기서 내가 살려면 나도 모래가 되어야지. 저 모래들하고 어떻게 내가 결합하겠나?'

그녀는 그들에게 기댈수록 자기만 비참해진다고 생각했다. 그렇다고 자신이 직장 생활을 할 수 있는 형편도 아니었다. 하여 그녀는 자기 세계를 찾아가기로 했고, 생각해 낸 것이 '개 키우기'였다. 그녀는 50대나 60대 정도로 보이는 여자들이 강아지를 유모차에 태우고, 옷을 입히며 돌보는 이유를 알 것 같았다. 그녀는 동네의 어느 애견 분양소에 가서 생후 2주 되는 강아지를 데려왔다. 예쁜 스피츠였다. 그때부터 가정주부는 강아지 기르기에 푹 빠져버렸다. 밥을 먹든 말든 딸이 알아서 하겠지, 자기 손이 있으니 남편이 챙겨 먹겠지, 하면서 밥통에 밥을 해놓고 냉장고 안에 반찬만 준비해 놓은 채 상도 차리지 않았다. 세탁기도 각자 알아서 돌리자고, 빨래 통을 세 개 준비해 놓고 말했다.

"각자 자기 옷은 자기가 돌리세요. 손이 있고 발이 있으니까."

이렇게 해서 가정에는 평화가 깃들었다. 가정주부는 해방감을 느꼈다. 남편을 의심하지 않았고 딸에게도 잔소리하지 않았다. 그녀에게는 오로지 개만 있었다. 시장이나 무인카페에 갈 때면 언제나 개를 데리고 다녔다. 개는 그녀에게 충성과 애정을 바쳤다. 그녀는 늘 개하고만 소통했다. 이제 그녀에게 개 없는 인생은 상상할 수조차 없었다. 또 기르는 개가 외로워 보여서 한 마리를 더 키우기로 했다. 그런데 한 달 정도 지나자 남편과 딸이 가정주부에게 불평하기 시작했다.

"아니, 개한테만 신경 쓰고 우리에게는 신경 안 써?"

딸애가 툴툴거렸고, 늘 무관심했던 남편도 아내에게 짜증을 냈다. 다시 갈등이 생기고 있었다. 남편과 딸은 개를 질투했고 가정주부는 언제나 개밖에 몰랐다. 어느 날, 남편이 투덜거렸다.

"당신은 개 시중드는 개 집사야? 이게 뭐야? 우리가 가족이야?"

가정주부는 그 말을 듣자마자 벼락같이 소리를 질렀다.

"이 개만도 못한 것아. 개만큼만 나에게 해봐. 내가 왜 이러겠어. 개처럼만 살아보라고!"

오래간만에 남편이 인간다운 소리를 했지만, 가정주부는 그를 개만도 못한 인간이라고 꾸짖었다. 모래알 같은 집안에 찾아온 평화는 개로 인해서 얻어졌지만 또 개로 인해서 깨지기 시작했다.

정신적 탯줄을
끊어라

60대 초반의 은퇴자는 서러운 마음이 들었다. 자신이 온갖 수모를 당하며 돈 벌어 처자식을 먹여 살렸어도 그들은 감사할 줄 몰랐다. 그것을 아버지의 당연한 의무로 여겼고 잘나가는 집들과 비교하면서 오히려 깔보았다. 아내가 그런 분위기를 먼저 만들었고 아들이 합세했다. 실질적으로 돈 버느라 고생한 사람은 아버지였지만 아들은 늘 자식을 위하는 말만 하는 어머니 편을 들었다. 은퇴자는 항상 우울했고 소외감을 느꼈다.

"여보, 우리 둘이 잘 살아야 나중에 후회 없어. 너무 자식 생각만 하다가는 나중에 서러워져. 나는 지금 허전하고 외로워. 당신이 아들 편만 드니 내 권위는 하나도 없어졌어."

"내가 아들 편만 들어서 당신의 권위가 없어졌다고? 아니, 본받을 만한 게 있어야 권위가 생기지. 돈만 벌어다 주면 할 일 다 하는 건가?"

은퇴자는 할 말이 없었다. 그도 역시 자신은 물론, 요즘 남자들, 아버지들이 지질하다고 느끼고 있었다. 정신없이 살아오느라 가치관도 희미하고 속이 텅 빈 느낌이었다. 가끔 옛날과 비교하면서 요즘의 세태를 탓하면, '세상이 변했는데 감상적인 옛날이야기 하지 말라'는 핀잔만 들었다. 옛날에는 부모가 잘났든 못났든, 권위가 있든 없든 다 큰 자식들은 알아서 부모를 대접하는 문화가 있었다. 그걸 못 하면 자신을 부도덕한 인간이라고 생각하며 스스로 죄책감을 느꼈다. 하지만 지금 사회에 그런 윤리와 도덕은 없다. 그리고 자식 세대도 살기가 너무 피곤하며, 또 어른 같지 않은 어른은 얼마나 많은가?

'앞으로 자식 세대는 더 아래 세대로부터 더욱 심한 소외감을 느낄 텐데, 그때가 되면 아들이 이 아버지의 마음을 알아줄까?'

이런 시대에는 각자가 독립적으로, 스스로 잘 사는 방법밖에 없다고 생각한 은퇴자는 아내를 설득했다.

"사람은 뭔가 자신을 꾹 눌러주고, 두려워하는 게 있어야 겸손해져. 우리 때는 막연하게나마 그런 것이 있었다고. 어른을 무서워하고, 사회적 관습을 두려워했어. 그런데 요즘은 그런 게 없어지니까 자기 안의 욕망이 치고 올라오는 거야. 심리학자들이 그러는데 슈퍼에고가 없어지면 에고와 이드가 치고 올라온대. 무질서한 욕망에 휘둘리는 거지. 세상이 지금 개판이 되는 이유야. 다 자기가 왕자나 공주가 되어서… 부모나 선생이 눈에 들어오지도 않는다고. 옛날에는 엄한 아버지들이 아이들을 꾹 눌러주는 역할을 했는데 이젠 그런 시대도 아니야. 어차피 당신이나 나나 더 나이 들면 요양병원 신세야. 그전에 우리도 스스로 즐겨야지. 너무 억울하지 않겠어?"

은퇴자는 요양병원에 가는 것은 감수한다 해도 자식을 위해 헌신적으로 살다가, 결국 실용적이고 계산적인 가치관을 가진 자식에 의해 버려지는 기분은 참을 수 없었다. 그렇다고 지금 와서 부모를 공경하라는 식의 교육을 할 수는 없었다. 시기를 놓친 그로서는 그 모든 것을 받아들이자고 결심했다. 다만, 그 전에 자신의 삶을 마음껏 살아보고 싶었다.

"그러니 이제 각자가 독립적으로 살아야 해. 부모는 자식에게 신세 지지 말고, 자식도 어른이 되면 부모에게 신세 지지 말고 독립해야 한다고."

"말 어렵게 하지 마. 슈퍼에고니, 에고니 그런 거 난 모르겠고, 그딴 것보다 더 우선하고 중요한 건 돈이라고 생각해. 돈 없으면 부모 자식 관계도 파탄이 나는 거야. 요즘 자식들에게 전세금도 못 해주면 자식들이 부모를 어떻게 생각하는 줄 알아? 원망한다고! 돈이 있어야 자식에게 대접받는 거야. 지금 물가 뛰는 거 봐. 앞으로는 100세 시대고 돈 값어치는 계속 떨어질 거야. 지금 우리가 받을 연금이 얼마나 된다고 안심해? 건강보험료 계속 내야지, 세금도 내야지. 유튜브 봐봐. 죽을 때까지 일해야 하는 시대라잖아…. 또 아들 결혼할 때 집은 못 사줘도 전세금이라도 만들어 줘야 하는데 아직 한참 모자라."

은퇴자는 화가 치솟았다.

'왜 아이의 전세금, 집 문제가 내 노후 인생의 대전제가 되어야지? 되는 만큼만 도와주고, 자식은 자식의 인생을 살아야 하는 것 아닌가? 대기업에도 취업했는데? 금수저가 아니면 아닌 대로 살아가야지.'

은퇴자는 아내가 자신들의 능력을 넘어선 일을 자기 의무로 내면화하고 괴로워하는 것은 아닌지 의심했다.

"우리보다 어려운 사람들도 다 자기 삶 즐기면서 살아. 나처럼 도시락 갖고 다니며 밖에서 먹지 않는다고! 어디까지, 얼마큼 돈이 있어야 마음 편하게 살 수 있다고 생각해? 당신이 자식의 해결사 노릇을 하려니까 더 힘든 거야."

"해결사? 어떻게 부모가 되어서 자기 생각만 해? 이기적이야.

우리 결혼 초에 얼마나 고생했어? 그거 대물림하고 싶지 않다고! 이런 생각을 나만 하는 줄 알아? 부모라면 다 생각하는 거라고. 내가 정상이야. 당신이 좀 이상해!"

은퇴자의 아내는 종종 옛날 일을 떠올리면서 몸서리쳤다. 월세와 전세에 살면서 겪었던 고생, 특히 좀 이상한 집주인에게 당했던 수모와 분노 때문에 더 흥분했다. 은퇴자는 자신을 비정상적인 아버지로 몰아가는 아내 앞에서 숨이 막혔다. 그는 입을 다물며 한숨을 내쉬었다. 흥분을 가라앉힌 은퇴자의 아내는 차분하게 말을 이었다.

"당신, 잘 들어. 꼭 자식 때문만은 아니야. 이제 한 번도 겪어보지 못한 고령화 시대를 맞아 비참한 일들이 벌어질 수 있다고. 돈 없는 사람들이 다 몰락하고, 고려장 같은 거 생기고, 부모가 자식을 버리고, 자식이 부모를 버린다고. 돈 없으면 다 그렇게 되는 거야. 그러니까 벌 수 있을 때까지 끝까지 벌어야 하는 거야! 놀기는 뭘 논다고 그래!"

은퇴자 아내의 눈빛은 당당했지만 그 안에는 공포심도 서려 있었다. 그녀의 집은 엄청나게 가난했었다. 시골에서 올라와 자수성가한 아내는 20대 때부터 서울에서 고생을 많이 했었다. 결혼 직후에 남편은 처남이 사는 서울 변두리를 방문했다가 경악했었다. 사람 몸 하나 간신히 눕히는 고시원에서 학생인 처남이 살고 있었다. 침대 하나만 달랑 있는 그곳은 환경이 너무 열악해서 숨쉬기가 갑갑할 정도였다. 남편은 당장 처남을 좀 더 넓은 공간에 에어컨과 냉장고가 있는 곳으로 옮기게 했다. 아내는 남편에게 고마워했다. 젊은 시절 어려웠던 은퇴자의 아내는 살림을 잘했으며 재테크도 잘했지만, 항상 가난에 대한 공포감에 시달려 왔다. 은퇴자는 그런 아내가 측은하기도 했다.

"나도 가난하게 살아서 돈 없으면 어떤 일이 벌어지는지 잘 알아. 하지만 병드는 게 더 무서운 거야. 나는 갑자기 세상을 뜬 아버지, 병원에서 외롭게 죽어간 어머니를 생각하면 그게 더 두려워. 뼈 빠지게 일만 하다가 갑자기 죽으면 너무 허망하고 원통할 거 같아. 우리도 곧 무슨 병 걸릴지도 모르고, 지루하고 힘든 투병기가 시작될 거야. 나는 그런 거 생각하면 시간이 너무 아까워. 그전에 한 번이라도 나 하고 싶은 대로 살다가 죽고 싶다고…. 당신, 이제 결정할 시기가 왔어. 나야? 아들이야? 양자택일해."

은퇴자의 아내는 뜨악한 표정을 지었다.

"무슨 양자택일이야? 아들은 아들이고 남편은 남편이지."

"그 말이 아니라 당신이 이제 누구를 바라보고, 누구와 함께 죽을 때까지 살 건지를 인식하고 선택해야 해. 나야? 아들이야?"

"그거야 당신이지. 당신하고 사는 거지, 내가 아들하고 사나?"

"그럼 당신, 이제 아들과의 정신적 탯줄을 끊어야 해. 앞으로 며느리가 우리 아들에게 엄마와 거리를 두라고 요구할 거야. 당신이 나에게 했던 것처럼. 그러니까 아들과 미리 거리 두기를 연습해야 나중에 상실감을 덜 느낄 거야."

은퇴자는 더 말하지 않은 채, 집 밖으로 나왔다. 아무리 이야기해도 아내가 끝까지 거부하면 자기 혼자서라도 놀 생각이었다.

'젠장, 이러다 병들어 앓다가 죽으면 내 인생은 뭐란 말인가? 이렇게 생각하는 나만 이기적인가? 자식은 이기적이지 않은가? 아내는 이기적이지 않은가? 자식을 위하는 것 같지만, 자식에게 의지하고 인정받으려는 이기심도 있지. 그런데 왜 나만 이기적이라고 비난하고 왜 나에게만 희생을 강요하는가 말이다.'

은퇴자는 자기 부모가 갑작스럽게 죽는 과정이 정신적 트라우마로 남았고, 그의 아내는 어렸을 때부터 가난이 트라우마로 남았다. 두 트라우마가 부딪치는 가운데 그들은 자신을 곰곰이 생각했다.

그로부터 일주일 후 은퇴자 부부는 다시 대화했다. 은퇴자의 아내는 고민을 많이 했던 것 같았다. 그녀가 먼저 긴장한 표정으로 물었다.

"그럼, 앞으로 어떻게 살자는 거야?"

"내 뜻에 동의한다면 방법이 있어. 나는 캠핑카를 사고 싶어."

"캠핑? 웬 캠핑? 등산 가자고?"

"아니, 캠핑카를 사서 전국 방방곡곡을 돌아다니고 싶어. 바닷가, 산길, 들판 어디든 달리다가 세워놓고 자면 돼. 요즘 많이들 하고 있어. 쓸만한 2인승 차가 5,000만 원 정도야. 그것보다 싼 것들도 있고, 중고차도 있어. 침대, 싱크대, 식탁, 전자레인지, 주방… 다 있어. 정말 불편하지 않게 되어있대. 이걸 타고 다니면서 전국을 돌아다니며 맛있는 거 사 먹고, 낚시해서 회도 먹고, 산골에 가면 나물 캐서 무쳐 먹고… 얼마나 좋아? 한 10년만 그렇게 살아보고 싶어. 당신과 함께 우리만의 삶을 살고 싶어. 생활비가 더 많이 드는 것도 아니야. 처음에 몇천만 원만 쓰면 목돈 들어갈 게 없어."

"애는? 애는 어떻게 하고?"

은퇴자는 자동으로 "애는?" 하고 묻는 아내의 말에 숨이 콱 막혀왔다.

"아니 서른이 넘은 놈인데 뭐가 걱정이야. 자기 삶, 자기가 알아서 사는 거지. 걔 군대도 갔다 온 애야. 당신 군대가 어떤 데인 줄 알아? 좆으로 밤송이를 까라면 까는 데라고…."

"뭐로 뭐를 까? 하하… 나 참."

"이봐, 우리 동계 훈련 나가잖아. 야전에 텐트 치고 훈련해.

그런데 밤에 라면을 먹고 싶어져. 그럼, 주방이 어디 있어? 야전에서 물을 어떻게 끓여? 그땐 플라스틱 쓰레기통을 깨끗이 씻은 후 거기에 물을 담고 라면수프를 풀어. 그리고 야전에 설치된 전깃줄을 잘라서 그걸 물에 집어넣으면 금방 물이 끓어. 거기에 라면 왕창 집어넣고 먹어 치운다고…. 심지어는 부대 안에서 주번사관 개를 잡아먹은 놈들도 있었어. 야밤에. 개는 죽어서 군인들 배 속에 들어갔고, 솥과 불 핀 흔적은 땅속에 파묻었는데 알게 뭐야? 당신은 남자들의 세계를 몰라. '안 되면 되게 하라' 하면서 어떻게든 자기들 생존을 이어가는 야성이 있다고."

은퇴자의 아내는 군대 이야기를 들으며 한숨을 내쉬었다.

"그건 40년 전, 야만스럽던 당신들 시절의 이야기고 요즘 남자애들은 아무것도 못해."

"뭘 못해? 부모가 그렇게 만드는 거지. 사람은 닥치면 다 하게 되어 있어. 남자애들의 남성성을 거세시키지 말라고!"

자신의 언성이 높아짐을 느끼자 은퇴자는 입을 다물었다. 그는 더 말하고 싶었지만 '시대에 뒤떨어진 사람'이라는 말을 듣고 살았기에 고집부릴 자신이 없었다.

'시대가 변했다면 할 수 없지. 나 혼자서라도 도망치는 수밖에.'

그는 아내가 안 따라오면 자신이라도 혼자 캠핑차를 타고

10년 정도 떠돌리라 결심했다.

일주일이 지난 어느 날, 은퇴자가 저녁을 먹고 무인카페로 와 커피를 마실 때, 아내가 나타났다.

"당신이 여기는 어쩐 일이야?"

"당신, 늘 여기 오는 거 알고 있잖아…. 분위기 좋네."

은퇴자는 카페라테를 뽑아서 아내에게 주었다. 아내는 한 모금 마시더니 눈을 크게 떴다.

"맛있네. 값도 싸고, 음악도 좋고. 그래서 당신이 여기 종종 왔구나. 사람도 없고."

"음, 나는 좀 쉬고 싶어. 피곤해. 당신은 그렇지 않아? 아이 키우고 시집 일, 친정집 일 신경 쓰면서 여태까지 숨 가쁘게 달려왔잖아."

아내는 아무 말 하지 않고 창밖을 내다보았다.

"나도 쉬고 싶지. 50대, 갱년기 때 특히 힘들었어. 몸도 마음도 불안하고…. 그래도 자식에 대한 의무, 애정 때문에 살아온 거지. 그리고 우리 애는 다행히 다른 아이들처럼 큰 반항도 하지 않고 착한 편이잖아. 그런데 당신 이야기 듣고 보니 맞는 거 같아. 당신도 착한 사람이었지. 착한 남편, 착한 아들…. 그런데 나는 당신 그 착하고 여린 게 싫더라고. 어머니가 말만 하면 다 듣고, 마마보이 같고, 유약하고…. 그래, 결국 내 아들도 내 곁을 떠나겠지. 이젠 내가 당신을 바라보고 살아야 할 거 같아. 우리 캠핑카 사자. 그거 타고 전국을 돌아다니자. 곳곳마다 다니며 내가 맛있는 거 많이 해줄게."

은퇴자는 울컥하는 가슴을 지그시 누르며 말했다.

"그래, 우리 마누라, 요리 잘하지! 고마워. 자식 걱정, 미래 걱정 너무 하지 마. 우리가 우리 삶을 잘 살아야 나이 들어 자식이 좀 잘못해도 원망하지 않게 돼. 무정한 부모 되자는 게 아니야. 자식이 돈 없어서 쩔쩔매고, 등골이 오싹해지고, 추락의 위험을 느끼는 상황이 되면 우리 집을 팔아서라도 당연히 도와줘야지. 나도 아버지라고. 하지만 아이들은 고통과 고난을 겪어야 어른이 돼. 나는 내 아들이 바르고, 성숙하고, 튼튼한 인간이 되기를 바라는 거야. 나는 그동안 못다 한 아버지의 의무를 다하고 싶어. 이런 방식이 내가 아들을 도와주는 거야."

은퇴자는 수십 년 묵은 체증이 쑥 내려가는 것을 느끼면서 삶의 의욕이 솟구쳤다. 아내와 함께 힘차게 전국을 여행할 희망에 가슴이 부풀어 오르기 시작했다.

부모가 이혼한다는데
이걸 어떻게 하나?

❖

　　나는 올해 스물두 살이다. 재수하고 대학에 들어왔는데 코로나가 한창이었다. 뭐, 대학 생활이 이런지. 교수 얼굴도 모르고, 친구도 못 사귀고 모든 것이 비대면이었다. 재미없는 대학 생활이 싫어서 1학년을 마치고 휴학했다. 그 기간에 알바하면서 돈을 벌었다. 이번에 복학하면서 여름방학 때 꿈에도 그리던 유럽 여행을 떠나려고 했는데 요즘 부모가 이혼하네, 마네 하며 속을 썩여서 골치가 아프다. 성격이 안 맞는 아빠와 엄마의 부부 싸움은 평생 보아왔기에 익숙하다. 그런데 요즘 몇 개월은 정말 심각하다. 24년을 넘게 살아놓고, 은혼식을 얼마 앞둔 지금 와서 이혼하겠다는 거다. 화가 난다. 이혼하든 말든 자기들의 일이지만 나는 어떡하냐고? 이혼하면 그걸로 끝나는 거야? 자식 인생은 어떻게 할 건데?

내가 보기에 우리 부모는 별것 아닌 갖고 늘 싸웠다. 아빠는 치약이 바닥나면 엄마에게 좀 바꿔놓으라 하고, 엄마는 아빠가 사다 놓으면 되는 게 아니냐고 신경질을 낸다. 아빠는 대기업 회사원으로 50대 후반을 향해 가고 있다. 이사직에 올라가지 못하는 바람에 곧 은퇴할 분위기라며 기가 죽어있다. 엄마는 작은 인터넷 신문사 기자다. 신문사라고는 하지만 요즘엔 하도 이상한 매체들이 많아져서 차라리 1인 유튜버가 더 신뢰성 있다.

어쨌든 둘 다 바쁘다. 그럼 같이 신경 쓰면서 집안 살림을 하면 될 텐데 둘 다 미룬다. 방 청소도 그렇다. 우리 가족은 모두 청소를 싫어하는 유전자가 있다. 그래서 집이 엉망이다. 하수구가 막혀도 누가 앞장서서 신경 쓰지 않는다. 전번에는 하수구 물이 화장실에 넘치고 나서야 사람을 부른다고 난리 쳤다. 그 와중에 또 부부 싸움. 형광등도 마지막 형광등 불이 다 나가고 나서야 사람을 부른다. 형광등과 안전기를 갈아주면 거기에 더해 출장비 3만 원을 따로 받는 세상이다. 보일러가 고장 나도 그렇다. 온수가 나오다가 끊기다가 했는데 급기야 한겨울에 온수가 완전히 끊기자 그제야 보일러를 간다고 호들갑을 떨었다. 그러면서 또 부부 싸움. 항상 우리 집은 모든 것이 터지고 나서야 허겁지겁한다. 누구도 먼저 나서서 책임을 안 진다. 다 상대방 탓이다. 아빠는 당연히 안 하고, 엄마도 늘 바쁘다고 안 한다. 그럼 내가 하랴? 이 몸도 바쁘신데. 나의 이 게으르고 되바라진 성격은 엄마와 아빠로부터 온 것이니 어쩔 수 없다. 내 책임이 아니다.

어쨌든 그 과정에서 엄마와 아빠는 항상 대판 싸움을 벌였다. 그래도 생활과 관련된 싸움은 그럭저럭 넘겨왔다. 그런데 친가, 외가와 관련된 싸움이 일어나면 늘 문제가 커졌다. 어머니는 친가와 사이가 안 좋았고 아버지는 딱 그만큼 외가와 사이가 안 좋았다. 이런 싸움에는 내가 끼어들 여지가 없다. 내가 한참 예민하던 고등학교 3학년 때도 딸의 입장은 생각하지 않고 부모는 자기들 감정에만 충실해서 앞뒤 가리지 않고 싸움질했다. '이 인간들을 경찰서에 신고할까' 하는 생각을 한두 번 해본 게 아니다. 그래도 부모라고 참고, 또 참아주었더니 이제 와서 이혼한다네? 확 방송국에 연락해 버릴까? 인터넷에 실명으로 올려버릴까?

이번 싸움의 원인은 자세히 모르겠지만 집안 문제다. 할머니는 늘 엄마를 못마땅해했고, 외할머니 역시 아빠를 못마땅해했다. 조그만 싸움도 옛날 일까지 들춰내면서 서로의 집안을 욕하기 시작하면 엄마와 아빠는 똑같이 미쳐버렸다. 도대체 누가 먼저 참는 법이 없었다. 성격이야 그렇다 쳐도 이제 20년을 넘도록 함께 살았으면 익숙해질 만도 한데 둘 다 조금도 지지 않는다. 동네 창피해서 내가 살 수가 없다. 도대체 나이를 얼마나 더 먹어야 철이 들까? 대기업 직원? 신문사 기자? 자존심들만 세다. 아빠건 엄마건 직장 나오면 다 그만이지. 거기서 머슴살이 하는 것이 뭐 그리 대단하다고? 퇴사하면 아무리 어깨에 힘줘봐야 다 개털이다. 누가 알아주나? 다 껍데기지. 스물두 살인 나도 아는 걸 모르고 있다.

이번 사태의 발단이야 어쨌든 둘 다 한 치도 물러서지 않고 있다. 근데 말로만 이혼을 떠들지 서로 바쁘다고 함께 가정법원을 방문하지도 않는다. 거기에 가야 협의이혼을 할 수 있다. 내가 인터넷으로 다 알아봤다. 진짜 이혼하면 나는 누구에게 붙어야 하지? 달랑 아파트 하나 있는 거 쪼개고 나면 어쩔 건데? 내 정신과 몸이 반으로 찢어지는 것 같아서 괴롭다. 그런데 엄마건 아빠건 총대 메고 나서서 이혼을 진행하지는 못하고 있다. 하수구가 막히고, 보일러가 고장 나도 내버려두는 사람들이 이혼이라고 해서 다를 건 없다. "당신이 서류 준비하면 내가 도장 찍어줄게"라는 태도지 자신이 앞장서지는 않겠다는 거다. 이혼은 아무나 하나? 이혼도 부지런한 사람이 하는 거다. 이혼을 대행해주는 에이전시 같은 건 없나? 하지만 가정법원에는 직접 가야 한단다. 결국 이 싸움은 자존심 싸움이다. "이혼, 이혼" 말하지만 상대방이 먼저 숙이고 들어오기를 바라는 마음을 갖고 버티는 거다. 그럼 중간에 있는 난 뭐지?

내가 수시로 무인카페에 드나들기 시작한 이유는 이런 상황에서 도피하고 싶어서였다. 다른 카페와 달리 이곳은 사람이 별로 없다. 있다 해도 구석에 짱박혀 있으면 다른 사람들 신경 쓸 필요가 없다. 주인도 없고 종업원도 없어서 좋다. 음악이나 분위기는 좋은데 솔직히 즐길 입장이 아니다. 다만 그냥 모든 것을 잊고 싶다. 여기 놓인 노트를 뒤적이다가 나도 고민을 적는다.

엄마랑 아빠가 이혼한다고 난리다. 나는 어떡하라고. 책임 없는 인간들. 나는 아직 독립할 수도 없는데. 나 직장 얻고 나서 하든지, 결혼하고 나서 하든지, 죽고 나서 하든지…. 도대체 어른이라는 사람들이, 이제 환갑을 얼마 안 남긴 사람들이 지금 무슨 짓인가 말이다. 장난하나?

30대 비혼 동거,
너무 행복해서 미안해요

우리 동네에는 아담한 무인카페가 있다. 항상 열려있는 곳이라 나와 남자 친구는 종종 낮에 이곳에 드나든다. 노트북을 펴놓고 구석에 앉아 몇 시간을 보내도 눈치 보지 않아서 좋다. 가끔 쉬는 동안 거기 있는 노트에 적힌 사연들을 보면 '왜 이렇게들 고민이 많은 거야?'라는 생각이 든다. 사람들은 정말 다 다르게 살고 있고 사연들도 많다. 그리고 은퇴해도 삶이 편치 않은가 보다. 그들에 비하면 현재 우리는 너무나 행복해서 미안할 정도다. 우리는 결혼하지 않은 채 동거하고 있다. 비혼 동거다. 30대 중반의 요즘 우리 또래 사이에서는 흔한 일인데 어른들에게는 이상하게 보일 것이다. 나와 남친의 부모님은 처음에 황당해했다. 특히 내 부모님은 걱정을 많이 했다.

"남자가 몇 년 살다가 너 버리고 가면 어떻게 해? 너만 손해 잖아."

"뭐가 나만 손해예요? 그 사람이나 저나 똑같은 처지인데요. 또 살다가 싫어지면 헤어지는 거고."

아직도 여성의 정조 관념을 갖고 있는 부모님은 처음에는 아무리 설명해도 우리들을 이해하지 못했다. 그러나 5년 동안 잘 사는 모습을 보니 안심한 것 같았다. 남친은 워낙 사람이 성실하고 바르다. 나 역시 남친의 부모님에게 눈총받을 짓은 하지 않았다. 우리는 상대방의 부모님에게 인사는 했지만, 양쪽 부모님은 서로 만나지 않았다. 자식들이 함께 사니 얽히기는 했지만, 정식 결혼을 안 했으니 사돈 관계도 아니다.

우리는 상대방의 집안을 챙기지 않는다. 명절 때 남친 집에서 차례를 지내든 말든, 제사를 치르든 말든 나와는 상관없다. 나는 그 집 며느리가 아니니까. 가사와 온갖 굴레로부터 해방이다. 아니, 얽매인 적이 없으니까 해방도 아니다. 그냥 나는 나로서 살아갈 뿐이다. 또 친정집은 기독교를 믿어서 애당초 차례나 제사와는 거리가 멀었다. 애도 없고 또 낳을 생각도 없기에 전통과 관습의 굴레로부터 우리는 멀찌감치 비켜나 있다.

우리는 명절 때 상대방의 집은 물론, 자기 집에도 가지 않는다. 그전에 미리 혼자서 각각 방문하고 명절 때는 우리끼리 논다. 남친 부모님도 며느리 신경 쓸 일 없어서 좋다고 한다. 우리집도 남친을 사위로 대접하지 않는다. 가지 않는데 무슨 대접? 또 결혼 안 한 딸이 집에서 걸리적거리지 않으니 좋단다. 다만 "너희들 잘 살기만을 바란다. 헤어지지 말고 잘 살라"는 말은 늘 한다.

우리는 그 말에도 얽매이고 싶지 않다. 같이 사는 게 괴로워지면 굳이 억지로 살 필요가 있나? 애를 낳은 것도 아니니 책임질 일도 없다. 어쨌든 우리는 5년 동안 함께 잘 지내왔고 또 서로에게 감사하고 있다. 우선 성격이나 취향이 맞아서 즐겁다. 그럼 혼인신고를 하라고? 아, 결혼하면 이런저런 의무나 관계가 발생하니까 사절이다.

우리는 유럽 여행 중 포르투갈 리스본의 한 골목길에서 우연히 만났다. 서로 끌려서 같이 다녔고 여행도 같이했다. 그 인연이 계속 이어져서 여기까지 왔다. 우리는 일도 함께했다. 남친은 포르투갈 여행기를 썼고 나는 거기에 그림을 그려서 출판도 했다. 많이 팔리지는 않았지만 그래도 호평을 받았다. 동남아 여행도 6개월간 같이했다. 그 경험을 바탕으로 남친은 여행기를 준비 중이고 나는 웹툰을 그리고 있다.

우리는 이런저런 알바도 한다. 돈을 많이 벌지는 못하지만 집

세 내고 먹고살 만큼은 된다. 모든 비용은 반반씩 부담이다. 부모님은 자식의 앞날을 걱정했지만 잠깐이었다. 어느덧 일흔을 바라보는 부모님은 당신들의 노후와 건강 걱정이 먼저다. 자식들 미래까지 신경 쓸 여력이 안 된다. 어떤 방식으로든 각자 잘 살면 된다는 공감대가 형성돼 있다. 남친 쪽 부모님도 마찬가지인 것 같다. 양쪽 집, 모두 자식들에게 지원해 주지 않는다. 우리도 그런 걸 원치 않는다. 우리는 지원도 싫고 간섭도 싫다. 자유롭게 독립적으로 살고 싶다.

물론 미래가 걱정은 된다. 여행작가나 웹툰작가가 돈을 많이 버는 직업은 아니다. 예전에는 여행기 써서 돈을 많이 버는 시절도 있었다지만 지금은 아니다. 모든 것이 인터넷 위주로 돌아가서 출판보다는 인터넷을 뚫어야 한다. 그래서 늘 고민하고 실험하고 있다. 뭐, 앞날은 잘 모르겠지만 살다 보면 어떻게 되지 않겠나? 우리는 미래를 걱정하기에는 너무 젊은 나이다.

우리 또래들도 여러 부류다. 취업하고, 직장 생활 부지런히 하면서 경쟁하는 친구들도 있다. 아무리 그들이 돈을 많이 벌어도 너무 시간에 쫓기는 모습을 보면 측은하다. 그들이 부럽지는 않다. 부러워하면 지는 걸로 생각하며 우리의 길을 갈 뿐이다. 나는 어느 날 잘난 체하고 싶은 마음에 무인카페의 노트에 이런 글을 남겼다.

비혼 동거는 굴레를 벗어나, 좋아하는 사람과 함께 사는 즐거운 방법. 무자식이 상팔자!

그러자 이 글을 부러워하거나 비판하는 답글들이 몇 개 달렸다.

ㄴ 부러워용. 나도 고등학교만 졸업하면 남친과 동거하고 싶어용.

ㄴ 나이 들어봐. 그래도 자식이 있는 게 좋지.

ㄴ 무자식이 상팔자라는 말은 절대 동감.

ㄴ 인구 줄어서 나라 망한다잖아. 어떻게 자기들만 생각할까? 이기주의.

ㄴ 잘난 체하네. 인생이 그리 만만할까? 지금 보는 것이 인생의 다가 아니라고.

ㄴ 그럼, 인생의 다가 뭔데? 인생의 다는 없음. 부분이 모여서 전체가 되는 거임. 그러므로 그때그때 잘 살면 된다.

비판을 보면서 공연히 글을 썼다는 후회가 일었지만, 거기에 직접 답글을 달지는 않았다. 뭐, 사람은 다 다르게 사는 것이니까. 우리만 잘 살면 된다고 생각했다.

이혼 여행하세요, 인도로!

여대생 딸은, 어느 날 부모를 불러 앉혀놓고 선포했다.

"남들은 은혼식 앞두고 축하 여행한다는데 아빠랑 엄마는 이게 뭐예요? 이혼하려면 빨리하든지. 한다, 한다… 서로 협박이나 하고, 실행력도 없으면서…. 두 분이 월차 내서 가정법원에 가야 하는 거 아니에요? 딸이 대신 해줄 수도 없고…. 이번 달 안으로 해결 안 하면 내가 집 나갈 거야. 도대체 심란해서 살 수가 없잖아요!"

부모는 딸 앞에서 죄인처럼 침묵했다. 딸이 부모에게 훈시하는 모습은 이상했지만, 부모의 권위가 이미 산산조각이 난 이

집에서는 종종 있던 일이다. 딸이 지정해 준 이번 달 말, 즉 4월 말까지는 2주밖에 남지 않았다. 어떻게 할 것인가? 둘 다 생각은 많았지만, 여전히 먼저 이혼을 주도할 생각은 없었다. 바쁘다는 핑계도 대고 자존심도 내세웠지만, 사실은 살아오며 자신의 문제를 스스로 '총대' 메고 해결해 본 경험이 없어서였다. 늘 조직 속에서 부과되는 업무만 하다 보니 그 외의 일에 대해서는 어떻게 해야 할지 몰랐다.

서로 눈치만 보다가 2주가 다가올 때쯤 부부는 또 한바탕 붙었다. 늘 그렇듯이 발단은 별것 아니었다. 토요일 날 같이 밥을 먹는데 생선을 집다가 남편과 아내의 젓가락이 부딪치는 바람에 다툼이 일어난 것이다. 화를 낼 일은 아니었다. 하지만 말을 섞기 시작하면서 점점 싸움이 번졌다.

"나는 고등어 먹으면 배 아픈 거 알면서 이걸 사 왔어?"

"안 먹으면 될 거 아니야?"

"고등어 말고 조기 같은 걸 먹어야 속이 편하지."

남편은 등 푸른 생선에 있는 동물성 오메가3가 안 맞아서 고등어를 먹고 나면 늘 배가 아팠다. 그는 그걸 알면서도 보란 듯이 고등어구이를 내온 아내가 못마땅했다. 아내는 바빠서 뒤늦게 생선 가게에 들렀고, 조기가 없어서 할 수 없이 고등어만 사 온 것이었다.

"먹고 싶은 거 있으면 당신이 직접 사 와. 우리 친정아버지는 잘도 사 오시던데."

"당신 아버지는 지금 노니까 그렇지!"

"아니야. 울 아버지 직장 다니실 때도 시장에 들러서 주렁주렁 매달린 굴비도 잘 사 오시고, 마트에 들러서 낙지나 오징어 다 사 오셨어. 사 오면 내가 해줄게. 뭔가를 직접 해봐 봐. 징징거리지 말고."

묵묵히 듣던 남편은 "징징거리지 말라"는 말에 폭발했고 급기야 같이 밥을 먹던 여대생 딸의 머리 뚜껑이 열려버렸다.

"으아! 미치겠네, 정말, 좁쌀 인간들이야아아아!"

딸은 벌떡 일어나서 집을 나온 후, 길을 돌아다니며 한숨을 푹푹 내쉬다가 무인카페로 왔다. 그녀는 음악을 듣고 커피를 마시며 곰곰이 생각했다.

'저 속 좁은 아빠와 엄마의 문제를 어떻게 풀지? 미치겠네. 내 안에는 저들의 반반이 들어앉아 있으니… 아, 싫다, 싫어. 내 안에서 두 존재를 분리할 수도 없고.'

딸은 한숨을 내쉬다 문득 다 잊고 떠나버리고 싶었다. 예전에 노트에서 보았던, 세계 여행을 몇 년 정도 다닌 후, 돌아와 배달 라이더를 했다는 사람의 글이 생각났다. 다시 노트를 찾아보니 있었다. 공시생이 배부른 고민한다는 답글을 보고 화가 나서 쓴 답글도 보였다. 그 글 중에서 몇천 원짜리 게스트 하우스 같은 곳에서 빈대에게 물렸고, 온종일 걷고, 또 걸었다는 이야기를 보다가 불현듯 딸의 머리를 스치는 생각이 있었다. 딸은 눈을 반짝이다 이를 악물고 휴대폰으로 뭔가를 부지런히 검색했다. 한참 후, 딸이 집으로 돌아오니 집 안 공기는 싸늘해져 있었다. 그러거나 말거나 딸은 부모를 식탁으로 집합시켰다.

"엄마, 아빠. 이번이 결혼 25년째지?"

부모는 말없이 그늘진 얼굴로 고개를 끄덕였다.

"남들은 은혼식 여행을 간다는데… 아빠랑 엄마는 이혼할 거니까 이혼 여행 좀 갔다 와."

그들은 놀란 표정으로 딸을 쳐다보았다. 그러다 아빠가 머뭇거리다가 말했다.

"이혼 여행? 나 직장 다녀야 하잖아."

"어차피 곧 은퇴한다고 그랬잖아요. 그래 봤자 몇 달 후, 길어도 1년 안에 은퇴하잖아…. 엄마는 그냥 나와도 되고. 거긴 직장 같지도 않은 데니까."

엄마가 딸을 째려보았다.

"이제 머슴 생활 그만해요. 대기업이든 신문사든 두 분 다 머슴 생활한 거잖아. 이제 자기 삶을 좀 살아봐요. 자기 삶 좀… 주체적으로, 주도적으로! 남 탓만 하지 말고!"

아빠가 어금니를 꾹 깨물었다.

"제가 볼 때 아빠랑 엄마는 다 애 같아요. 이 집에서는 그래도 내가 제일 어른 같아. 미안한 말씀이지만…. 그러니까 내가 하라는 대로 해요. 내가 조금 전에 비행기 티켓 끊었어. 두 달 뒤야. 그 안에 직장 정리하세요. 7월 중순에 떠나면 돼."

뚱딴지같은 딸의 말에 부모는 말을 잃었다.

"인도 가는 비행기 표인데, 엄마는 꼴카타로 들어가고, 아빠는 뉴델리로 들어가요. 그리고 2주 뒤에 바라나시에서 만나. 바라나시 화장터에서. 그리고 석 달 뒤에 뭄바이에서 돌아오는 비행기 표야. 내 돈으로 결제했어. 내가 유럽 여행하려고 모아놓았던 돈 일부야. 나머지는 엄마랑 아빠 돈으로 해요."

그들은 넋을 잃은 채 딸을 계속 쳐다보기만 했다.

"갔다 와서 이혼하든, 계속 살든 알아서 하시고요. 갔다 와서 이혼하겠다면 내가 앞장서서 이혼시켜 줄게. 아니면 그냥 사세요. 그리고 이제부터 아빠 퇴직금 타면 좀 까먹으면서 놀아요, 놀아! 몇 년만 버티면 아빠랑 엄마 짭짤한 연금 나오잖아. 딸 걱정하지 말고 결혼 자금이니, 전세금이니 그딴 생각 하지도 말고…. 결혼식도 옛날처럼 하는 세상 아니에요. 하객 모은다고 마음에도 없는 사람들 만나러 다니지 말고! 내 인생, 내가 알아서 살 거니까. 그리고 이 집도 나중에 노후 자금 부족하면 그 뭐야, 주택연금이라든가, 역모기지론이라든가, 그런 거 하세요. 나는 내가 알아서 살 테니까 걱정하지 마세요. 두 분이 내 속만 안 썩이고 잘 살면 돼. 이번 여행하고 돌아와서 이혼하면 이 여행은 '이혼 여행'이고, 혹시라도 마음 변하면 '은혼식 여행'이 되는 거야."

그들은 되바라진 딸을 보면서 '보통 딸내미가 아니다'라는 생각을 동시에 했다. 아마도 부부가 유일하게 일치하는 생각이었을 것이다.

"그런데 하필이면 왜 인도냐? 유럽이나 동남아도 아니고?"

아빠가 그늘진 표정으로 물었다.

"고생 좀 하시라고. 편할 생각 마세요."

"그런데 '꼴같다?'… 거기는 어디야?"

엄마가 어리둥절한 표정으로 물었다.

"아이고, 꼴같다가 아니라 꼴카타! 영국 식민지 시절에는 캘커타. 인도 동북부의 대도시. 표기법은 콜카타지만 현지 발음으로는 꼴카타야. 기자가 왜 그것도 모른대?"

엄마가 다시 딸을 째려보았다.

"근데 그 험한 인도를 왜 따로따로 들어가라고 해. 같이 가도 겁나는데."

"아빠하고 엄마는 좀 따로 있어봐야 해. 거기 가서 혼자 고생

하고 의지할 곳이 없다가 만나야 서로 소중한 걸 깨달을 거 같
아서."

부모는 이제 딸이 무서워지기 시작했다.

"여행 계획도 엄마랑 아빠가 직접 짜봐요. 널리고 널린 게 여행
정보니까. 가이드북도 직접 사서 보고. 7월 중순쯤에 떠나는 거니
까 준비 기간은 충분해요. 회사 일만 하지 말고 이제 자기 삶, 자
기 여행을 스스로 해봐요. 이혼도 할 거면 좀 부지런히 하시고."

아빠는 자기 삶이 뒤집히는 기분이 들었지만 딸의 말이 옳다
고 생각했다. 어차피 곧 나와야 하는 직장이었다. 수모당하며
다니던 중이라 하루하루가 괴로웠는데 딸애의 말을 들으니 속
이 시원해졌다. 딸아이 시집가는 데 보태려면 한 푼이라도 더
벌어야 한다는 의무감도 있었지만 딸이 시원하게 그 짐을 날려
버린 것이다. 아내 역시 같은 생각을 했다. 이제 저 당차고 되바
라진 딸에게 의지하면서 살아야 할 것 같은 기분이 들었다.

'그런데 왜 하필 인도? 그 무시무시한 데를? 나 혼자 꼴같다,
아니, 콜카타로 가라고? 바라나시 화장터에서 저 인간을 만나
라고? 저 인간이 화장터에 간다고 뭐가 달라질까?'

"짐도 많이 가져가지 마세요. 다니면서 사고, 쓰고 나서 버려
요. 짐이 가벼워야 해. 그리고 숙소도 첫날만 예약하고 그다음에
는 현지에 가서 휴대폰으로 그때그때 예약하세요. 내가 다 가르

쳐 드릴게. 호텔 가서 주무시지 말고 게스트 하우스에 가서 자요. 하루에 만 원, 2만 원 정도. 가끔가다 좀 더 비싼 정도에서 주무세요. 빈대 나와도 놀라지 말고. 다들 그렇게 여행하고 있으니까."

말을 마친 딸은 방에 들어와 자신의 비행기 표도 끊었다. 아빠는 남자니까 혼자서 여행한다 해도 엄마는 위험할 것 같았다. 그래서 자신이 엄마와 함께 콜카타로 들어가서 바라나시까지는 함께 가주기로 했다. 바라나시에서 만난 엄마와 아빠가 뭄바이까지 가는 여정은 알아서들 하시고, 자신은 따로 여행할 생각을 했다. 딸은 부모의 일을 운명에 맡기면서 속으로 이렇게 생각했다.

'따로 또 같이 여행이다. 따로, 홀로 살아봐야 서로 소중함을 느끼게 되는 거다. 뻔한 굴레나 궤도 속에서 똑같이 살아가니 서로 소중한지 모르고 아옹다옹하며 싸우는 거지. 엄마랑 아빠가 그 험한 곳에서 똘똘 뭉쳐 단합하든지 찢어지든지 그건 정말 엄마와 아빠의 몫이다.'

딸은 부모의 항공료를 투자라고 생각했다. 나중에 '곱빼기'로 받아낼 것이고, 그것으로 겨울에는 혼자서 유럽 여행을 하기로 했다. 그나저나 가족 모두가 바라나시에서 만나면 어떤 모습일까? 딸은 셋 다 거지처럼 변한 모습을 상상하며 웃음을 터트렸다.

딸의 말대로 직장을 정리한 부모는 인도 여행에 관한 정보를 수집하기 시작했다. 뉴델리든, 콜카타든 입국하는 순간부터 온 갖 호객꾼과 사기꾼을 상대한다는 게 만만치 않게 보였다. 특히 아직 딸이 함께 가기로 한 사실을 모르는 엄마는 완전히 졸아버 렸다. 그렇다고 남편을 따라서 함께 뉴델리로 가겠다는 말은 자 존심이 허락하지 않았다. 그녀는 콜카타 공항을 벗어나서 숙소 로 가는 문제가 일생일대의 난제처럼 여겨졌지만, 부지런히 검 색하며 정보를 모았다.

그렇게 미지의 세계, 고행의 길을 간다는 공동의 목표가 생기 자 싸움이 사라졌다. 부부는 이제 자신들의 삶을 살아보자는 희 망도 솟구쳤다. 되바라진 딸이 결혼하든 말든, 독립해서 월세로 살든 전세로 살든, 자기 삶은 자기가 알아서 한다고 했으니 걱 정을 놓기로 했다. 그래도 집은 보존해서 딸에게 물려주고 싶었 다. 인도에 갔다 와서 연금이 나올 때까지 버티기 위해 어떤 알 바라도 해야겠다는 결심을 둘 다 동시에 했다. 막막했지만 그 험한 인도에 도전한다고 생각하니 '뭔들 못 할까?'라는 용기가 그들에게 생겼다. 부모는 버릇없고, 되바라진 딸이 얼마나 듬직 하게 보이는지 자다가도 흐뭇했다. 아빠는 딸이 자기를 닮았다 고 생각했고, 엄마 역시 딸이 자기를 닮았다고 생각했다. 무슨 일에서든 한 치도 양보하지 않는, 지지 않는 부부였다.

나는 의리녀,
비혼 동거지만

비혼 동거의 행복이 무너진 것은 한순간이었다. 여자 친구는 인간이란 존재가 얼마나 허약하며 삶이 얼마나 불안한가를 실감했다. 사건은 쓰나미처럼 모든 것을 허물어트렸다.

남자 친구가 교통사고를 당해 죽었다거나, 다리가 부러졌다면 모든 일이 쉽게 정리되었을 것이다. 그런데 남자는 의식불명 상태가 되었다. 무인카페에 와서 둘이 일하고 있을 때였다. 노트북을 보며 글을 쓰던 남자가 갑자기 가슴을 움켜쥐면서 쓰러졌다. 여자는 놀라서 그를 흔들었지만 남자는 깨어나지 않았다. 여자가 구급차를 불러 병원 응급실로 향하는 동안 구급대원이 계속 심폐소생술을 했다. 응급실에 가자마자 부정맥으로 판단되어 체내 제세동기 삽입 수술을 받고, 전기충격을 가했지만 의식을 차리지는 못했다. 긴급하게 상급 병원으로 후송된 남자는 체외 인공심장을 설치한 후, 피를 수혈받으며 부정맥을 제거하는 시술을 받았다. 긴급하게 돌아가는 이 상황 속에서 여자는 정신이 없었다. 늘 평안한 날만 지속될 줄 알았는데 마른하늘에 날벼락을 맞은 기분이 들었다. 그동안 간신히 생활은 유지했지만 저축한 돈은 거의 없었다. 어쩔 수 없이 남자 부모의 도움을 받을 수밖에 없었다. 다행히 수술은 잘되었지만 남자는 깨어나지 못한 채 의식불명 상태가 되었다. 여자가 침대 옆에서 아무리 이름을 부르고 흔들어도 남자는 반응을 보이지 않았다. 영화 속에서나 본 그런 상황이 자기 앞에서 벌어진 것이다. 남자의 부모, 특히 어머니는 넋을 잃고 침대 옆에서 무릎을 꿇은 채 부처님을 찾았다.

언제 깨어날지 아무도 알 수 없는 상황이었다. 의사는 좀 더 두고 보자고 말끝을 흐렸다. 인터넷에 검색해 보니 2주 만에 깨어난 사람도 있지만 10년 동안 의식불명으로 있다가 세상을 떠난 야구선수 기사도 보였다. 혹은 장기를 기증하고 가버린 환자 등 수많은 이야기가 떠돌았다. 여자의 부모도 병원에 왔다 가면서 낙담했다. 남자에 대한 염려도 있지만 그보다 앞으로 자기 딸의 미래가 어떻게 될 것인가에 대해 걱정했다.

'결혼하지 않았으니 법적으로는 자유롭지만, 동거하고 사랑했으니 남도 아닌 관계다. 곧 깨어난다면 모르겠지만 저 상태가 얼마나 될지 누가 아나? 결혼했어도 이런 경우가 오래 지속되면 간호하던 마누라가 도망을 간다는 데, 우리 딸은 앞으로 어떻게 되는 걸까?'

그런 생각을 하며 여자의 부모는 한숨을 내쉬었다.

보름 정도 지났을 때, 여자는 중대한 결단을 내렸다. 이런 힘든 상황일수록 그를 버릴 수 없다고 생각했다. 10년이든, 20년이든 끝까지 함께 하겠다고 결심했다. 구청에 가서 혼인신고서를 가져온 그녀는 친구 두 명으로부터 증인 도장을 받았다.

"너 웬일이야? 비혼 동거를 내세우더니?"

친구들은 의아한 표정으로 물었다. 그녀는 긴 이야기를 하지 않고 짧게 말했다.

"생각이 변했어."

그리고 남자의 도장과 주민등록증을 갖고 구청으로 가 혼인신고서를 제출한 뒤 나지막이 중얼거렸다.

'이제부터 우리는 진짜 부부다. 나는 남편과 끝까지 간다.'

이제 남자의 아내가 된 여자는 길을 걸으며 하염없이 눈물을 흘렸다. 자신의 인생이 이렇게 끝나도 좋다고 결심했다. 이것이 운명이라면 따르겠다고 마음을 다지고 또 다졌다. 그녀가 그때부터 한 일은 매일 중환자실에 두 번씩 들러 그를 보고 기도하는 일이었다. 그녀는 늘 기도했다. 교회는 부모님을 따라서 어릴 적에 많이 나갔지만, 그녀는 기독교 신자라고 할 수도 없었다. 하지만 지금은 달랐다. 그녀는 모든 것을 떠나서 '나의 남편을 살려달라, 나와 함께 살게 해달라'고 늘 기도하며 하나님에게 매달렸다. 시댁 부모님은 부처님에게 늘 기도했다. 그녀는 혼인신고를 한 다음 날, 병원에서 시어머니를 만났을 때 이렇게 말했다.

"어머니, 어저께 혼인신고 했어요. 이제부터는 저의 어머니세요."

시어머니는 며느리를 끌어안고 대성통곡했다. 그녀의 정성과 기도가 하늘을 감동하게 한 것일까? 남편은 한 달 만에 깨어났다. 1년이 갈지, 10년이 갈지 모른다며 각오했던 가족들은 "기적이 일어났다"고 외쳤다. 시어머니는 "네가 살렸다"며 며느리를 끌어안고 울었다. 지내놓고 보니 한 달이 잠깐이지 10년, 아니 20년이 갈지도 모르는 상황 속에서 한 달은 길고 긴 시간이었다. 그런데 기가 막힐 일이 일어났다. 깨어난 남편이 아내를 보고 물었다.

"누구세요?"

아내는 한동안 말을 잃고 그를 쳐다보며 물었다.

"왜 그래? 장난치는 거지?"

남편은 쑥스럽게 웃기만 했다. 기억이 안 난다는 것이다. 그런데 자기 부모는 알아보았다. 이럴 수가? 아내는 자신을 낯설게 보는 남자에게 배신감을 느꼈다. 그러나 이는 종종 일어날 수 있는 일이었다. 그의 기억은 20대 중반까지만 보존되고 있었다. 학교에 다니던 기억, 잠깐 직장을 다니던 일은 기억하고 있었다. 그러나 직장을 그만둔 후 떠났던 여행과 포르투갈에서 아내를 만났던 기억 그리고 동거한 5년의 세월 등 모두 약 7년의 세월은 날아가 버린 것이다.

'이건 또 뭐지? 하나님, 한 번도 아니고 왜 이런 시련을 제게 계속 주시는 겁니까?'

아내는 하나님을 원망했지만 다시 마음을 다잡았다. 그녀는 여행 중에, 또 동거 중에 찍은 그들의 사진들과 혼인신고서를 남편에게 보여주며 그의 기억을 되살리기 위해 노력했다.

"이런 적이 있었나요? 제가 여기 갔었군요. 근데 기억나지 않아요."

"왜 존댓말을 써. 우리 동갑이잖아. 같이 살았잖아. 이 인간아, 하하."

아내는 웃다가 눈물을 흘렸다. 그 모습을 보면서 남편이 말했다.

"기억은 안 나지만 당신이 편하고 정이 가고 익숙합니다. 당신 말이 맞겠지요."

"응, 맞아. 그러니까 내 말을 무조건 믿어야 해. 뼛속 깊이 새겨."

그들의 동거, 아니 결혼 생활은 계속 이어졌다. 따스한 4월 봄날, 집에 케이크와 장미꽃을 사다 놓고 그들은 둘만의 결혼식을 올렸다. 아내는 인터넷에 떠도는 여러 의식을 참고해서 결혼식 순서와 성혼 서약문도 만들었다. 각자 집안의 종교가 다르므로 종교색을 벗은 자신들의 소망이 담긴 서약문이었다. 어차피 그들은 관습을 벗어나 살아온 사람들이라 자기들 식대로 하는 것이 편했다. 둘이 간소한 의식을 치른 후, 서약문을 번갈아 가며 낭독했다.

"저 박상훈은 그대 이현아를 제 아내로 맞이하여 기쁠 때나 슬플 때나, 부유할 때나 가난할 때나, 건강할 때나 병들었을 때나 죽음이 우리를 갈라놓을 때까지 그대를 사랑하고 섬길 것을 서약합니다."

"저 이현아는 그대 박상훈을 제 남편으로 맞이하여 의식이 있거나 없거나, 기억이 있거나 없거나, 끝까지 의리를 지키고,

끝까지 내 몸처럼 사랑하며, 세상 끝까지, 시간 끝까지 함께 할 것을 맹세합니다."

두 사람은 서약문을 읽으며 흐느꼈다. 그것은 단지 사랑하고, 편하고, 좋아하는 마음을 넘어선 감정이었다. 그들은 영과 육이 합체되는 느낌을 받았다. 이 과정을 찍은 동영상과 서약문을 양가 부모님에게 보냈다. 그것을 본 두 집안의 어른들도 울었다. 남편 쪽에서는 며느리가 너무도 감사하고 소중했고, 아내 쪽에서는 자기 딸이 당차고 듬직했으며 또 깨어나서 다시 살아가는 사위가 너무도 감사했다.

아내는 이번 사고를 겪으면서 크게 깨달은 바가 있었다. 우선 세상은 내 마음대로 안 된다는 것. 살다 보면 예기치 않은 사고가 터지며 그것으로 인해 삶은 엉망진창이 될 수도 있다는 점. 결코 단 꿀만 빨면서 살 수는 없다는 것. 그리고 자신들이 누리는 30대 중반의 달콤한 평화는 일시적이라는 사실이었다.

이들은 돈을 벌겠다고 굳게 결심했다. 사고를 만나니 가장 중요한 건 돈이었다. 이번에는 시집 쪽에서 병원비를 대주었기에 넘어갔지만, 만약 자신들만 있었다면 감당할 수 없는 지출이었다. 돈이 없었으면 남편은 그냥 죽었을 것이다. 언제까지 부모 도움을 받을 수는 없었다. 어쩌다 버는 돈이 아니라 지속해서 벌고 저축하는 행동이 필요하다고 그들은 생각했다. 마흔 살, 쉰 살이 되면 30대처럼 살 수 없다고 생각했다. 아내는 커피를 배우며 미래를 궁리했고 남편은 요리를 배우기 시작했다.

하늘은 스스로 돕는 자를 돕는다던가? 그들은 이런저런 것들을 준비하다가 구청에서 주관하는 '청년 일자리 지원사업'에 지원했고, 다행히 선발되었다. 전통시장 입구에 마련된 조그만 매장에서 장사를 시작할 수 있게 된 것이다. 그들은 테이크아웃 전문점에서 주먹밥과 샐러드와 커피를 팔았다. 많은 돈을 벌지는 못했지만 꾸준히 돈이 들어온다는 사실이 중요했다.

그들은 이렇게 모은 돈으로 다음 단계로 오르는 꿈을 꾸었다. 젊었을 때부터 욕심부리지 않으며 평화롭게 산다는 생각은 버렸다. 조금이라도 젊었을 때 돈을 악착같이 벌자고 결심했다. 돈은 목표가 아니라 꿈을 실행하기 위한 수단이었다. 세계 여행도 더 하고, 좋은 글을 쓰고, 좋은 그림을 더 많이 그린다는 꿈을 버리지는 않았다. 그들은 쉬는 날 무인카페에 가서 함께 썼던 예전의 글을 다시 보았다.

비혼 동거는 굴레를 벗어나, 좋아하는 사람과 함께 사는 즐거운 방법. 무자식이 상팔자!

"우리가 언제 이런 글을 썼었어?"

아직도 기억이 돌아오지 않은 남편은 그 글을 보며 피식 웃었다. 아내는 부끄러움을 느끼며 그 밑에 글을 이어 달았다.

ㄴ 그러나 인생이 만만하지 않더라. 세상도 변하고 우리도 계속 변한다.

그들은 "지금 와서 생각해 보니 결혼해서 열심히 돈 벌며 사는 게 좋아요"라는 말을 하고 싶지는 않았다. 여전히 세상의 관습에 굴복하기는 싫었다. 다만 아내는 비혼 동거건, 결혼이건 사람에게는 의리가 중요하다고 생각했다.

그녀는 초등학교 때 목격한 너구리를 지금도 잊지 못한다. 어린 시절 그녀의 집에는 '벙어리 하수도'가 있었다. 화장실이나 욕실에서 나온 물이 그곳에 고여서 밑으로 빠지는 곳이었다. 하수구 물이 모이는 우물처럼 생긴 벙어리 하수도는 나무 뚜껑으로 덮여있었다. 초등학생이었던 그녀가 어느 날 그 곁을 지나가는데, 너구리 한 마리가 하수구 옆에 있다가 뒷걸음질을 쳤다. 깜짝 놀란 그녀가 비명을 지르며 발을 쿵쿵 굴렀지만 너구리는 멀찍이 떨어진 채 도망가지 않았다. 이상했다. 너구리는 초조한 눈빛으로 하수구 쪽을 바라보고 있었다. 하수구의 뚜껑이 열려있었다. 너구리와 그녀 사이에 숨 막히는 긴장감이 감돌았다. 잠시 후, 벙어리 하수도에서 뭔가가 기어 나왔다. 그녀는 깜짝 놀랐다. 또 다른 너구리였다. 두 마리 중에 한 마리가 빠지자, 남은 한 마리가 기다리던 것 같았다. 그때 어린 그녀는 의리를 지키는 너구리에게 감동했다. 그녀는 혼인신고서를 구청에 낼 때 이런 생각을 했다.

'너구리도 지키는 의리, 인간이 안 지키면 안 되지. 비혼이건, 결혼이건 의리는 중요하다. 내가 만약 의리를 저버리고 도망간다면 내 삶이 잘될 리 있겠나? 으으리⋯. 배우 김보성만 의리남이 아니다. 나도 의리녀다.'

자영업자는 자본가인가,
노동자인가?

　　이제 편의점은 내 생활의 터전이면서 동시에 굴레가 되었다. 나와 아내는 이곳을 벗어나기 힘들 것 같다. 우리 부부의 휴식처는 건너편의 무인카페뿐, 어디 멀리 가지도 못한다. 매일 부부가 편의점에 묶여있다. 오후 4시에서 5시 사이에 우리는 무인카페에서 음악을 들으며 피로를 달랜다. 오전에 한 번 그리고 오후에 한 번 들르는 무인카페에서의 시간만이 달콤한 휴식이다.

　"세상살이가 참 피곤해. 직장 다닐 때는 편의점 사장이 부러워 보였는데…. 허허, 이건 뭐 빛 좋은 개살구지."

　어느 비 오는 날, 무인카페에 앉아 빗줄기 사이로 보이는 편의점을 바라보며 아내에게 말했다.

"세상이 황량한 사막 같고, 때로는 정글 같아 보여. 무시무시해. 자칫하면 길을 잃고 죽을 것 같은 느낌이 들어서 소름 끼칠 때가 있어."

지친 표정의 아내는 내 말을 듣고도 아무 말 없이 빗줄기만 바라보고 있었다. 빗속을 뚫고 우산을 쓴 사람, 자전거를 탄 사람들이 지나가고 있었다. 연애할 때, 20대의 아내는 참 아름다웠는데 이젠 늙어가고 있다. 다시는 돌아갈 수 없는 시절, 이렇게 살다가 가는 거겠지?

"당신 눈가에 주름이 많이 졌네. 미안해…. 나 같은 사람 만나서 고생이 많아."

"그런 말 하지 마. 그래도 우리, 아직 어떻게든 살고 있잖아…. 당신도 얼굴이 옛날 같지 않아."

하긴, 나도 가끔 거울 속 내 모습을 보고 놀란다. 거울 속에서 어금니를 꽉 깨물고 노려보는 사내가 낯설고 무섭다. 얼마 전에 충치 때문에 치과에 갔더니 의사는 나의 턱뼈와 관자놀이 사이를 부드럽게 마사지하면서 말했다.

"지금 선생님 이에 금이 간 곳이 여러 군데 보여요. 이를 꽉 깨물고 살아서 그럽니다. 그럼 나중에 이가 망가져요. 지금 제가 만지고 있는 턱 부근의 근육이 단단해요. 이게 너무 단단해지면 보톡스를 맞아서 풀어주는 방법도 있고, 마우스피스를 끼는 방법도 있어요."

의사의 부드러운 손가락과 나긋나긋한 음성에 온몸의 긴장이 풀어지고 있었다. 어디 이만 깨물고 살았나? 몸과 마음이 항상 긴장된 삶이었다. 내 나이 마흔여섯 살, 지금까지 마음 편하게 살았던 적이 없었다. 중고등학교 시절에는 입시 걱정, 대학 시절에는 취업 걱정, 직장 다닐 때는 늘 눈치 보면서 긴장했다. 그리고 대학 캠퍼스 커플로 동갑내기 아내와 스물아홉 살에 결혼해서 아이들을 키우며 달리듯이 살아왔다. 그래도 단란한 분위기 속에서 행복했는데 작년에 직장이 망하면서 모든 것이 변했다. 하늘이 무너지는 줄 알았다. 중소기업은 코로나 여파를 버티지 못했다. 큰딸은 고등학생, 작은딸은 고작 중학생이었다. 앞으로 저 아이들을 어떻게 키워야 하나? 입이 바짝바짝 타들어갔고 잠도 오지 않았다. 당장 뭐라도 해야 할 입장이었지만 숨이 막히고, 잠은 못 자겠고… 허둥대기만 했다. 그때 지푸라기라도 잡는 심정으로 시작한 것이 편의점 운영이었다. 편의점 프랜차이즈 업계에서 일하던 고등학교 선배의 소개 때문이었다.

편의점을 시작하기 전에 만났던 프랜차이즈 직원은 계산기를 두드려 가며 앞으로 어떻게 사업이 진행될 것인가를 명쾌하게 보여주었다. 그는 장사 경험이 없어도 돈만 있으면 당장 영업할 수 있다는 점을 먼저 강조했다. 직원은 장황하게 설명하면서 열심히 계산기를 두드렸다. 그는 한 달 매출액이 약 5,000만 원이 되면 본사에서 내 통장에 대략 900만 원을 입금할 것이라고 말했다. 물론 월세와 인건비를 나중에 제해야 하지만, 그래도 처음에는 그 돈이 다 내 돈처럼 여겨져서 가슴이 두근거렸다.

그렇게 편의점을 내기로 했고 아파트 전세금을 빼 좁은 빌라로 옮겨 임대보증금을 마련했다. 편의점 일이 낯설어 처음에는 스트레스도 받았지만 이내 익숙해졌다. 몇 달 전까지만 해도 살길이 막막한 우리로서는 희망이 솟구쳤다. 그러나 첫 달이 지나자 실망감이 덮쳐왔다. 매출액은 3,500만 원 정도였고 월세와 아르바이트 비용을 제하니 고작 160만 원이 우리에게 떨어졌다. 알바생이 여섯 시간을 일한 대가는 190만 원이었다. 이게 실화인가? 우리 부부가 열여덟 시간을 일한 댓가가 여섯 시간을 일한 아르바이트생보다 적다니 허탈했다. 본사에 항의하고 선배에게 하소연했지만 그들은 나를 달랬다.

"이 사람아, 세상일이 그렇게 쉬우면 다 편의점 하게? 지금 편의점이 얼마나 많아? 경쟁해서 이겨야 해. 수익성을 올리기 위해 노력해야지. 매출을 늘리기 위해 온갖 방법을 궁리해 봐."

결국 '나의 책임'으로 결론이 났다. 방법이 없었다. 이미 5년간 계약했기에 여기서 해지하면 위약금을 물어야 했다. 다른 것을 할 수도 없는 상황이었고 최저 시급보다 더 적게 줄 수도 없었다. 선배는 이런저런 아이디어를 주면서 나를 달래고 격려했다.

"프랜차이즈를 너무 나쁘게 보지 마. 우리가 노하우와 틀을 제공하니까 당장 시작할 수 있었잖아. 함께 이겨나가야 해. 우린 공동운명체야."

선배의 말도 맞았다. 직장이 망했을 때, 뭘 해야 할지 막막했던 나 아닌가? 나는 선배의 말대로 정신 무장을 다시 했다. 집에 표어와 숫자를 적어서 붙였다.

나가자, 싸우자, 이기자! 땅 파면 돈 나오냐? 팔아야 돈 나온다!

다행히 편의점은 그다음 달 매출이 올랐고 우리는 겨우 300만 원 남짓 가져갈 수 있게 되었다. 아르바이트생의 인건비는 넘어섰지만 웃어야 할지 울어야 할지 기가 막혔다. 계산해 보니 남의 편의점에서 똑같이 일했으면 500만 원은 가져갈 수 있었다. 돈은 왜 투자한 건지 한숨이 나왔지만 그래도 알바 자리를 우리 마음대로 얻는 것도 아니라고 생각하며 스스로 위로했다.

포기하고 싶을 때마다 다시 정신을 무장했다. 손님들에게 인사하면서 웃는 연습부터 했다. 얼마나 치열하게 했는지, 빌라 입구에서 나오는 사람에게 "어서 오세요"라며 인사를 한 적도 있었다. 허탈하게 웃다가 눈물이 핑 돌았다. 편의점 안에 의자를 하나라도 더 들여놓았고 밖에도 테이블을 두 개 더 가져다 놓았다. 다행히 동네가 그리 험한 곳이 아니다 보니 폭력을 행사하는 취객이라든가 안에서 술 마시겠다고 떼를 쓰는 손님들은 없었다. 다만 노상 방뇨가 몇 번 있었다. 밤에 어떤 할머니가 허연 궁둥이를 드러내고 소변보는 것을 목격한 적도 있었다. 밖의 기둥에다가 '노상 방뇨 금지'를 써 붙였지만, 가끔 싸더라도 많이 먹고 싸주면 좋겠다는 생각조차 들었다.

'오줌이나 똥이 문제냐? 내가 치우면 되지. 오로지 매출!'

돈 앞에서 입이 바짝바짝 타들어 가고 있었다. 하루하루가 전투였다. 우리 네 식구의 생활비가 나오려면 월 매출액이 5,000만 원은 되어야 했다. 다행히 손님은 점점 더 늘기 시작했고, 드디어 목표를 달성하던 날 우리는 감격했다. 본사에서도 몇 달 만에 이 정도 결과를 낸 건 놀라운 성과라고 말했다. 선배는 나를 격려했다.

"자네는 스스로 일자리를 만든 자랑스러운 자영업자야. 이 나라를 지키는 역군이라고. 힘을 내!"

나중에야 알았지만 매출이 급격하게 오른 이유는 우리의 노력도 있었지만 여름이었기 때문이었다. 편의점은 여름 한철에 매상이 많이 오르고 겨울에는 떨어지는 구조였다. 비가 오면 또 매출이 떨어졌다.

우리는 더 열심히 일했다. 마치 경마장의 경주마가 된 느낌이 들었다. 죽어라 달리는 우리에게 돈을 건 사람들의 응원이 들리는 것만 같았다.

우리도 여행 갈 수 있어,
20년 후에!

편의점 주인은 오전 8시에 아내가 교대해 주고 나면 해방감과 피곤함을 느끼며 무인카페로 갔다. 그곳에서 카페라테를 마시는 것 외에 그가 쓰는 돈은 거의 없었다. 그는 담배도 안 피우고 술도 거의 안 마셨다. 편의점 주인은 문득 무인카페의 자판기를 바라보다가 부러운 생각이 들었다. 인건비가 안 들어가니 얼마나 좋아? 그러나 그는 모든 것은 겉보기와는 다르다고 생각하면서 곰곰이 따져보았다.

'이곳에서 하루에 커피가 몇 잔씩 팔릴까? 지금 대로에 나가면 대형 프랜차이즈 카페가 즐비하고, 골목길에도 수많은 개인 카페가 있다. 그러니 무인카페가 많은 돈을 벌 리는 없을 것이다.

물론 커피 마시는 사람들이 계속 늘어나고, 또 사람을 안 쓰니 인건비 부담이 덜 되겠지만 많은 돈을 벌지는 못할 것이다….'

뭉친 어깨를 두드리던 남자는 한숨을 내쉬었다. 자본주의사회에서 돈이 얼마나 중요한가를 새삼 깨달았다. 나이가 들면서 체력이 떨어질수록 더 그랬다.

'우리야 깨어있는 시간엔 항상 일하니 먹고 사는 거지 돈 놓고 돈 먹으며 살려면… 그래, 10억 원은 있어야겠지. 하지만 10억 원을 모으기가 쉬운가 말이다.'

편의점 주인은 젊을 때는 전혀 하지 않았던, '돈이 좀 있으면 좋겠다'는 바람을 간절히 품었다. 이제 쉰 살이 되어가는 그의 몸은 예전 같지 않았다. 세상은 무시무시하고 자본의 법칙은 냉혹했다. 편의점 주인과 아내는 급격하게 지쳐갔다. 하기 전에는 편의점 운영이 쉽게 보였다. 카운터에 앉아서 돈만 계산하는 줄 알았다. 그러나 일이 많았다. 상품을 발주해야 하고, 물건을 받아서 날라야 했다. 음료수나 술은 무거워서 몇 번 나르고 나면 허리가 아팠다. 몇 달이 지나니 관절과 어깨가 아팠다. 또 냉장고를 정리하고, 유통기한을 확인해 폐기를 하는 등 쉬지 않고 일해야 했다. 상품 진열에 대해서도 고민하며 신경을 써야 했다.

밤 10시에서 아침 8시까지 일하고 나면 편의점 주인의 몸은

축 처졌다. 집에 가서 아침을 먹고 곯아떨어지면 늦은 오후가 돼서야 일어나 정신을 차렸다. 아내와 함께 점심인지 저녁인지 모를 식사를 한 후, 저녁에 나가 아내의 근무를 조금 도와주었다. 그러고는 홀로 늦은 식사를 하고, 밤이면 다시 편의점으로 가 아내와 교대했다. 직장에서도 바쁠 때는 힘들었지만 그래도 동료들과 함께 일하고, 퇴근하면 일을 잊고, 휴일을 즐기는 여유가 있었다. 그러나 편의점에서는 하루도 쉴 날이 없었다. 무슨 함정에라도 빠진 기분이 들었다. 주인의 아내 역시 지쳐갔다. 살림하면서 편의점 일을 하려니 힘들었다. 다행히 아이들이 많이 도와주었다. 설거지를 자기들이 다 하고, 방 청소도 알아서 했다. 아빠와 엄마가 고생하니 자기들도 부지런히 살아야 한다는 아이들이 얼마나 기특한지 몰랐다.

"그래, 조금만 더 노력하면 더 좋아질 거야."

그들은 희망을 자꾸 불러냈다. 그러나 치솟는 집값과 전세금을 생각하면 늘 불안했다.

'세상이 왜 이렇게 불안하지? 남들은 다 평안하게 사는 거 같은데. 아, 우리는 자본가도 아니고 노동자도 아닌 어중간한 존재다. 다들 자기들 목소리 높이며 사는 세상에, 우리는 그저 숨죽이고 살 뿐이다. 정치인들은 우리를 생각해 주지도 않는다. 우리를 위하는 사람들은 누구지?'

편의점 주인은 문득, 속도 빠른 러닝머신에 올라간 느낌이 들었다. 달리지 않으면 쓰러지는 상황. 입에서 단내가 나도록 뛰어야 하는 현실. 다만 오후 4시에서 5시 사이, 무인카페에서 아내와 함께 커피를 마시는 시간만은 달콤했다. 편의점 주인의 아내는 어느 날 무인카페 노트에 이런 글을 남겼다.

아, 우리는 언제 해외여행을 갈 수 있을까? 한 번도 가보지 못했는데…. 국내는 물론, 다른 곳조차 잠깐이라도 갈 수가 없다. 우리는 언제쯤 자유로워질 수 있을까?

아내가 쓴 글을 본 편의점 주인은 마음이 아팠다. 그래서 아내의 손을 잡고 다정히 말했다.

"힘들지? 어느샌가 우리가 편돌이, 편순이가 되었네…. 돈이 많으면 목 좋은데 편의점 세 개 정도 벌려놓고, 알바생만 돌려도 삶이 유지될 텐데…. 그래서 자본주의사회에서는 다들 자본가가 되려고 하는 건가 봐. 우리에게 그런 날이 올까? 내가 보기에 건물주가 제일 속 편할 것 같아."

"그런 계산 믿지 마. 요즘 인건비 때문에 힘들 거야. 우리도 우리가 직접 하니까 이 정도로 버티지. 또 돈 많으면 다른 문제도 많이 생길걸. 그래도 나는 감사하게 생각해. 나는 땀 흘려서 돈 버는 게 좋아. 당신 저기 노트에 적힌 글들 봤어? 다른 사람들도 고민이 많은 거 같아. 건물주도 건물주 나름이겠지. 그거 관리하고, 세금 내고… 골치 아픈 일도 있지 않겠어? 거기다 재산이 많으면 가족끼리 싸움도 나잖아. 돈 많아서 자식들 망가지기도 하고…. 그래도 우리 아이들 얼마나 착해? 그래도 몸이 피곤하기는 해. 늘 똑같은 굴레 속에서 빙빙 도니 답답해."

편의점 주인은 다른 이들은 어떻게 사는지 궁금해서 유튜브를 살펴본 적 있다. 어떤 젊은 편의점 주인은 초기에 너무 힘들어서 울기도 했고, 또 어떤 이들은 함부로 이쪽 세계에 뛰어들지 말라는 이야기도 했다. 편의점 주인은 그래도 기댈 수 있는 가족이 있다는 사실에 감사했다. 아파트 전세에서 나와 허름한 빌라로 이사할 때는 기분이 씁쓸했지만, 가족 모두 집을 함께 청소하고 예쁘게 꾸며가며 웃었다. 그는 아내와 자식들이 얼마나 고마운지 몰랐다. 하지만 이제 아이들도 자신이 걸어온 팍팍한 삶을 살아야 한다고 생각하니 종종 한숨이 나왔다.

그런데 편의점 주인의 아내가 변했다. 어느 날 그녀는 무인카페에서 남편에게 밝은 표정으로 말했다.

"우리도 해외여행 가자!"

"뭐라고? 우리가 어떻게?"

"지금 당장 말고 미래에. 내가 다 계획을 세웠어."

편의점 주인은 아내를 물끄러미 바라보았다. 아내는 눈빛을 반짝이며 말했다.

"한 10년은 아이들 학교 다녀야 하니까 거기에 집중하고…. 아이들 대학 졸업할 때쯤 되면 우리 나이가 50대 중반이 될 거야. 그때부터 또 돈을 모아야 해. 10년 정도. 국민연금 탈 때까지."

"허허, 국민연금이 얼마나 된다고?"

"많지는 않아도 꼬박꼬박 돈이 들어오는 게 얼마나 중요한데. 그리고 시골로 내려가면 돼. 지금 빈집 많대. 알아보니까 지방자치단체에서 지원해 줘. 거기서 폐가 수리해서 텃밭 가꾸며 사는 거야. 먹는 건 다 거기서 해결하는 거야. 단백질은 닭 키우면서 계란 먹으면 돼. 대신 닭은 잡아먹으면 안 돼. 고기 먹고 싶으면 나가서 읍에 가서 사 먹고 콩, 고구마, 감자, 양파 같은 것들을 마당에 심을 거야. 식량은 자급자족. 우리 먹을 거만 준비하는 건 힘들지 않아. 쌀만 빼고."

"애들은?"

"애들은 자기들이 알아서 살아야지. 결혼식 비용 정도는 대 줘야겠지만, 잘 키워주고 교육받게 해주었으면 이제 자기들이 스스로 살아야지. 서양이나 일본 애들도 다 그렇게 산대. 대학 들어가면 알바도 하고, 졸업하면 직장 갖고 부모에게서 독립해야지. 우리도 아이에게 짐이 되면 안 되고…. 우리 애들 다 잘될 거야. 인성이 발라서 축복받고 아주 잘살 거야. 계시를 받았어. 사위도 아주 멋지고 능력 있는 사람 만날 거고."

"뭐라고? 으하하."

교회에 다니지도 않으면서 서슴지 않고 축복이나 계시라는 말을 하는 아내가 엉뚱해 보였다.

"빌라 전세금 뺀 돈하고 여기 편의점 보증금이랑 권리금 합하면 시골에 집 마련할 수 있어. 멋진 전원주택이 아니라 소박하게 고치면 돼. 음식은 대부분 자체 조달, 자급자족…. 거기다 연금 받으면 우리 노후는 걱정 안 해도 돼. 내가 계산 다 해봤어. 우리는 기초연금도 받을 수 있을 거야."

"국민연금 타는데도?"

"물론. 계산 방법이 복잡한데… 재산 많고 국민연금 많이 타면 없거나 깎이지만 우리는 재산이 별로 없으니까, 조금이라도 받겠지. 둘이 합해서 몇십만 원 정도는 받지 않을까? 가봐야 알겠지만. 그 나이 되어서는 그 돈도 엄청 아쉬울 텐데… 분명 도움이 될 거야."

"그 돈이 얼마나 된다고 해외여행을 가?"

"해외여행은 아이들 대학 졸업 후부터 10년간 모은 돈으로 갈 거야. 한 달에 20만 원 저축하면 1년이면 240만 원, 10년이면 2,400만 원이 모여. 우리 예순다섯 살에 기념으로 훌훌 떠나자고."

"어디 가고 싶은데?"

"많이 갈 필요 없어. 나는 두 군데만 가면 돼. 포르투갈하고 스리랑카."

"거긴 왜?"

"텔레비전에서 봤는데 포르투갈이 유럽치고는 물가가 싸고 낭만적인 것 같아. 분위기가 느긋하고 좋아. 또 거기에 유라시아 대륙의 끝이라는 곳이 있잖아. 거기 가보고 싶어. 스리랑카는 인도 분위기면서도 느긋하대. 두 나라 다 인심 좋고 풍경도 좋대. 나는 그런 데가 좋아. 얼마 동안 여행할지는 모르지만 돈에 맞추면 되지. 아껴 쓰면 다 합해서 두세 달 못 하겠어? 포르투갈 한 달, 스리랑카 두 달 정도. 느긋하게, 천천히, 즐기면서. 60대 중반에 우리에게 스스로 선물을 주자고."

편의점 주인은 허허거리며 아내를 쳐다보았다. 아내는 계속 말을 이었다.

"여보, 사는 게 팍팍할수록 희망을 키워야 해. 자기 코앞의 일만 보면서 살면 답답해. 자꾸 바꿔야 해. 사는 방식도 바꾸고, 생각도 바꾸고, 욕망도 키웠다 줄였다 하고…. 나는 그거 생각하니까 갑자기 삶이 희망차졌어. 어려운 거 아니잖아. 그 저축한

2,400만 원으로 우리의 삶이 확 달라지지는 않아. 저축 못 할 수도 있어. 그러나 그 꿈을 키워나가는 20년 동안은 우리가 즐거워져. 돈 적게 모이면 거기에 기간을 맞추면 되고, 정 안되면 가까운 동남아 가도 되잖아? 나 블로그도 만들 거야. 남들처럼 여행 갔다 와서 자랑하는 포스팅이 아니라 가고 싶은 꿈을 키우고 자료를 모으는 과정을 보여주는 거야. 그거 좀 차별화되지 않아? 근사하지 않아? 언어도 배우면서 말이야. 20년 동안 말이야! 그 20년 동안 너무 가슴이 설렐 것 같아."

편의점 주인은 아내가 즐거워하는 모습을 보니 같이 즐거워졌다. 한 번도 타보지 못한 비행기를 탈 생각하고, 언젠가 텔레비전에서 본 포르투갈의 해변을 걷고 유라시아 대륙의 끝, 그 절벽에 서보고, 스리랑카에서 코끼리 타는 광경을 상상하니 가슴도 설렜다. 아내는 들뜬 표정으로 말을 이어갔다.

"내가 여기 무인카페의 노트를 보면서 아이디어를 얻은 거야. 해외여행 5년간 하고 와서 방황했다는 사람 있잖아, 그거 보면서 알았어. 사람은 뭘 했다는 게 중요한 것이 아니라 앞으로 뭔가 해보려고 꿈을 키우는 게 중요하다는 점을. 그러니까 좋은 걸 너무 한 번에 많이 하면 싫증이 나는 거야. 결핍감을 느껴가면서 조금씩, 천천히 가면 더 행복한 거고…. 남과 비교할 필요는 없어. 우리 페이스대로 가는 거야. 안 되면 할 수 없지. 하지만 꿈을 키우면서 전진하는 거, 그거야말로 중요하다고 생각했어. 어디서 본 이야기인데, 희망은 우리에게 남은 마지막 돛이래."

"그래? 나는 아직 자본주의 세상이 무서워. 하지만 땀 흘리고 노력하면 돈이 모인다는 사실은 의심하지 않아. 물론 한 번에 큰돈 버는 사람들도 있지만 그건 위험해. 한 방에 무너질 수도 있거든. 적어도 우리에겐 그런 일은 없을 거야. 답답하고 뻔한 생활이지만 조금씩이라도 돈을 모으자. 해외여행은 생각만 해도 가슴이 설레네."

편의점 부부는 까짓것 10년, 20년은 금방 지나간다고 생각하며 힘을 내기로 했다. 그들은 다시 희망의 돛을 높이 올리기로 했다.

더 높은 곳을 향하여

외로운 싱글 은퇴자,
사기를 당했다

그 선배만 없었다면 지금 내 인생이 이렇게 되지는 않았을 텐데. 지금도 문득문득 가슴이 답답해진다. 서울시청에서 9급부터 시작했던 공무원 생활을 몇 년 전에 그만두었다. 30년 만에 맛보는 자유였다. 그 후 공무원 연금 200만 원 정도를 받으며 살았다면 나는 그런대로 노후 생활을 즐겁게 했을 것이다. 낡았지만 강북에 24평 아파트가 있었고, 연금이 많지는 않았지만 혼자 사니 문제없었다. 퇴직금도 좀 탔고 저축도 했으며 주식도 어느 정도 있었다. 부자는 아니었지만 남이 부럽지는 않았다. 하지만 선배의 꼬임 때문에 나는 무너졌다. 나보다 2년 먼저 퇴직한 선배는 나를 설득했다.

"퇴직금이나 저축한 돈을 왜 묵혀? 투자해서 돈을 불려야지."

처음에는 귀담아듣지 않았다. 선배가 무슨 사업을 하는지 들어도 나는 잘 몰랐다. 사업이 잘되는데 확장하기 위한 자금이 필요하다고 했다.

"어휴, 제가 5억이 어디 있어요?"

"주변에 돈 없어? 이거 정말 좋은 기회인데. 20퍼센트의 수익률이야. 요즘 이런 데가 어디 있어?"

선배의 말에 의하면 5억 원을 투자하면 1년에 20퍼센트 정도의 수익이 나온다는 것. 그것을 12개월로 나눠 월마다 830만 원씩 통장에 넣어줄 수 있다고 했다. 선배의 꼬임에 넘어간 원인은 사업에 대한 나의 이해 때문이 아니라 숫자의 유혹과 나의 탐욕 때문이었다.

"저는 비즈니스 잘 모릅니다. 선배님만 믿고 맡기겠습니다."

1년 넘게 계속된 선배의 설득에 나는 넘어갔다. 아, 나는 얼마나 어리석었던 인간인가? 나중에 들은 이야기지만, 사기꾼들에게 교장 선생이나 공무원들의 퇴직금은 '먼저 본 사람이 임자'라고 한다. 그런데 선배가 사기꾼일까? 공무원 생활을 한 그가 사기꾼? 직장에서 꽤 성실했고 친했던 선배였다. 그와 함께 보낸 즐거웠던 시간을 떠올리면 도저히 그가 사기꾼이라는 사실이 지금도 믿어지지 않는다. 어쩌면 그도 사기꾼들에게 물린 것인지도 모른다. 하지만 분명한 사실은 내 돈을 다 날린 그가 잠적했다는 것이다. 인간에 대한 배신감, 상실감, 박탈감, 혼란스러움이 나를 끝없이 괴롭혔다.

나는 선배 못지않게 말에 속아 넘어간 나의 탐욕을 원망했다. 나는 내가 욕심이 없는 사람인 줄 알았다. 그러나 선배의 속삭임 속에서 자라난 내 안의 탐욕이 나를 뒤덮고 말았다. 나의 퇴직금, 저축한 돈, 주식 판 돈, 주택담보대출금, 아버지가 저축해 놓은 돈까지 싹싹 다 긁어모아서 5억 원을 투자했다. 선배 말대로만 됐으면 거기서 나오는 830만 원 중에서 2억 원을 투자한 아버지에게 매월 330만 원씩 드리고, 나는 나머지 돈 500만 원을 가질 생각이었다. 원금은 5년 정도면 다 회수되니 그다음부터는 공돈이 계속 생기는 것 아닌가? 거기다 나는 연금을 200만 원 정도 받고 있으니, 그때부터는 호화로운 해외여행도 종종 하면서 인생을 즐길 수 있다는 희망에 부풀었다. 하지만 그런 장밋빛 환상은 1년 만에 깨졌다. 처음에는 약속이 지켜졌다. 그러나 10개월 정도가 지나자 금액이 반으로 줄어 들어왔다.

"지금 코로나 때문에 상황이 너무 안 좋아졌어. 그래도 지금 못 주는 돈은 계약서에 적힌 대로 나중에 다 줄 거야. 걱정하지 마."

그건 사실이었다. 코로나라는 전 지구적인 대재앙 앞에서 세상이 엉망진창으로 되고 있었다. 그다음부터는 누구나 예상할 수 있는 과정이 전개됐다. 선배는 곧 망했고, 남은 돈의 일부분이라도 돌려받을 줄 알았던 나는 그가 잠적했다는 사실에 충격을 받았다.

그렇게 내 탐욕 서린 꿈이 날아갔다. 아버지는 그 충격으로 쓰러지셨다. 그동안 받은 돈을 모두 아버지에게 드렸지만 결국 아버지의 돈, 1억 원 정도가 날아간 것이다. 아버지에게 그 돈은 너무도 큰돈이었다. 나는 3억 원 정도를 그대로 날렸다. 시름시름 앓으시던 아버지는 2년 후 돌아가셨고 나는 집을 팔고 더 작은 집으로 옮겼다. 그 돈으로 주택담보대출금은 어느 정도 갚았지만 남은 빚을 다 갚으려면 매월 60만 원 정도를 은행에 갚아야 했다. 20년은 걸려야 갚을 수 있는 돈이었다. 모든 게 풍비박산이 났다. 형은 나 때문에 아버지가 돌아가셨다면서 나를 더 이상 보지 않았다. 아버지가 살던 집도 형이 도움을 주어서 마련한 것이었다. 죽고 싶었다. 나는 살아있을 이유가 없는 놈이었다. 죽을 수 있는 온갖 방법을 상상했다. 강물에 빠져 죽을까? 아파트에서 뛰어내릴까? 번개탄을 피워놓고 죽을까? 미칠 것만 같았다.

죽음의 유혹을 이기기 위해서 움직여야만 했다. 공무원 생활만 하다가 나오니 모든 게 힘들었지만 그래도 묵묵히 했다. 편의점 알바도 하고 꽃 배달도 했다. 그렇게 몇 년의 세월이 흘러가면서 나는 차차 죽음의 유혹을 이겨냈다. 그 시간이 지나자 좀 쉬고 싶어졌다. 그동안 저축한 돈도 어느 정도 생겨서 조금 여유도 생겼다. 평생 일하느라 힘들었는데 계속 일에 시달리며 살고 싶지 않았다. 알바를 끊었다. 이런 나를 한심하다고 비난하는 사람들도 있겠지만 어쩔 수 없다. 가족이 없는 나는 이제, 돈에 쫓기는 삶에서 벗어나 나를 돌아보고 싶었다. 나의 가치관, 세계관은 무엇일까? 그런 것을 곰곰이 생각하면서 인생을 돌아보고 싶었다.

알바를 끊고 나서 극도로 절약했다. 연금으로 받는 월 200만 원 중에서 60만 원은 은행으로 가니 140만 원으로 생계를 유지해야만 했다. 요즘은 식비가 가장 많이 신경이 쓰인다. 아침은 즉석밥에 멸치볶음과 김으로 간단하게 해결한다. 점심은 해장국, 순댓국, 콩나물국 등을 포장해 온다. 대개 8,000원 정도 하는데, 집에 와서 두 번에 걸쳐 먹는다. 가끔 과일도 사 먹고, 우유도 사 마신다. 소주나 막걸리는 한 달에 한 번 정도 집에서 마신다. 아, 요즘엔 혼자 술 마시기에 좋은 곳을 발견했다. 통닭집인데 한 마리 값이 5,000원이다. 주로 노인들이 모이는 가게로 통닭이 작기는 하지만 혼자 먹을만하다. 노인들과 함께 먹다 보면 나도 이제 노인이 되어간다는 생각에 서글퍼졌지만 괜찮다.

그런 것을 따질 상황이 아니다. 어쩌다 늦은 점심으로 생맥주에 통닭을 먹고 나면 저녁은 굶는다. 사회관계도 끊었고 건강보험료, 관리비, 통신비, 난방비, 교통비 등 기본적인 지출만 한다. 갑자기 병이 들면 큰일이기에 저축도 조금씩은 하고 있다. 휴대폰도 알뜰폰을 쓰고, 지하철도 거의 안 탄다. 극도로 아끼니 혼자서 140만 원 정도로도 버텨진다. 그래도 날려버린 돈을 생각하면 지금도 속이 뒤틀어진다. 그 돈만 있으면 지금, 내가 얼마나 풍족할까? 친구들은 이런 속사정도 모르고 뚫린 입이라고 함부로 말한다.

"아니, 너 같은 팔자가 어디 있어. 바가지 긁는 마누라가 있어? 속 썩이고 학비 댈 자식이 있어? 아이고, 난 자식만 없으면 춤추면서 살겠네. 거기다 집 있어, 공무원 연금 타. 뭐가 아쉬워. 근데 너 요즘 쫀쫀해졌다. 늘그막에 돈 욕심이 생겼어? 장가라도 가고 싶어? 으하하."

처음에는 웃으면서 들었지만 이제는 그들과 상종하지 않는다. 나는 인간들이 싫고 무섭다. 지금은 혼자 살기에 익숙해졌다. 하루가 단순하다. 아침에 일어나 체조하고, 식사 후에 동네 도서관에 가서 신문이나 책을 읽는다. 종종 동네 공원에 앉아있는데 요즘엔 무인카페에 와서 커피를 마시는 낙도 생겼다. 일주일에 한 번만 2,500원짜리 라테를 마신다. 한 달에 1만 원. 이 정도면 부담이 안 된다. 날씨가 좋으면 햇볕을 충분히 쬔다. 조금 이르지만 전형적인 노인의 일상이다. 문제는 무료함이다. 친구와의 관계도 다 단절되었고, 아파트 이웃과는 교류가 없다. 부모는 모두 돌아가셨고 형과는 연락이 끊겼다. 강아지 키우는 사람들을 보면 부럽지만 나는 개를 키울 여력도 없다.

오늘도 무인카페에 왔다. 일주일에 한 번씩 무인카페에 오는 것이 삶의 가장 큰 낙이 되고 있다. 구석에 앉아 커피를 홀짝이며 음악을 듣는 시간이 좋다. 문득 불경에 나오는 이야기가 생각난다. 어느 나그네가 길을 가다 코끼리가 덤비자, 피한 곳이 낡은 우물 속이었다. 중간쯤에 있는 등나무 넝쿨을 붙잡고 간신히 매달려 있는데 밑을 내려다보니 독사들이 우글거리고 있었다. 떨어지면 곧바로 죽음이다. 그런데 넝쿨을 흰 쥐와 검은 쥐가 갉아 먹고 있었다. 나그네는 절망에 빠졌다. 그때 위에 있는 벌집에서 꿀이 뚝뚝 떨어지고 있었다. 나그네는 잠시 그 꿀을 받아먹으며 절망감을 잊었다고 한다. 이것이 우리의 삶이라는 것. 코끼리는 세월, 흰 쥐와 검은 쥐는 낮과 밤, 밑의 독사들은 죽음이다.

내가 지금 그 꼴이다. 필연적인 몰락 앞에서 꿀 같은 커피 한 잔이나 생맥주 한 잔을 마시며 버티고 있다. 지금 나의 문제는 외로움이다. 인생의 목표나 방향도 없이 하루하루를 이어가고 있다. 그리고 언젠가는 고독사할 것이다. 나는 여자와 사귀어 본 적이 한 번도 없다. 그렇게 된 데는 여러 이유가 있다. 우선 나의 못생긴 외모와 소심한 성격 탓이다. 30대에 선을 본 적도 있었지만, 나를 보자마자 변하던 여자들의 표정을 지금도 기억한다. 마흔 살을 넘으면서 결혼 생각은 완전히 버렸다. 요즘 세상은 혼자 살기에 불편함이 없다. 사기만 안 당했다면 지금 그런대로 살아갈 수 있을 텐데… 종종 한숨이 나온다.

메들리 염불을
읊다

싱글 은퇴자가 선배로부터 사기를 당하고, 경제적 고통과 외로움을 겪으면서도 그나마 버틸 수 있었던 이유는 불교 덕분이었다. 그는 독실한 불교도는 아니었지만 학창 시절부터 불교적인 정서에 젖어있었다. 친구 따라 절에 가서 수련회에 참가했던 적도 있었다. 새벽에 일어나 예불을 드리고, 108배를 하고, 참선하고, 독경하던 시간은 그에게 지금도 풋풋한 추억으로 남아있다. 모든 것은 덧없고 흘러가는 것, 꿈과 같은 것이니 집착하지 말라는 불교의 가르침과 함께 그 시절의 새벽 내음, 목탁 소리, 푸른 숲을 지나가던 바람 소리에 대한 기억이 그를 위로했다. 그런데 여전히 매달 빠져나가는 돈과 빈곤한 식탁, 단조로운 메뉴를 주야장천 먹을 수밖에 없는 현실을 떠올리면 속이 쓰렸다.

'그때 내가 평안했던 이유는 명상의 도움도 있었지만 어쩌면 꼬박꼬박 들어오는 월급 덕분이 아니었나? 나의 물질적 현실이 평안하고 안정되었기에 내 마음도 편했던 거겠지…. 그런데 지금 이 지경이 되니까 내 존재 자체가 휘청거리고 있다. 물질적 토대란 얼마나 중요한가? 그래도 나한테는 집이 있고, 들어오는 연금도 있고, 먹고살 수 있는 토대가 있다. 그래, 이만한 물질적 토대라도 감사하게 생각하자.'

아무리 그렇게 마음을 다져도 황량한 벌판에서 벼락을 맞은 기분은 그에게서 쉽게 사라지지 않았다. 그는 자책하고 회의하고 원망하는 것에 익숙해졌다. 그 아픔을 이겨낸 방법은 108배와 염불이었다. 방에 앉아 참선하면 잡념이 자꾸 일어났다. 그래서 그는 매일 아침 일어나자마자 108배를 하고, 자기 전에도 108배를 하면서 몸을 움직였다. 절을 하면서 우선 자신의 어리석음과 경솔함 그리고 탐욕에 대해서 참회했고 돌아가신 아버지와 등 돌린 형에게 용서를 빌었다. 그리고 자신을 이 구렁텅이로 몰아넣은 선배를 마음에서 내려놓았다. 그가 사기를 쳤다면 자신의 업보로 인해 벌을 받을 것이라 생각했고, 피치 못할 사정이 있었다면 용서해 주기로 했다. 모든 것을 이치에 맡겼다. 아침에 일어나면 그는 《천수경》과 《반야심경》을 읽었다. 자기 전에도 읽었다. 읽는 동안 음성에서 퍼지는 파동이 그의 심신을 평안하게 했다. 낮에는 온종일 햇볕을 쐬고 산책했다. 걷는 동안 태양의 열기가 그를 위로했다. 그는 걸으면서도 늘 중얼중얼 염불을 외었다. 싱글 은퇴자는 다닐 때 읊기 위해 여러 경을 짬뽕한 일종의 압축, 메들리 염불을 스스로 만들었다.

나무아미타불 관세음보살…. 정구업진언, 수리수리 마하수리 수수리 사바하…. 관자재보살 행심반야바라밀다…. 사리자 색불이공 공불이색, 색즉시공 공즉시색…. 사리자 불생불멸, 불구부정 부증불감, 시고 공중무색무수상행식…. 무고집멸도 무지역무득, 이무소득고 보리살타 의반야바라밀다…. 삼세제불 의반야바라밀다고, 득아뇩다라삼먁삼보리…. 아제아제바라아제 바라승아제 모지사바하.

그 진언에는 소중한 의미가 담겨있었다. 우선 서방 정토에 있다는 아미타불과 중생의 괴로움을 들어주고 구제해 준다는 대자대비한 보살에게 온몸과 마음과 운명을 맡긴다는 심정으로 그는 염불을 외었다. '정구업진언(淨口業眞言)'은 입으로 짓는 죄, 즉 구업(口業)을 정화해 주는 주문이다. 싱글 은퇴자는 천수경 첫 번째에 나오는 그 주문을 외면서 그동안 남을 욕하고, 미워하고, 원망한 죄를 씻게 해달라며 참회했다. '수리수리 마하수리 수수리 사바하'는 산스크리트어로서 깨끗하게, 크게 깨끗하게, 최상으로 깨끗하게 해달라는 뜻으로, 그 진언을 외는 동안 그는 영혼이 맑아짐을 경험했다. 뒤에 이어지는 반야심경 중에서 핵심적인 것만 따로 외면서 싱글 은퇴자는 그 뜻을 가슴 깊이 새겼다.

'관자재보살이 깊은 지혜의 말씀을 말할 때… 사리자여, 있는 것과 없는 것이 다르지 않다. 있는 것이 없는 것이요, 없는 것이 있는 것이다…. 사리자여, 낳는 것도 없고, 죽는 것도 없으며, 더러운 것도 없고 깨끗한 것도 없으며, 느는 것도 없고 주는 것도 없다…. 이렇게 공하기에, 물질과 실체가 따로 없고, 감각과 인식과 생각과 의식도 실체가 없느니라…. 괴로움의 실체가 없기에 괴로움의 원인도 괴로움의 사라짐도, 괴로움을 사라지게 하는 방법도 없고, 지혜가 따로 없기에 지혜를 얻을 방법도 없느니라…. 얻을 것이 없으므로 찾는 이는 오직 있는 그대로의 진리가 드러나기만을 바라야 하느니라…. 예전에도 그랬고 지금도 그렇고 앞으로 오는 부처님도 그렇듯이 모든 부처는 오직 있는 그대로의 진리에 눈뜨면서 깨닫고, 다른 데서 깨달음을 찾는

마음을 끝내리라…. 가자, 가자, 넘어가자. 모두 넘어가서 무한한 깨달음을 이루자.'

불교는 일반적으로 괴로움을 없애는 방법을 가르친다. 세상의 고통은 집착에서 시작되는데, 그것을 멸하는 방법이 '팔정도'라고 초기 경전은 가르치고 있다. 바른 견해, 바른 사유, 바른말, 바른 행동, 바른 생활, 바른 노력, 바른 새김, 바른 정신 통일 등을 강조한다. 반면에 반야심경은 초기의 가르침과 달랐다. 원래 괴로움이란 없고 괴로움의 원인도, 사라짐도, 사라지게 하는 방법도 없으며, 지혜도 없고, 지혜를 얻을 방법도 없다며, 깨달음을 구하는 마음조차 헛된 것이니 그것조차 버리고, 오로지 지금 '있는 그대로의 진리'가 드러나기만을 바라는 완벽한 수동성을 요구하면서 동시에 '있는 그대로의 진리'가 있음에 눈뜨라고 가르치고 있었다.

그것이 더 어렵고 오묘한 이치지만, 은퇴자는 진리 앞에서 완벽한 수동성을 가지라는 반야심경의 메시지가 가슴에 와닿았다. 사기를 당하고, 아버지도 돌아가시고, 집안이 풍비박산해 바닥에 처박히고 나니 그는 스스로 깨닫는다는 것이 너무 멀게만 느껴졌다. 어리석고 멍청한 자신이 모범생 같은, 깨달은 인간이 된다는 사실이 엄두가 나지 않았다. 다만 그는 마음을 낮춘 채 매일 절을 하고 염불을 외면서 자신의 어리석음을 참회하고, 부처님의 법에 의지하고 싶었다. 그러는 가운데 그의 마음은 맑아졌고, 황폐해진 가슴에 온기가 돌기 시작했다. 그는 점점 더 겸손해졌고 여유로워졌으며 관대해졌다. 차차 그의 건강이 좋아지고 식욕도 왕성해졌다.

삶의 의욕이 다시 생기면서 잊었던 성적 욕망도 생기기 시작했다. 모든 괴로움의 근원이라는 그 욕망이 이제 예순 살이 넘어가는 시점에 그를 다시 살리고 있었다. 그것이야말로 그가 마주한 그의 '있는 그대로'의 모습이었다. 그는 그것을 그대로 받아들였다.

그는 이제 여인을 사랑하고 싶었다. 그러나 결혼할 능력은 없었고 바라지도 않았다. 그가 생각해 낸 방법은 물가 싼 동남아로 '사랑 여행'을 떠나는 것이었다. 예전에 모아놓은 돈도 조금 있어서 한동안 여비를 충당할 수 있었다. 사랑 여행은 물가 싼 곳에서 현지 여성을 산다는 의미가 아니었다. 그는 겸허한 마음으로 그들 속으로 들어가 사랑과 진심 어린 눈빛들을 접하고 싶었다. 그는 자기가 자라던 시절인 수십 년 전의 인심이 그곳에 남아있으리라 기대했다. 그곳에 가면 왠지 마음이 푸근해질 것만 같았다. 혹시라도 사랑하는 여인을 만난다면 좋겠지만 그것이 목적은 아니었다. 물 흐르듯이 여행하고 싶었으며 불교 수행도 하고 싶었다. 수많은 욕망이 솟구치면서 그의 눈빛이 점점 살아났다.

무인카페
여주인

내 나이 이제 70대 중반. 남편이 죽은 후 세상이 다르게 보였다. 부모님이 돌아가셨을 때는 하늘이 무너지고 땅이 꺼지는 심정이었지만 남편이 죽고 나니 내가 허깨비가 되었다. 부모님이 돌아가셨을 때는 그래도 '나'가 남아있었다. 그런데 사별하고 나니 남편은 보이지 않는 유령, 나는 보이는 유령이 되었다. 함께 살던 사람이 사라지는 것만큼 허망한 일은 없으리라. 밤이 늘 무서웠다. 낮의 햇살 밑에서 돌아다닐 때는 그래도 버텼다. 그러나 밤이 오면 '혼자 남았다'는 느낌이 덮쳐왔다. 허망함 때문에 잠을 자기가 쉽지 않다. 잠이 안 오면 가끔 지나간 일기장을 들추어 본다. 긴 글을 쓸 기분이 나지 않아서 짧게 쓴 메모들이 많다.

남편이 떠난 지 일주일이 되었다. 아직도 실감 나지 않는다. 당신, 도대체 어디로 간 거야? 그의 말소리가 생생하게 들리는 것 같고 저 욕실에서 걸어 나올 것만 같다.

벌써 남편이 간 지 한 달이 넘었구나. 믿어지지 않는다. 밤마다 잠을 못 자겠다. 교회에 가서 하나님에게 매달려 보지만 가슴은 여전히 뻥 뚫려있다.

세상은 더 이상 내가 알던 곳이 아니다. 모든 것이 낯설고, 차갑고, 냉혹하다. 사람들의 위로도 다 가식적으로 보인다. 자기들끼리만 재미있게 살고 나만 이렇게 되었다. 모든 것이 겉도는 느낌. 그동안 환상 속에서 살아온 것 같다. 공허하다.

왜 나만 이런 일을 당해야 하지? 고생하다가 좀 살만하니 떠난 그 사람. 특별하게 잉꼬부부는 아니었지만 그래도 정들이며 살아왔는데 가버리고 나니 너무도 그립다. 보이지 않는 당신, 도대체 어디로 간 거야?

이 세상에서 단 하나 의지할 상대는 이제 40대 중반인 아들이다. 그러나 아들도 사느라 바빠서 항상 나를 돌볼 수 없다. 그래도 종종 들르는 아들이 고맙지만 이제 내 품 안의 자식이 아니고, 며느리의 눈치도 보게 된다. 밀려난 느낌, 눈치 보는 신세. 그래도 남편이 제일 만만했는데… 어디로 간 거야. 쓸쓸하고 외롭고 서럽다. 그리고 어둠이 무섭다.

나는 글솜씨가 별로 없어서 그때의 허망함과 절망감을 잘 표현할 수 없다. 글에 적힌 것보다 백배 천배 나는 괴로웠다. 이야기할 사람도 없었다. 젊은 아들과 며느리가 내 허탈함을 어떻게 이해하겠는가? 아직 남편과 함께 잘 살아가는 친구들이 이 아픔을 어떻게 알까? 당해보지 않으면 모르는 것이다. 그렇다고 그들을 원망할 수도 없었다. 나라고 해서 그전에 알았는가? 결국 누구나 다 자기가 견뎌내야 할 몫이지.

남편은 3년 전에 간암으로 세상을 떴다. 그 과정은 지금 떠올리기조차 괴롭다. 암담한 고통과 절망 속에서 하루하루가 지옥이었다. 환자의 고통이 먼저였지만 그것을 옆에서 지켜보는 동안 나도 무너졌다. 고통과 치료에 힘들어하는 남편을 보면서 '빨리 가는 것이 낫지 않을까'라는 생각도 했었다. 병원 입원비는 나가고, 고통스럽고 의미 없는 삶이 연장되고 있었다. 그런 생각을 하고 나면 죄책감 때문에 괴로웠다. 진짜 고통과 슬픔은 남편이 떠난 후부터 시작되었다. 함께 살던 사람이 없어졌다는 것, 다시 볼 수 없다는 것, 빈자리를 본다는 것, 그의 흔적을 느낀다는 것은 한없는 고통이었다. 그러던 중, 아들이 권한 일이 무인카페였다.

"엄마, 무인카페 해봐요. 내가 다 알아보고 설치해 줄게요. 주인 없이 커피 자판기만 두고 운영하는 카페들이 생기고 있는데 거기에 마음 붙여봐요."

아들의 말을 따르기로 했다. 다행히 공무원이었던 남편의 연금 절반을 내가 탔기에 생계는 간신히 유지됐지만, 팍팍한 나로서는 돈 몇십만 원이 아쉬웠다. 지금 무인카페를 연 지 1년 반이 되어간다. 가끔 사람들이 잘 되냐고 묻는다. 처음 예상했던 것만큼은 안 되지만, 그런대로 유지되고 있다. 다만 내가 홀몸으로 소일거리, 용돈벌이로 하니까 버티지, 생계비를 야무지게 벌겠다고 했다면 답이 없어 보인다. 요즘 워낙 카페가 많아졌다. 한 집 건너 한 집이 카페다.

무인카페를 여는 데 필요한 준비는 아들이 해서 나는 자세한 건 잘 모른다. 다만 목이 좋은 만큼 임차보증금과 월세가 세다는 사실은 안다. 이외에 자판기와 냉난방기 등 이것저것 해서

8,500만 원 정도가 들어갔다. 본사에서 말하기를 무인카페는 너무 번화한 곳에 있어 매출이 많으면 관리가 힘들고, 그렇다고 너무 외진 곳에 있으면 수익성이 안 좋다고 했다. 그런데 이곳은 유동 인구가 많은 주택가라 영업하기 딱 좋은 곳이라고 했다. 아들은 꾸준히만 팔리면 70만 원 정도는 다달이 나오리라고 예상했다.

"얘, 나는 그거라도 꼬박꼬박 들어오면 좋겠다. 한 번 정도 방문해서 관리하는 건데 힘들겠어?"

그렇게 기대를 낮춘 채 시작했다. 역시나 주택가에 있다 보니, 처음에는 반응이 신통치 않았다. 하루 종일 열지만 방문객은 적었고, 주말에는 그보다 조금 나은 수준이었다. 나이 든 사람들은 커피 자판기가 익숙하지 않아서 끙끙거리다 그냥 나가기도 했다. 하긴, 나도 처음에는 어려웠다. 그래도 시간이 지나면서 차차 손님이 늘었다.

운영이 쉬웠던 것은 아니다. 생각보다 신경 쓸 것이 많았다. 처음에는 학생들이 밤늦게 많이 왔는데 심지어 새벽에도 떠들어서 민원이 많이 발생했다. 어떤 학생들은 그곳에 대자로 드러누워 소리도 질러댔다. 시시티브이로 지켜보다가 방송으로 제지해도 막무가내였다. 전번에는 마귀 가면을 쓰고, 야구방망이에 식칼까지 든 학생들이 난리를 쳐서 경찰을 불렀다. 또 무인카페 밖에 의자 두 개와 테이블을 놓아두었는데 이곳에서 술을 마시고, 담배 피우는 이들도 있었다. 그래서 그것들을 다 없애 버렸다.

우리 무인카페는 다른 집 커피 원두보다 훨씬 좋은 것을 써서 맛이 좋다. 그런데 주변에 있는 다른 카페에서 커피를 사 들고 와 자리를 차지하는 손님도 있었고, 커피도 안 마시고 와서 떠들거나 음식을 먹는 사람들도 있었다. 그들은 진짜 손님들을 내쫓는 진상들이었다. 가끔 '화장실이 왜 없냐', '음료가 왜 이것밖에 없냐', '컵라면도 팔아라' 등의 불평도 카페에 있는 노트에 보였다. 종업원이 없어서 인건비가 안 들지만 이런저런 성가신 일들이 발생했다. 나는 결국 쪽지를 이쪽저쪽에 붙여놓았다.

'자정부터 새벽 5시까지 청소년 출입 금지.'

'컵라면과 치킨은 냄새 때문에 절대 금지.'

'외부 음료 반입 금지.'

'주차장은 없습니다. 무단 주차할 시 견인 조치 될 수 있습니다.'

'화장실은 없습니다. 옆 점포에 문의하지 마세요.'

'무인카페 주변에서 큰 소리로 얘기하지 마세요. 민원이 종종 발생해 경찰이 출동하고 있습니다.'

그래도 아직 똥이나 오줌을 싸는 사람들은 없었다. 뉴스에 보니 아이스크림 무인 매장에 똥을 싸놓고 간 어떤 여자가 있었다고 한다. 무인카페, 돈 벌려고 하는 일이었다면 그만두어야 했다. 목돈을 은행에 놓아두는 것보다는 수익성이 높지만, 스트레스 때문에 다 그만두고 싶을 때도 있었다. 하지만 어느샌가 나는 점점 남편을 잃은 공허함에서 빠져나오기 시작했다. 아들은 그것만 해도 얼마나 좋으냐며 위로했다. 카페에서 나를 위로해주는 것은 거기 놓아둔 노트 속의 글들이었다. 노트에 쓰인 사연들을 보면서 세상 사람들 모두 고통과 고민 속에서 살아가고 있음을 알아갔다. 나는 거기에 답글도 달아주면서 차차 '나의 슬픔, 나의 고통'에서 빠져나왔다. 그렇게 무인카페는 내가 더 넓은 세상을 보는 창구가 되어갔다. 그러나 내가 이 허망함과 외로움에서 빠져나올 수 있었던 가장 큰 힘은 다른 데서 왔다.

성령이
강림하다

그동안 교회를 다녔고 코로나 기간에는 유튜브로 예배를 봤지만, 남편의 죽음 앞에서 카페 주인은 급격하게 무력해졌다. 배우자의 죽음이란 그런 것이었다. 수십 년간의 종교적인 믿음조차도 남편의 죽음 앞에서는 흔들렸다. 편안하게 살아갈 때는 전혀 알 수 없었던 허망함과 절망감 앞에서 그녀는 허물어졌다.

그러나 4월의 봄기운이 3월의 꽃샘추위를 몰아내듯이 카페 주인의 일상도 차차 편안해지기 시작했다. 무인카페를 운영하는 가운데 일상을 회복했고 무럭무럭 자라나는 손주들을 보면서 차차 힘을 냈다. 생명이 갔지만 다른 생명들이 자라났다. 생명이 오가는 시간 속에서 그녀는 다시 일어섰다.

그러나 그녀를 근본적으로 변하게 한 계기는 기도였다. 그녀는 기력을 되찾자 자신의 믿음을 더 깊이 들여다보기 시작했다. 모든 재물과 자손을 잃고 병에 시달리면서도 하나님께 의지하고, 기도하며, 흔들리지 않았던 욥의 믿음을 쫓아갈 수는 없더라도 남편을 잃고 흔들리는 자신의 믿음이 너무 허약함을 크게 반성했다.

그녀는 기도에 매달렸다. 살아계시는 하나님이 강림하시기를 간절하게 구했다. 그녀는 자기 집에 '기도의 방'을 만들었다. 빈 방에 예수님의 초상화와 십자가를 모셔놓고 아침에 한 시간, 밤에 한 시간씩 묵상기도를 했다. 골방에 파묻혀 무릎 꿇고 기도하는 시간이 그녀를 조금씩 치유해 주기 시작했다.

그녀는 우선 만물을 주관하는 전지전능한 하나님을 자기 가슴에 모셨다. 그리고 자신의 죄를 회개했다. 바쁘게 살 때는 몰랐는데 돌이켜 보니 자신의 작은 죄들이 많이 보였다. 어린 시절 부모 속을 썩이고, 자식과 며느리에게 말로 상처 주고, 남편의 마음을 상하게 하고, 친구와 주변 사람들에게 한 부끄러운 행동들이 모두 죄인 것을 알았다. 늘 자신이 약자고 피해자인 것 같았지만 돌이켜 보니 자신이 가해자였던 경우도 많았다. 또한 하나님을 중심에 모시지 않고 자신을 앞세운 죄도 회개했다.

그렇게 자신의 허물과 죄를 회개한 후 그녀는 사랑과 자비가 충만하신 하나님, 살아서 역사하시는 성령이 자신에게 강림하기를 간절하게 기도했다. 예수님은 곧 하나님이시며 그리스도라는 믿음을 더욱 다졌다. 성부와 성자와 성령, 삼위일체를 믿었다. 그리고 중보기도를 간절히 했다. 돌아간 남편과 부모들의 영혼을 위로해 달라 기도했으며, 자식 내외와 손주들을 하나님께서 보호하고 인도하시며 축복해 달라고 기도했다. 주변의 친구들도 같이 잘 늙어가게 해달라고 기도했으며 국가와 민족과 고통받는 난민들, 인류를 위해서도 기도했다. 또한 무인카페에 드나드는 모든 사람, 사연 있는 사람들, 고통받는 사람들을 위해서도 기도했다.

그녀는 깊고 깊은 묵상기도 속에서 소망도, 구함도, 염원도 사라지는 체험을 했다. 말과 생각을 떠나 완벽한 수동성 속에서 하나님과 접속하고 교류하니 성령이 강림하는 시간이 종종 찾아왔다. 그녀는 자신을 비우고 오로지 예수님을 찬양하고 "임마누엘", "할렐루야"를 암송하며 깊이깊이 그 세계로 들어갔다. 그녀는 집 안에서 늘 찬송가를 불렀다. 교회에서 함께 부르는 것보다 혼자 나지막하게 부르는 시간이 더 행복했다. 특히 두 찬송가를 부를 때는 눈물이 났다.

내 영혼이 은총 입어 중한 죄짐 벗고 보니
슬픔 많은 이 세상도 천국으로 화하도다
할렐루야 찬양하세
내 모든 죄 사함받고 주 예수와 동행하니
그 어디나 하늘나라*

내가 누려왔던 모든 것들이
내가 지나왔던 모든 시간이
내가 걸어왔던 모든 순간이
당연한 것 아니라 은혜였소

아침 해가 뜨고 저녁의 노을
봄의 꽃향기와 가을의 열매
변하는 계절의 모든 순간이
당연한 것 아니라 은혜였소

모든 것이 은혜 은혜 은혜
한없는 은혜

---

* 새 찬송가 438장, 〈내 영혼이 은총 입어〉.

내 삶에 당연한 것
하나도 없었던 것을
모든 것이 은혜 은혜였소[**]

그녀는 찬양하며 늘 눈물을 흘렸다. 그리고 유튜브에 올린 찬송가에 이어지는 댓글을 보며 하염없이 울었다. 이 세상 사람들은 얼마나 사연이 많은지, 수천 개의 사연이 끝도 없이 이어지고 있었다. 남편을 잃고, 아내를 잃고, 부모를 잃고, 딸을 잃고, 형제자매를 잃고… 말기 암 환자, 시한부 생명을 살아가는 이들… 사업이 망하고, 시험에 실패한 이들…. 그런데 그들은 '모든 것이 은혜였다'며 눈물을 흘리고 찬양한다는 댓글을 올리고 있었다. 그녀는 자기만 상처받은 줄 알았는데, 세상의 모든 생명이 이런 고통 속에서 살고 있음을 알아가면서 자기 아픔, 자기 고통에만 사로잡혀 있던 자신을 회개했다. 그리고 본 적도 없고, 알지도 못하는 그들에 대해서 중보기도를 했다. 자기 기도가 하나님께 상달되어 그들을 위로해 주기를 간절히 기도했다.

그러던 어느 날 밤 그녀는 꿈을 꾸었다. 웬 사내가 자기 몸에 올라탄 채 목을 조르고 있었다. 그녀는 숨이 막혀서 몸부림을

[**] 손경민 작사·작곡, 〈은혜〉.

쳤다. 머리를 수그린 사내의 얼굴은 보이지 않았다. 사내는 그녀를 성폭행하려는 것이 아니라 집요하게 그녀의 목을 졸랐다. 그녀는 격렬하게 저항했지만 사내도 못지않게 집요했다. 그녀는 무섭다기보다는 화가 났다. 발버둥 치던 그녀는 이불 속에서 십자가를 꺼내 그에게 들이댔다. 그러자 사내가 휙 사라지는데 마치 환영처럼 보였다. 하지만 그녀는 찰나와도 같은 순간에 남자의 표정을 분명히 보았다.

그 꿈을 꾼 지 몇 개월이 지난 지금도 그녀는 남자의 얼굴에 짙게 깔린 낭패감과 절망감, 괴로워하는 표정을 생생하게 기억했다. 그것은 인간의 모습이 아니었다.

'그놈은 악령이었을까? 약하고 무력한 틈을 파고들어 와 내 안에 깃들어 나를 끝없이 절망케 하고 불안케 했던 사탄이었을까?'

그녀는 기독교를 믿으면서도 그런 식의 이야기를 믿지 않았다. 하지만 꿈이 너무도 생생해서 한동안 넋을 잃었다. 그날 아침 그녀는 길을 걸으며 둥둥 떠가는 것만 같았다. 마음이 편안하고 기쁨이 차올라 눈물이 났다. 그 후 그녀에게 변화가 일어났다. 남편의 죽음으로 인해서 생긴 위축감, 후회, 허전함, 불안감, 허망함이 싹 사라져 버렸다. 마치 자기 안에 깃들었던 사탄이 사라진 느낌이 들었다.

그녀는 사도바울의 "항상 기뻐하라, 쉬지 말고 기도하라, 범사에 감사하라"는 권유처럼 틈만 나면 쉬지 않고 기도했다. 그녀는 이제 세상을 어떻게 산다 한들 걱정이 없었다. 하나님이 이리 가라 하면 이리 가고, 저리 가라 하면 저리 갈 뿐이었다. 하나님은 늘 자신과 함께하시며 항상 보호하고 인도하심을 믿었다. 그러나 그녀는 다른 이들에게 자신의 체험을 말하지 않았다. 다만 그녀는 자신의 믿음을 말이 아니라 사랑이 넘치는 행동으로 보여주며 살아갔다. 그녀는 오로지 하나님만이 홀로 존재하시며 자신과 세상 만물은 모두 환영이고, 물거품처럼 덧없는 것임을 깊이 체험했기에 세상에 대한 집착을 멀리했다. 그럴수록 존재들이 사랑스러워지는 경험을 했다. 그녀는 그 오묘한 이치 앞에서 종종 감동하고 눈물을 흘리며 낮게 속삭였다.

"사랑이신 하나님, 감사합니다. 모든 것이 은혜입니다. 주 예수와 동행하면 어디나 하늘나라입니다."

함께 가는 길

우리들의 탈출구는
사랑과 꿈

"검정고시가 이렇게 쉬워?"

8월 중순, 중학교 졸업학력 검정고시를 치르고 난 은영은 중얼 거렸다. 은영은 비록 말을 더듬고 학교폭력의 상처로 인해 6년간 은둔했지만 지적인 활동을 멈추지는 않았다. 중학교 2학년까지 다녔던 그녀는 인터넷 강의만으로도 공부하기가 수월했다. 합격 하려면 전 과목 평균 60점을 넘어야 했는데 은영은 수학과 과학 에 약했다. 그래도 다른 과목들에서 높은 점수를 받아 8월에 도 전한 시험에서 합격할 수 있었다. 이 과정에서 복학생 용학의 도 움이 컸다.

무인카페에서 헤어진 그들은 메신저를 통해서 늘 연락했고 용학은 은영에게 도움을 주었다. 용학은 전략이나 목표라는 용어를 즐겨 사용했다. 용학은 공부뿐만이 아니라 은영에게 체력의 중요성을 강조했다. 용학의 조언에 따라 은영은 열심히 걸었고 몇 개월 만에 몰라보게 살이 빠지고 튼튼해졌다. 그녀에게서는 예전과 달리 여성적인 매력도 넘쳐흐르기 시작했다. 그녀는 자신보다 몇 살 더 많은 용학을 따랐고 어느샌가 오빠라고 불렀다.

은영은 내친김에 1년 뒤 고등학교 졸업학력 검정고시에 도전하고자 했다. 이전과 마찬가지로 평균 60점만 넘으면 합격이었기에 그녀는 쉽게 생각했다. 그러나 용학의 생각은 달랐다.

"은영아, 너무 서두르지 마. 고졸 검정고시는 중학교와 다를 거야. 전혀 배워보지 않은 것들이잖아. 그리고 목표를 검정고시 합격에 두지 마. 대학 입학을 위해 전략적으로 접근해."

용학은 은영에게 전 과목 만점을 목표로 공부하라고 했다. 그렇게 해야, 나중에 대학 수시입학 가능성이 높아진다고 했다.

"몇 년 정도 걸릴 생각으로 기초부터 차근차근히 다져. 목표를 높이 잡으면 자기 능력을 최대치로 끌어낼 수 있어. 단지 검정고시 합격에다 목표를 두면 자기 능력이 거기서 멈춰…. 꽃 배우는 건 잘돼?"

"조금씩 해요. 공부가 먼저니까요. 오빠는 어때요?"

"군대 가서 머리 텅 비우고, 또 1년간 알바하다 학교 가니까 공부가 잘돼. 공부처럼 재미있고 쉬운 게 없어, 하하."

은영은 말 더듬는 버릇을 완전히 극복했다. 그전에는 겁에 질려서 혹은 자기 생각의 초점이 명확하지 않아서 말을 더듬었지만, 자신감 속에서 생각을 명쾌하게 정리하는 습관을 갖자 나타난 변화였다. 은영은 매사에 씩씩하고 명쾌한 용학을 닮아갔다. 그녀는 그와 메시지를 나누거나 만나서 이야기하면 힘이 솟구쳤다. 은영은 뒤늦게나마 그를 만난 것이 자기 인생의 축복이라 생각했다. 한편 용학은 볼수록 그녀가 총명한 여자라고 생각했다. 이런 아이가 왕따당하고, 폭력을 당하고, 6년간이나 방에 있었다는 사실이 안쓰러웠지만 밝게 변하는 모습을 보니 기뻤다. 반짝반짝 빛나는 보석을 발견한 기분이 들었다.

"은영아, 조금만 더 노력해. 내가 군대 생활하고 알바하면서 느낀 건데 인생은 계속 도전과 극복의 연속이야. 네가 입학하면 나는 졸업해서 직장 다니고 있겠네. 그때 내가 맛있는 거 많이 사줄게. 파이팅!"

은영은 용학과 헤어진 후 집에 오다 무인카페에 들렀다. 달콤한 재즈 음악을 들으며 그녀는 인생이 참 오묘하다고 생각했다. 6년간의 은둔에서 나왔을 때, 하얀 눈으로 덮인 밤은 찬란하고 신비하면서도 쓸쓸했다. 그런데 지금은 천지가 밝은 빛으로 둘

러싸인 느낌이 들었다. 사랑 때문이었다. 은둔이 끝난 후, 은영은 세상으로 나와 글을 끄적였고, 그 글을 용학이 읽으면서 인연이 여기까지 이어졌다. 그녀는 그때를 생각하면서 중얼거렸다.

'그때, 아무것도 하지 않았다면 아무 일도 일어나지 않았을 거야. 항상 뭔가를 해야 해.'

은영은 그런 기회를 준 무인카페가 고마웠다. 9월의 선선한 가을바람, 어둠, 지나가는 사람들의 몸짓이 모두 사랑스럽게 다가왔다.

공유는 오늘도 오토바이를 타고 달렸다. 그의 이름은 원래 '박공유'지만 친구들은 그냥 공유, 라고 불렀다. 유명한 배우와 이름이 같아서인지 누군가 그의 이름을 부르면 사람들은 그를 다시 한번 쳐다보았다. 외모야 배우보다 떨어지지만, 그는 은근히 사람들의 시선을 즐겼다. 자신에게 오토바이를 주었던 용배가 그를 놀린 적이 있었다.

"공유야, 네 아버지가 선견지명이 있네."

"하하, 배우 공유는 제가 태어난 지 한참 후에 뜬 사람이에요."

"그게 아니라. 너 '공'무원 시험 준비하다가 '유'튜버 꿈꾸잖아. 그래서 '공유'. 하하."

듣고 보니 그랬다. 하지만 공유도 용배에게 할 말은 있었다.

"형님 아버님도 선견지명이 있어요. '용'감한 '배'달 라이더, '용배'. 하하."

"아니야, '용'감한 '배'달의 민족!"

공유는 무인카페가 있는 동네를 떠나지 않고 부지런히 배달했다. 아슬아슬한 사고도 겪을뻔했지만, 무사히 넘기며 지난 1년을 버텼다. 엄청나게 열심히 하는 배달 라이더들은 하루에 15시간 이상 일하면서 600만 원 정도 번다지만 공유에게 그건 무리였다. 그런 이들은 신호위반을 하면서 성급하게 달리다가 사고가 나기도 했다. 공유는 한 달에 400만 원 정도 벌었고 방세, 식비, 기름값, 오토바이 보험료를 제하고도 1년 정도 일하자 2,000만 원 넘게 저축할 수 있었다. 앞으로 몇 년만 더 일하면 세계 여행을 갈 자금이 모일 것 같았다. 그는 우선 '액션 캠'을 헬멧에 장착해서 동영상을 찍은 후, 배달 라이더의 생활을 유튜브에 올렸다. 그리고 일주일에 하루는 꼭 쉬면서 동영상을 편집해 올렸다. 그러나 구독자 수는 쉽게 늘지 않았다. 그는 여행 유튜버의 현실을 알아가면서 실망했다. 소수만 많은 돈을 벌고 대부분은 돈을 벌지 못한다는 사실을 알았기 때문이다.

차차 유튜버의 꿈이 시들해질 무렵, 치킨을 배달하러 갔다가 멋진 여성을 본 적이 있었다. 문을 열고 나온 젊은 여인은 얼굴이 가무스름했다. 다문화 가정 출신인 것 같으나 한국말을 능숙하게 했다. 순간 공유는 가슴이 철렁했다. 쌍꺼풀진 눈에 갸름한 이국적인 얼굴, 늘씬한 몸매… 그녀 앞에서 자신이 배달 라이더라는 사실이 부끄러웠다. 며칠 후, 그 여자를 무인카페에서 또 보았다. 그녀는 웬 젊은 남자와 즐겁게 떠들고 있었다. 공유는 우울했다. 노량진에서 짝사랑했던 성희가 떠올랐다.

'나는, 늘 이렇더라…. 늘 마음에 든 여자가 생기면 다른 남자가 옆에 있더라고.'

잠깐 좌절했지만 공유는 이내 오토바이를 타고 달리며 스스로 용기를 내었다.

'내가 누구냐. 공유 아닌가? 그래, 내 인생에도 나를 기다리는 멋진 여주인공이 있겠지!'

그러나 짧은 낙관의 순간이 지나고 나면 불안감이 달려들었다.

'남들은 번듯한 직장에 다니고 연애도 하는데 언제까지 배달만 해야 하지?'

그때 공유는 자신이 응시했을 때보다 차차 낮아지는 공무원 시험 경쟁률을 보고 고민을 시작했다. 그러다 극적으로 진로를 바꾼 용배를 떠올렸다.

'그 형은 공부 잘 하고 있을까?'

처음 노량진의 공시족들이 모이는 거리에 왔을 때 용배는 홍

분했다. 공부하는 젊은 친구들이 뿜어내는 열기는 대단했다. 학원이 많았고 저렴한 식당도 많았다. 건너편에는 사육신공원이 있는데, 안에 있는 사육신사당의 참배 방명록에는 '공무원 시험에 붙게 해달라'는 기원을 적은 글도 보였다.

'정말 사육신묘들이 여기 있나?'

용배는 믿어지지 않았다. 나중에 알고 보니 능지처참당한 그들의 시신은 찾기 힘들었고 훗날, 그들을 기린 사람들이 만든 가묘였다. 수험생들은 어떻게 해서든지 시험에 붙기 위한 기운을 받고자 안간힘을 쓰고 있었다.

학원은 3월 초부터 개강이었다. 용배는 5월 중순에 시작해 늦었지만 강한 의욕을 갖고 공부했다. 오랫동안 공부하지 않고 머리를 비웠기에 에너지가 넘쳐흘렀다. 용배는 공부가 재미있었다. 그러나 그건 일주일 후, 카페 오르페우스의 여주인을 보기 전까지만이었다. 용배는 30대 초반의 카페 주인을 보는 순간 눈앞이 캄캄해져 왔다. 그는 넋을 잃은 채 속으로 외쳤다.

'아, 운명의 여자를 여기서 만나는구나. 지금까지 모든 내 인생은 이 순간을 위해서였다. 직장을 그만둔 것도, 배달 라이더를 한 것도, 공유를 만나고 공무원 시험을 보겠다고 노량진에 온 것도 다 이 순간, 이 사람을 만나기 위해서였다.'

그녀를 만났던 그날, 용배는 혼자 고깃집에 가서 한없이 고기

를 먹고 술을 마셨다. 너무 행복해서 울고 싶었다. 캄캄한 밤길
을 걷다가 불빛을 본 느낌이었다. 그러나 다음 날 온종일 숙취
에 시달리고, 학원도 빼먹고 나니 암담한 생각이 몰려왔다.

'그래서 어쩌자는 거지? 돈도 없고, 미래도 없는 인간이 어떻
게 그녀에게 다가간단 말인가? 공무원 시험은 어떻게 하고?'

용배는 일주일 동안 가슴앓이를 했다. 공부는 건성이었다. 그
러나 목표가 정해지자 그는 저돌적으로 돌진했다. 그는 그녀에
게 다가가기 위한 전략을 짠 후, 늘 카페에 드나들기 시작했다.
하루에 세 번씩, 그녀가 나오는 시간에 맞춰서 말이다. 카페는
아침부터 커피를 테이크아웃하는 학생들로 인해 7시부터 9시
까지가 가장 바쁜 시간이었다. 용배는 언제나 첫 손님으로 그곳
에 갔다. 6시 40분부터 나와 근처를 어슬렁거리며 '운명의 여인'
이 문을 여는 순간을 기다렸다. 알바생도 함께 있었기에 여주인
이 커피를 뽑아주지 못하는 날도 있었지만 '첫 번째' 손님은 쉽
게 기억에 남기 마련이다. 전략은 성공했다. 여주인은 용배를
기억하기 시작했고, 나중에는 안 오면 궁금할 정도가 되었다.

오르페우스 카페 여주인, 수진도 한때 공시생이었다. 계약직
으로 직장에 다니다 그만두고 공시에 도전했지만 3년 내내 떨어
지자, 공시를 포기하고 지금의 카페를 인수해서 1년 전부터 영

업을 시작했다. 그녀는 그곳을 찾는 공시생들을 가족처럼 여겼다. 그들의 팍팍한 삶을 알기에 그녀는 늘 밝은 목소리로 인사했다. "안녕하세요", "감사합니다", "맛있게 드세요"를 신나게 외쳤다. 가슴에서 우러나오는 진실한 표정과 눈빛이 공시생들을 끌어당겼다. 남자들은 물론 여자들조차 그녀를 좋아했다. 수진은 늘 밝게 웃었고 손님의 눈을 똑바로 바라보며 미소 지었다. 그렇게 정을 주면 사람들은 또 찾아왔다. 수진의 그런 노력 때문에 근처의 카페 중에서도 오르페우스가 가장 잘되었다. 커피를 안 마셔도 지나가며 손을 흔드는 남자들도 있었고 "언니"라고 부르며 따르는 여성들도 생겼다. 또한 "누나"라고 말하며 연모의 눈빛으로 바라보는 남자 공시생들도 많았다. 수진은 싫지 않았지만 틈을 보이지는 않았다. 그녀는 그들의 공부를 방해하는 존재가 되고 싶지 않아 그들이 선을 넘지 못하게 조심했다.

오전 7시부터 저녁 7시까지, 하루에 열두 시간 운영하는 카페를 주인 혼자서 할 수는 없었다. 사람들이 가장 많이 오는 시간대에는 수진과 알바생이 함께 일했다. 하루에 세 번씩 나타나던 용배는 한 달 전부터 수진이 혼자 있는 시간대에 카페에서 죽치며 시간을 보냈다. 수진이 보기에 나이 든 공시생처럼 보이는 용배는 커피를 너무 마시는 것 같았다. 술을 많이 마시는 사람 같으면 '이제 그만 마셔요'라고 말하겠지만 커피를 마시는 사람에게는 그런 말을 할 수도 없었다.

"그런데 공부는 안 하세요?"

궁금해진 수진이 물었다.

"후유⋯. 할지 말지 고민 중입니다. 여행의 추억이 저를 자꾸 불러서."

수진의 눈이 반짝였다.

"여행을 많이 했나 봐요? 어느 나라가 그렇게 불러요?"

수진의 호기심 어린 눈초리를 용배는 놓치지 않았다. 그는 자신이 다녔던 수많은 나라에 대한 여행담을 풀기 시작했다. 누가 들어도 재미있는 경험이었다. 특히 인도, 실크로드 횡단, 아프리카 여행 등 남들이 별로 가지 않는 곳에 대한 여행담은 수진의 얼을 빼놓았다.

"그런데 왜 공무원 시험을 준비하세요? 공무원 생활은 답답할 텐데."

"우리 아버지가 백수건달로 살려면 간첩질이라도 하라는 바람에."

수진은 웃음을 터트렸고 그 일을 계기로 용배는 적절하게 여행 이야기를 하며 수진의 마음을 흔들었다. 사실, 그의 아버지가 자기에게 "간첩이 돼라"고 직접적으로 말한 것은 아니었다. 비유적으로 돌려 말한 것인데 용배는 남들에게 그렇게 유머로

써먹었다.

한 달이 지났을 무렵, 수진과 함께 일하던 알바생이 그만두게
되자 용배가 그 자리를 낚아챘다. 그렇게 용배는 주인과 낮 동
안 함께 일했다. 그리고 다시 한 달 후, 늦은 오후에 일하던 알
바생도 그만두자 용배는 그 시간 역시 자신이 일하기로 했다.
수진이 혼자 일하는 시간에도 용배는 일당을 받지 않은 채 수진
의 곁을 지켰다. 공부는 전혀 하지 않았다. 게다가 수진이 잠깐
쉬는 시간대마저 용배는 그녀 곁에 있으려 했으니 결국 두 사람
은 문을 여는 아침부터 문을 닫는 저녁까지 붙어있게 됐다. 용
배는 그렇게 붙어있어도 수진이 지루해하지 않을만한 이야깃
거리가 풍성했다. 그리고 이야기가 너무 지겹지 않게 적당히 조
절했고, 수진이 피곤한 눈치를 보이면 알아서 침묵하고 거리를
두었다. 그런 용배의 행동은 수진을 편안하게 해주었다. 수진은
용배가 든든한 보디가드 혹은 호위 무사처럼 여겨졌다.

용배는 용의주도했다. 아르바이트생에 불과하지만 마치 주인
처럼 행세했다. 의젓하게 처신해서 마치 30대 초반인 수진의 남
편 같은 이미지를 풍겼다. 용배의 나이가 30대 중반이니 딱 맞
는 나이였다. 용배는 연하의 남자들이 수진을 "누나, 누나" 하면
서 따르지만 결코 그들이 누나라는 호칭에서 끝나지 않을 눈빛
임을 다 알고 있었다. 그래서 분위기로 그들을 제압했다.

'이 여자 건들지 마라. 내 사람이니까.'

그리고 카페 이름을 오르페우스에서 '님프'로 바꾸도록 수진을 설득했다.

용배와 헤어진 지 세 달 만에 공유는 용배를 찾아간 적이 있었다.

"용배 형, 잘 지내세요? 한번 찾아가고 싶은데 언제 가면 좋을까요? 공부하는데 방해되는 건 아닌지 모르겠어요."

"괜찮아. 저녁때 오면 좋겠네."

"어디서 만날까요?"

"카페 님프로 와. 아, 예전엔 오르페우스였지. 그곳으로 와."

공유는 용배가 너무도 고마워서 삼겹살에 소주를 사고 싶었다. 그런데 공유는 용배를 만났을 때, 뭔가 좀 이상하다는 느낌을 받았다. 용배의 얼굴은 공부하는 사람 같지 않았다. 좀 까칠하고 피곤한 기색이 보여야 하는데 용배는 새신랑처럼 행복한 표정을 지었다.

"형, 좀 이상하네. 분위기가 공부하는 사람 같지 않아요."

"그런가? 하하, 그렇게 되었다."

그날 삼겹살에 소주를 마시며 용배는 지나온 이야기를 길게 한 후, 결론을 내듯 덧붙였다.

"운명의 여자를 만났어. 카페 오르페우스에서. 아니 카페 님 프에서."

"오르페우스 사장님은 아줌마였는데 바뀌었어요?"

"응, 작년에 사장이 바뀌었어. 카페 이름은 내가 바꾸라고 했어. 오르페우스 신화 알지? 죽은 아내 에우리디케를 저승에서 데리고 나오다가 뒤를 돌아보는 바람에 데려오지 못했잖아. 불 길해. 그래서 님프라고 바꾸라고 했어. 님프는 아름다운 여성 요정이잖아. 또 결혼 적령기의 신부라는 뜻도 있고, 하하."

공유는 용배의 눈빛을 보면서 '이 형, 끝까지 밀고 가겠구나' 라는 느낌을 받았다.

"하여튼 형의 추진력은 대단해요. 그럼 앞으로 어떻게 할 거예요? 계속 카페 알바만 할 거예요? 공시는 어떻게 하고?"

용배는 소주를 들이켠 후 한숨을 길게 내쉬었다.

"글쎄, 공시는 안 될 거 같아…. 근데 너는 뭔가를 선택할 때 뭘 기준으로 하니?"

공유는 할 말이 없었다. 늘 실용적인 관점에서 이것저것 따지 며 결론을 냈지만, 딱히 의식한 기준이라는 건 없었다.

"나는 말이야. 여러 가지가 얽힐 때는 내게 무엇이 가장 중요 한가를 생각해. 가치의 우선순위를 정하는 거야. 직장을 다니 다 그만둘 때 굉장히 고민한 후, 그런 결론을 내렸어. 20대 후

반, 나는 정말 세계를 떠돌고 싶었어. 그걸 하지 않으면 죽어도 눈을 감지 못할 것 같은 열정이 있었어, 남들이 뭐라고 하든. 그래서 직장을 그만두고 여행했던 거야. 앞날의 계획이 없었어…. 그리고 돌아와서 방황하며 더 이상 여행이 옛날의 감흥을 주지 못한다고 판단했을 때 그만두었어. 아닌 걸 붙잡고 질질 끌 필요는 없잖아? 그렇다고 간첩이 될 수는 없는 거고…."

공유는 고개를 끄덕였고, 용배는 한숨을 한 번 내쉬더니 팔짱을 끼고 말했다.

"그러다 너를 만난 거지. 그때는 진짜 공무원 시험을 공부하고 싶었어. 하지만 지금은 달라. 우선, 나는 운명의 여인을 잡는 게 중요해. 나중은 모르겠어…. 그런데 난 지금 실력이 없어. 그녀가 뭘 보고 결혼하겠어? 그러니 나는 온갖 것을 다 동원해서 그녀의 마음을 잡아야 해. 내 경험, 내 시간 그리고 충성심까지… 그 사람에게 온몸과 마음을 다 바칠 거야. 지금은 그것 외에는 생각하지 않아. 지금, 이 순간, 이 우주에서 가장 중요한 건 그녀에 대한 나의 사랑이야."

공유는 이 형이 굉장히 충동적이고 불안한 것 같으면서도 사람을 감동하게 하는 뭔가가 있다고 생각했다. 자신을 다 던지는 용기. 자신의 마음에 들면 모든 것을 다 줄 수 있는 용기.

"형은 님프 사장님을 꼭 신부로 만들 거예요. 형은 꼭 성공할 거예요."

시간이 지나고 공유는 다시 용배를 만나러 갔다. 그때 공유는
용배의 님프도 보았고 함께 술도 마셨다. 과연 용배가 반할만하
다고 생각했다. 그녀는 상냥하고 눈빛이 맑았으며 같이 있기만
해도 행복감을 주는 여인이었다. 공유는 돌아오는 길에 용배에
게 메시지를 보냈다.

'형, 잘돼가요?'

'아니, 아직 선을 넘지 못했어.'

한 달 후, 이번에는 용배가 공유를 찾아왔다. 12월의 집은 어
둠이 깔려가는 골목길, 고깃집에서 둘은 소주에 돼지갈비를 구
워 먹은 후 오랜만에 무인카페로 왔다.

"여기는 여전하네, 하하. 올겨울 생각나네. 그때 목발 짚고 다
녔는데."

"네, 엊그제 같은데 벌써 시간이 그렇게 흘렀네요. 형, 님프
사장님과는 어때요?"

"그게 참, 정말 내가 그 여자 좋아해. 그런데 선을 넘기가 힘
들어. 사랑하는 마음을 표현하기가 어려워. 덜덜 떨리는 거야.
고백해야지, 해야지 하면서도 못 하겠어. 늘 둘이 있어서 시간

이 많은데도 그 말을 못 하겠단 말이야. 말했다가는 거절당하고 끝날 거 같은 불길한 생각이 들어."

"와, 형 같은 추진력이 있는 사람이 그러면… 정말 형, 님프 사장님 좋아하네요."

"미치겠어… 힘들어. 옛날에 윤수일이란 가수가 있었어. 알아?"

"이름은 들어본 거 같아요."

"옛날 가수야. 우리 아버지가 좋아해서 옛날부터 수없이 듣고 자랐어. 어릴 때 기억은 오래가. 얼마 전에 유튜브로 우연히 그 사람 노래를 들었어. 〈사랑만은 않겠어요〉라는 노래인데 지금 들으니까 가슴에 팍팍 와닿는 거야. '이렇게도 사랑이 괴로울 줄 알았다면, 차라리 당신만을 만나지나 말 것을'이란 가사인데… 하, 정말 그래. 사랑이 이렇게 아픈 줄 몰랐어. 늘 같이 붙어있어도 보고 싶은 마음, 하나가 되지 못하는 괴로움… 그거 알아?"

공유는 터지는 웃음을 참을 수 없었다. 덩치 크고 저돌적인 용배 형이 불쌍하게 보였다. 이래서 이도령과 춘향이 사이에 방자와 향단이가 필요했던 것일까?

"형, 내가 이 마음을 형수님에게 전해줄까요?"

"아, 웃기는 소리 말고!"

밤늦게까지 술을 마신 용배는 오래간만에 부모님 집에 가서 잔다며 돌아갔다. 용배의 뒷모습을 보며 공유는 감탄했다. 요즘에도 이런 순정파가 있나? 한 달이 지난 후, 공유는 용배의 메시지를 받았다.

'내가 드디어 선을 넘었다!'

공유는 그 메시지를 받는 순간 벌떡 일어나 만세를 불렀다. 공유는 진심으로 그들의 행복을 기원했다.

공유는 용배가 부러웠다. 이 세상에서 가장 중요한 건 사랑하는 여인을 만나는 것이란 생각이 들었다.

'배달 라이더를 하면서 사랑하는 여자를 만나 결혼할 수 있을까?'

1년 전에 가졌던 유튜버의 꿈은 공유에게 막연해 보였고 전 세계를 떠돈다는 것도 엄두가 나지 않았다. 배달 라이더의 생활은 생존에 도움이 되었지만 안정된 직장이나 꿈을 키우는 것은 아니었다. 자유롭고 독립적인 일이어서 만족한다는 중년 아저씨들도 있지만, 아직 젊은 공유는 자기 삶이 여기서 멈추는 것 같아 불안했다.

한편 매스컴에서는 공시 경쟁률이 계속 낮아지고 있다는 뉴스가 나오고 있었다. 방송만 보면 공무원 되기가 쉬워 보일 수 있지만 사실은 아니었다. 아무리 경쟁률이 낮아지고, 허수가 많을 것이라 예상해도 사람이 몰리는 인기 있는 분야는 뛰어넘기 힘든 벽이었다.

하지만 공유는 2025년 시험에 대비해서 공부하기로 했다. 그동안 돈도 벌어서 심리적으로 안정된 데다 약 1년 동안 공부를 안 하고 머리를 비우니 재충전이 된 기분이 들었다. 하지만 그 무렵에 공유의 의욕을 떨어트리는 신문 기사가 나왔다. 공무원증을 반납하고 퇴직하는 젊은 공무원들의 숫자가 점점 늘고 있다는 것이다. 이유는 여러 가지였다. 박봉, 보수적인 조직문화, 힘든 초과근무, 민원인들의 욕설 때문에 하루하루가 고통스러웠다고 한다. 어떤 공무원은 그만두고 일본으로 워킹홀리데이를 떠난 후 유튜브에 그 과정을 올리면서 공무원 사회를 비판했다. 영상의 댓글은 두 종류로 나뉘었는데, 공무원들을 괴롭히는 진상 민원인들을 성토하는 댓글과 젊은 시절에 그걸 못 참고 성급하게 그만두냐며 비판하는 댓글이 있었다. 공유는 그런 기사를 보며 고민했다.

'공무원 시험에 붙기도 힘들지만 그 후 이어지는 생활에는 내가 모르는 어려움이 많아 보인다. 힘들게 붙은 시험인데 오죽하면 그만둘까? 그래도 그렇게 나간 사람들도 분명 어려운 일을 또 마주하겠지. 용배 형도 돌아오고 나니 삶을 다시 고민한다잖

아? 어딜 가나 돈 버는 건 힘들고, 돈 쓰는 일은 즐거우니까.'

　공유는 복잡하게 생각하지 않기로 했다. 우선 배달 라이더 생활에서 탈출하는 것을 목표로 삼았다. 용배의 말대로 오늘을 치열하게 살고, 미래는 그때 가서 걱정하기로 했다. 그가 용배에게 가서 이런 사실을 말하자 용배는 격려해 주었다. 다음 날 새벽, 무인카페에 온 그는 자신이 타온 인스턴트커피가 아닌, 자판기의 고소한 카페라테를 마셨다. 왠지 모르게 이번에는 꼭 붙을 것 같은 예감을 느끼며 그는 의욕을 불사르기 시작했다.

가족의 질긴 인연과
저력

40대 가정주부는 더위에 세상이 푹푹 찌는 어느 일요일 점심에 집안 식구를 불러 모았다.

"오늘 끝장 토론을 하는 거야."

주부의 선언에 남편과 딸은 바짝 긴장했다.

"우리 가정은 가정이 아니야. 남편은 집에 오면 방구석에 처박혀서 게임이나 하고, 딸도 자기 방구석에 처박혀 있고…. 그래, 나는 개한테 정신 팔렸고… 원인이 뭐라고 생각해?"

남편과 딸은 아무 말도 하지 못한 채 눈치만 보았다. 성격 급한 가정주부가 계속 말을 이어갔다.

"내가 왜 개한테 매달렸을까? 개는 피드백이 있잖아, 피드백!

개는 밥을 주면 꼬리 치고 쓰다듬어 주면 좋다고 나를 핥는다고. 그런데 당신도 딸도 이건 뭐, 반응이 없어. 모든 게 당연한 줄 알아!"

한참 만에 남편이 쭈뼛거리며 입을 열었다.

"그래도 나는 돈을 벌어다 주잖아. 개는 받아먹기만 하고."

'어이구, 이 인간아.'

속으로 욕이 터져 나왔지만, 가정주부는 꾹 참고 말했다.

"여보… 나는 동전을 넣거나 카드를 꽂으면 척척 커피가 나오는 자판기가 아니라 사람이잖아. 사람은 서로 오가는 게 있어야 하는 거야. 고맙다는 소리도 듣고, 수고했다는 소리도 듣고…. 그래야 힘이 나는 거야."

"나도 그런 소리 못 들었는데…. 통장에 월급 들어오면 당신, 당연한 줄 알잖아?"

"그러니까 밥해주고, 반찬 해주고, 빨래해 주고, 청소해 주고 있잖아."

"그러니까… 그럼 '샘샘' 아닐까?"

'하, 정말 한 마디를 안 져요.'

가정주부는 다시 불길처럼 솟는 화를 꾹 참았다.

"그래, 샘샘이다. 그렇게 살자고! 그런데 왜 불만이냐고. 나보고 개 집사냐고 그랬잖아? 내가 못 한 게 뭐가 있어. 밥이랑 반찬 다 준비했고, 청소 늘 하고 있잖아. 반찬은 거저 나오는 줄 알아? 재료 사다가 하는 거 생각 안 해? 좋아, 그러니까 당신 월급하고 내가 노력해서 봉사하는 거하고 퉁치자고. 그런데 피드백이 없으니까 나도 밥 차려주고, 빨래 돌리는 거 안 하는 거야. 나도 지쳤다고. 그러니까 이대로 살자고. 각자 자기 빨래하고, 각자 알아서 차려 드시라고. 내가 그게 힘들어서 그러는 게 아니야. 너무도 당연한 듯이 생각하고, 돌아오는 게 없고, 각자 파묻혀서 사는 꼴이 보기 싫어서 그런 건데⋯. 그래도 어떻게 다시 마음 좀 합해보려 했는데⋯ 당신이 이렇게 나오니 나도 더는 이야기하기 싫어!"

"엄마는⋯."

딸이 말을 시작하려 하자 주부가 말을 막았다.

"네가 무슨 할 말이 있다고! 너, 앞으로 엄마라고 부르지 마. 어머니라고 공손히 불러. 그리고 당신은 나를 김 여사라고 불러. 난 부엌데기가 아니야. 그리고 딸, 너는 앞으로 네 방은 네가 치워. 네 인생은 네 것이라며? 독립하고 싶다며? 상관하지 말라며? 그럼 네 방 네가 치우고, 네 밥 네가 차려 먹고, 네 옷 네가 빨아 입어. 아직 성년이 되지 않았으니까 나머지는 내가 해줄게. 하지만 대접받고 싶으면 대접받게끔 스스로 행동하라고. 너는 공주가 아니야! 내 딸이지. 딸이 어머니 상전인 줄 알아? 나는 삼월이가 아니라고!"

돌변한 김 여사의 모습에 남편과 딸은 기가 죽어버렸다. 한참
만에 딸이 입을 열었다.

"엄마… 아니, 어머니 말이 맞기는 맞는데…, 난 엄마… 어머
니 말이 듣기가 싫어. 목소리 자체가 싫어."

이건 또 무슨 말인가? 김 여사는 놀란 눈으로 딸을 쳐다보았
다. 그러자 남편이 기회를 놓치지 않고 끼어들었다.

"그건 그래. 나도 당신 목소리가 듣기 싫어. 항상 톤이 높고
짜증 내는 목소리야."

"그건, 당신이 내 심기를 불편하게 하니까 그런 거지!"

김 여사가 소리를 버럭 질렀다.

"지금도 그렇잖아. 그냥 할 말도 소리를 막 질러대. 항상 그래
왔어. 그러니까 피하는 거지."

김 여사는 이쯤에서 이 토론이 끝장 토론이 될 수 없다는 것
을 깨달았다. 논리적인 이야기는 '목소리 자체가 듣기 싫다'라는
말 앞에서 힘을 잃는다. 그냥 존재 자체가 '디스'당하는 기분. 김
여사는 개를 끌고 밖으로 나왔다.

'그래, 나한테는 개밖에 없다. 개는 내 목소리가 듣기 싫다는
말은 하지 않지.'

김 여사는 개를 끌고 미친 여자처럼 머리카락을 휘날리며 길

거리를 걸었다. 산기슭을 걷고, 강변도 걷다가 저녁 무렵에야 집에 돌아왔다. 그런데 식탁에 상이 차려져 있었다. 잡채에, 닭볶음탕에, 전에, 케이크까지 준비돼 있었다. 그녀는 문득 '오늘이 내 생일이었나?'라는 생각이 들었지만 아니었다. 생일날이라 해도 한 번도 이런 대접을 받은 적이 없었다. 남편과 딸이 준비한 상차림이었다.

"여보…, 김 여사… 미안해."

"엄마… 아니, 어머니… 미안해요."

김 여사는 아무 말 없이 상을 쳐다보며 물었다.

"이걸 어떻게 만들었어? 요리도 할 줄 모르는 사람들이?"

"반찬 가게에서 사 왔어."

"그런데… 왜?"

"미안해. 그동안 당신을 너무 부려 먹은 것 같아. 피드백도 없이. 개도 불러주고 쓰다듬어 주고 그래야 좋아하는데… 사람은 오죽하겠어?"

'사람은 오죽하겠냐고? 후유, 이제야 사람으로 보이니?'

김 여사는 다시 속에서 화가 치밀었지만, 차려준 정성을 생각해서 말없이 밥을 먹었다. 요즘엔 이런 반찬 가게의 반찬도 맛있고, 또 외식을 종종 하니 가족이 자기 요리에 감사한 마음이 들 리 없다는 생각도 들었다. 뭐든지 부족하고 귀해야 감사함을 느끼는데 천지에 맛있는 음식이 널려있다. 김 여사는 밥을 먹으며 곰곰이 자신을 돌아보았다. 친정아버지가 늘그막에 바람을 피워서 세 여자의 뒤통수를 세게 후려치고 떠나신 후, 그녀는 남자들이 미웠고 의심스러웠다.

'목소리 자체가 듣기 싫다며 피한 이유도 나의 그런 태도에서 왔나? 그런데 내가 그 정도였나? 나도 나지만 남편과 딸의 히키코모리 기질은 어떻고?'

김 여사는 남편과 딸이 그동안 살아오며 '말하는 훈련'을 받지 않고 살았다는 생각이 들었다. 시집에 가도 늘 그랬다. 그 집안 식구들은 도무지 말하지 않았다. 명절 때 텔레비전을 보다가 남편이 시동생에게 "다른 데서는 뭐 하나?"라고 묻자, 시동생은 아무 말 없이 리모컨을 들고 그 많은 채널을 하나하나 돌렸다. 김 여사는 그 광경을 유심히 관찰했다. 보통 사람들 같으면 "뭐 보고 싶은데? 저거 볼까?" 등의 대화를 할 텐데 그들은 아무 말이 없었다. 한 5분 정도, 말없이 채널을 다 돌린 시동생은 "됐나?"라는 말을 던진 후 보던 채널을 그대로 보았다. 그럼 남편이나 다른 식구들은 다 함께, 아무 말 없이, 그대로 보던 것을 보았다. 신기하고 이상했지만 거기서는 그런 행동이 정상이었다.

그런 집에서 자란 남편은 직장이나 학교에서 늘 하는 말만 하고 살았지, 가족끼리 서로 주고받는 감정적 대화가 서툴렀다.

딸 역시 그랬다. 남편은 '말 많은 사람들은 간사해 보인다'는 말을 한 적도 있었다. 그러니 고맙다, 미안해, 사랑해… 이런 '간사스러운' 표현을 스스로 하고 싶을 리 없었다.

김 여사는 그들도 환경의 산물일 뿐, 불쌍하다는 생각이 들었다.

'시원찮은 사람들이 시원찮은 환경에서 살다 보니 그렇지. 다 윗대에서부터 연결되어 있는 거야. 남자에 대한 나의 적대적인 태도, 의심, 짜증도 내 아버지 때문에 시작된 것 같아…. 그래도 어떻게든 해결은 해야지.'

김 여사는 뭐라도 한마디 하면서 이 사태를 마무리 짓고 싶었다.

"그래, 나도 미안해…. 앞으로 나도 목소리 조심할게. 그런데 한 가지 부탁하고 싶은 게 있어. 말 좀 하고 살자. 말 안 하고 살면 집 안이 무덤 같고 사막 같아. 표현하지 않으면 서로를 몰라…. 피하지 말고 차라리 지적하면서 싸우자고. 그래야 맞춰가면서 살지."

남편과 딸은 아무 말 없이 밥만 먹었다. 김 여사는 느낌으로 그들이 자기 말을 긍정한다는 것을 알았지만 그들은 끝까지 말이 없었다. 김 여사는 "이 인간들아, 말 좀 해봐! 도대체 피드백이 없어요!"라고 외치고 싶었지만, 꾹 참았다.

김 여사는 그날 밤, 이제부터 전략을 바꾸기로 했다. 이솝 우화에 나오는 이야기처럼 나그네의 외투를 벗기기에는 바람보다 태양이 낫다고 생각했다. 그녀는 우선 자기 말소리부터 부드럽게 하면서 저들을 살살 꾀고 달래는 방법을 취하기로 했다.

'딸이 어디서 왔겠나? 나와 남편, 내 남동생, 시동생의 피도 섞였겠지. 후유, 그러니 내 마음대로 되겠나? 그래도 그리 나쁜 사람들은 아니다. 남편도, 남동생도, 시동생도 답답하고 한심한 구석은 있지만 반사회적 인간들은 아니다. 그것만 해도 감사한 거지. 그러니 내 딸이 크게 엇나가지는 않을 것이다. 믿고 기다려 주자. 결국 나부터 변하는 수밖에 없다.'

김 여사는 긴 한숨을 내쉬며 중얼거렸다.

"조금이라도 앞서가는 내가 먼저 시작해야지… 어쩌겠나?"

한편 이혼 위기에 처했던 50대 후반의 부부는 인도 여행을 잘 마치고 왔다. 아니 우여곡절 끝에 살아서 귀환했다. 딸과 함께 방콕을 거쳐 콜카타로 들어간 박 팀장은 은퇴했지만, 여전히 기자다운 의식이 있었다. 정보도 많이 수집했고, 유튜브도 많이 보았기에 '인도가 별거냐' 하는 자신감에 차있었다. 또 딸도 함께 가니 의지도 되었다.

그러나 콜카타 공항에 도착해 숙소까지 가는 과정에서 진이

다 빠지고 말았다. 우선 공항에 밴 묘한 카레 냄새에 골치가 아파져 왔다. 시커먼 얼굴의 사람들이 왔다 갔다 하고, 두리번거리는 모습이 모두 범죄자처럼 보여서 아찔했다. 간신히 환전하고, 전대에 돈을 넣고 단단히 챙긴 후 밖으로 나와 '프리페이드' 택시를 타려고 했는데 배낭여행자들이 주로 묵는 서더스트리트까지의 요금이 예상했던 것보다 비쌌다. 가이드북이나 여행자들이 '속지 말라'는 경고를 하도 많이 해서 모든 사람이 다 사기꾼으로 보였다. 망설이면서 이쪽저쪽을 헤매다 우연히 버스 정류장에서 서더스트리트까지 가는 버스를 탈 수 있었다. 박 팀장과 딸은 깊은 수렁 속으로 빨려 들어가는 기분이었다. 허름한 버스, 우중충한 거리의 건물, 포대 자루에서 쏟아져 나온 콩처럼 신호등도 무시하고 대로를 제멋대로 돌아다니는 행인들…. 무질서, 카오스가 콜카타의 첫인상이었다.

서더스트리트에서 박 팀장은 가이드북 지도를 보고, 딸은 휴대폰으로 구글 지도를 보며 예약한 게스트 하우스를 찾는데 사람들이 웅성거리며 모여들었다. 어떤 여자는 아이를 안은 채 돈을 달라고 툭툭 쳐댔다. 어둑어둑한 거리에서 쫓기듯이 그들은 이곳저곳을 헤맸다. 그러다 간신히 예약한 숙소를 찾아냈다. 딸이 예약한 방은 3만 원 정도의 가격으로 한국의 장급 여관 수준은 되어 보였지만 예약 사이트에 올라온 사진과는 차이가 났다.

칙칙하고 허름한 분위기였다. 그러나 박 팀장은 이 정도는 견딜 만하다고 생각했다. 그녀는 거의 30년 전 대학 시절, 친구들과 여행하며 체험했던 민박이나 여관 등 한국의 열악한 숙소 문화를 겪어보았기에 큰 충격을 받지는 않았다. 반면에 부모에게 인도 여행하라고 '방방 떴던' 딸은 혼이 빠져버렸다. 딸은 태어난 후, 그런 열악한 현실이 처음이어서 숨이 막혀왔다. 어릴 때부터 웬만한 호텔보다도 좋은 아파트에서 살아와 깔끔하고 깨끗한 집이 '기본'이라고 생각한 딸은 칙칙하고 허름한 방을 보는 순간 당황했다.

"뭐 해? 밥 먹으러 나가야지."

오히려 졸았던 엄마가 더 빠릿빠릿해져 있었다. 서더스트리트에는 여행자를 상대로 한 허름한 식당과 카페가 많았다. 인도 사람들은 얼이 빠진 그들을 가만히 놓아두지 않았다. "헬로, 코리언, 자파니…" 등등 한마디씩 하고 갔다. 공격적으로 보이지는 않았지만, 모녀는 바짝 긴장한 채 어느 식당에 들어갔고, 그곳에서 치킨 비리야니라고 하는 볶음밥을 먹었다. 복닥거리는 식당 안에는 서양 여행자들이 많았고 종업원들이 왔다 갔다 하는 통에 정신이 없었다. 그들은 빨리 식사한 후 그곳을 나왔다. 영 불안해서 견딜 수가 없었다. 그들은 낯선 얼굴의 사람들과 혼잡한 거리 분위기에 납작 깔리는 기분이 들었다. 침대에 누워 있던 딸이 갑자기 소리를 질렀다.

"엄마야! 저게 뭐야, 저거!"

박 팀장도 놀라서 쳐다보니 벽에 도마뱀이 기어다니고 있었다. 다행히 도마뱀은 곧 환풍기 밖으로 사라졌다. 모녀는 놀란 가슴을 진정시켰지만, 눈앞이 캄캄해져 왔다. '아, 진짜 인도에 왔구나'를 실감하며 박 팀장은 남편이 걱정되었다.

'이 인간은 제대로 인도에 도착했을까?'

그들이 떠나던 날 남편은 비슷한 시간에 뉴델리로 가는 직항을 탔다.

'지금쯤 도착했겠지? 잘 견디려나?'

박 팀장은 인도에 와서 자기보다 더 위축된 딸을 보니 한심해 보였다. 그래도 이 아이를 지켜야 한다는 모성애가 발동하면서 전투 의지가 불타올랐다.

남편 김 부장이 도착한 뉴델리는 한 나라의 수도답게 공항철도가 있었다. 그는 깔끔한 공항철도를 타고 뉴델리역에 잘 도착했으나 배낭여행자들이 모이는 바로 코앞의 파하르간지까지 가는 데 한 시간이나 걸렸다. 김 부장은 뉴델리역 정문이 아니라 후문으로 나온 것이다. 그곳에서 나와 파하르간지를 물었는데 인도인들의 대답을 알아들을 수가 없었다. 영어를 잘하는 사람은 보이지 않았다. 지저분한 옷을 걸친 수많은 사람이 몰려들어 그를 구경했지만, 도와주는 사람은 없었다. 그러다 영어를 할 줄 아는 어떤 나이든 사내가 파하르간지는 반대편이라는 사실을 알려주었다. 역을 통과해 반대편으로 걸어가면 되지만 짐이 있으니, 오토릭샤를 타는 편이 더 좋을 것이라고 이야기했다.

결국 김 부장은 오토릭샤를 탔다. 금방 가리라 생각했지만 그것이 실수였다. 오토릭샤는 영상에서 보았던 것처럼 바퀴가 세 개 달린 삼륜차였다. 콧수염을 기르고 머리에 터번을 두른 중년 사내는 김 부장에게 계속 "어느 게스트 하우스냐"고 물었다. 김 부장은 생각해 놓은 게스트 하우스 이름을 말했지만, 그는 그 게스트 하우스에 불이 났다고 했다. 또 현재 파하르간지는 누군가 폭탄을 설치해서 갈 수 없다며 자신이 다른 게스트 하우스를 소개하겠다고 했다. 이미 인터넷이나 여행기를 통해 김부장이 수없이 들은 수법이었다. 그는 자기가 아는 숙소에서 수수료를 받으려는 운전사의 술수에 넘어가지 않겠다고 다짐했다. 하지만 오토릭샤는 어디론가 하염없이 돌고 돌며 이곳저곳에 김 부장을 데려갔다. 그는 운전사에게 납치당한 꼴이 되었다. 김 부장은 '이놈이 나를 어디론가 데려가서 쓱싹하는 것은 아닐까'라는 두려움도 생겼다. 어쨌든 제대로 왔으면 5분밖에 안 걸릴 길을 오토릭샤는 30분이나 넘게 돈 후에 파하르간지에 왔다. 운전

사는 처음에 약속했던 100루피가 아닌 1,000루피를 달라고 했
다. 결국 싸움이 일어났고 김 부장은 운전사에게 울상을 지으며
사정했다. 운전사는 '자신이 손해 보았다'는 표정을 지으며 500루
피만 받았다. 무더운 7월의 날씨에 땀은 흐르고 정신이 혼미해
졌다. 이미 날도 어두워지고 있었다.

파하르간지는 빈민촌 같은 분위기로 시끄러운 오토릭샤, 사
이클릭샤, 하얀 소와 개들이 뒤범벅된 정신없는 거리였다. 그
거리에 싸구려 게스트 하우스, 기념품 가게, 식당, 카페가 몰려
있는데 모두 허름했다. 김 부장에게 절망감이 몰려왔다. 그는
인터넷을 통해서 숙소를 예약하지 않았다. 옛날 사람답게 가이
드북에 의지해서 '무데뽀' 정신으로 도전하고 싶었다. 널리고 널
린 것이 게스트 하우스인데 어디 가서 못 자겠냐는 자신감이 넘
쳐흘렀다. 하지만 막상 파하르간지에 도착하니 더럽고, 혼잡하
고, 낯선 곳에서 잘 곳을 찾아야 한다는 사실이 암담하게 다가
왔다.

그는 한 번도 살아오면서 이런 경험이 없었다. 회사 생활이
든, 개인 생활이든 예측할 수 있는 세상이었는데 이곳은 매 순
간이 혼란의 연속이었다. 사람들이 다 도둑놈 같고 사기꾼 같았
다. 그러다 우연히 만난 한국 청년의 도움으로 300루피짜리 방
을 간신히 얻을 수 있었다. 감옥 같은 곳이었다. 창문은 없고 천

장에 선풍기 하나만 매달려 있었다. 괜찮은 곳들은 이미 빈방이 없다고 해서 이곳에 온 것이었다. 김 부장은 침대에 풀썩 쓰러지면서 신음했다.

'아… 내가 왜 여기 와서 이러고 있지? 마누라와 딸은 콜카타에 잘 도착했으려나?'

박 팀장과 딸은 일단 콜카타에만 있다가 2주 후, 바라나시로 떠나기로 했다. 다른 도시는 여행할 엄두가 나지 않았고 일단 이 낯선 세상에 적응해야만 했다. 아무리 혼란스러운 곳도 차차 익숙해지니 흥미로운 점도 보였고 친절하고 흥겨운 사람들도 종종 만났다.

인도인들은 그들을 놓아두지 않았다. 할 일 없는 남자들, 길을 걷던 남자들은 모녀를 향해 눈웃음을 치면서 "어느 나라에서 왔냐", "이 옷은 어디서 샀냐", "얼마 줬냐" 등을 물었다. 안내해 주겠다 하고 사진을 같이 찍자면서 은근히 어깨를 감싸기도 했다. 그리고 늘 그들에게 "아름답다", "미인이다"는 말을 덧붙였다. 한국 여행자들도 종종 보였다. 숙소에서 만난 어떤 30대 중반의 한국 여행자는 이렇게 말했다.

"솔직히 제 얼굴이 못생겼다는 건 제가 알아요. 안다고요. 그런데 인도 남자들이 만나기만 하면 아름답다고 외쳐대요. 처음에는 이것들이 날 어찌해 보려는 수작이라고 생각했는데, 지금 세 달 동안 수없이 듣다 보니 세뇌가 됐어요. 정말 제가 예쁜 거 같단 말이에요. 벌써 청혼 요청을 열 번도 더 넘게 받았어요. 이렇게 공주처럼 대접을 받다 한국 들어가면 어떻게 살 수 있을지 고민이에요…. 길이나 기차, 버스에서 조심하세요. 이놈들이 엉덩이 치고 가고, 가슴도 만지고 가고, 또 엉큼하게 치근덕거리는 놈들이 종종 있어요. 그리고 요즘에는 인도 사내들이 사나워져서 성폭행도 종종 일어나니까요."

하긴 박 팀장 역시 인도에 온 지 일주일도 안 됐는데 벌써 청혼 요청을 받았다. 그녀와 딸이 자매인 줄 알고 언니에게 청혼한 것이다. 그녀는 도대체 알지도 못하는 놈이 "매리 미"라고 하는 것이 기가 막혔다. 이 사람이 영어를 제대로 알고 그러냐는 의문도 들었다. 혹시 그 말을 '아름답다거나 안녕 같은 뜻으로 이해한 건 아닐까?' 하는 생각도 들었다. 그런데 딸은 자기는 제쳐두고 엄마에게 결혼하자는 이 상황이 너무 황당하고 기분이 나빴다. 하루하루가 충격이었고 작은 사건의 연속이었다. 칼리 사원에서 염소 목을 칼로 내리치는 광경도 직접 보고, 그 피를 미간에 찍는 사람들의 모습을 보면서 지옥에 왔다는 충격을 받았다. 그러나 또 눈이 맑고 예쁜 아이들을 보면 천사 같았다. 그러다가 또 한 푼 달라고 달려드는 거지들을 보면 다시 지옥이란 생각이 들었다. 하루에도 몇 번씩 그들은 천국과 지옥을 오갔다. 그 격렬한 흔들림 속에서 수십 년 동안 갖고 있던 자신들의 껍질이 다 부서지고 있었다.

2주 만에 그들은 바라나시행 2등 열차를 탔다. 3단 침대칸은 어수선했지만 그리 위험해 보이지 않았다. 밀폐된 공간이 아니라 트인 공간이어서 서로를 관찰할 수 있었다. 무더위가 기차 안을 감돌았고 창밖으로 뜨거운 대지가 흘러가고 있었다. 천장의 선풍기 바람은 후텁지근했다. 그렇게 그들은 인도에 익숙해지고 있었고 다행히 큰 사건은 일어나지 않았다. 하지만 그날 밤 문제가 터졌다. 3단 침대 중에서 박 팀장은 제일 위 칸에서 자고 딸은 바로 밑의 중간 침대에서 자는데, 새벽에 딸의 고함이 들려왔다.

"선 오브 비치… 이 개새끼야!"

영어 욕과 한국어 욕이 섞여 들려왔다. 박 팀장이 깜짝 놀라 소리쳤다.

"왜, 왜 그래? 무슨 일이야?"

그녀가 다급히 아래를 보니 주전자를 들고 인도 차를 팔러 다니는 청년이 딸을 보며 싱글싱글 웃고 있었다.

"이 자식이 자꾸 내 발가락을 만지잖아!"

딸의 말을 들은 박 팀장은 한국말로 소리를 꽥 질렀다.

"이놈의 새끼, 어디서 내 딸 발가락을 만져? 죽을래!"

그러자 인도 청년은 어깨를 으쓱거리다 혀를 쏙 내밀고 도망쳐 버렸다. 기가 막혔다.

"아까도 저 새끼가 내 엄지발가락을 만지고 가서 긴가민가했는데 이번에도 또 만지잖아."

딸은 통로 쪽에다 발을 뻗고 잤는데 그놈이 왔다 갔다 하면서 딸의 발가락을 만져댄 것이었다.

어쨌든 밤은 갔고 새벽이 왔으며 그들은 바라나시에 도착했다. 바라나시역에서 나오니 환영객들이 몰려왔다. 사이클릭샤 인력거꾼들이었다. 새벽어둠 속에서, 허연 눈을 번쩍이며 달려드는 몇십 명의 사람들은 마치 악귀처럼 보였다. 그들은 악착같이 손님 한 명이라도 잡으려고 악을 써댔다. 모녀는 겁에 질려 뒷걸음질 쳤으나 이내 어떤 사내가 그들의 짐을 잡아채서 끌어당기기 시작했다. 결국 그들은 그 릭샤를 탈 수밖에 없었고 수많은 게스트 하우스가 몰려있는 강변으로 향하기 시작했다. 새벽인데도 수백 대의 사이클릭샤들이 갠지스강으로 몰려가고 있었다. 비몽사몽간에 그들은 구천으로 빨려드는 기분이 들었다. 현실 같지 않았다.

뉴델리에서 계속 머물던 김 부장은 바라나시로 가기 전에 아그라로 1박 2일 여행을 떠났다. 그는 기차가 출발하고 난 다음에야 자신의 큰 배낭이 없어진 사실을 알았다. 배낭을 위에 올려놓았는데 기차가 떠나기 전에 누군가 갖고 내려가 버린 것이다. 다행히 배에 찬 전대 안의 돈과 여권은 무사했고 작은 배낭 안의 가이드북과 휴대폰도 안전했다.

김 부장은 물건을 도둑맞고 보니 여행 의욕이 사라졌다. 아그라에 가서 아름다운 타지마할을 보아도 아무 감흥이 없었다. 그래도 정신을 차리고 시장에서 배낭과 속옷을 사고 과일도 사며 기운을 차리려고 노력했다. 그러나 인도는 그를 내버려두지 않았다. 게스트 하우스 안에 있는 옥상 식당에서 탈리라는 음식을 먹을 때였다. 그가 식사를 마치고 배낭에서 사과를 꺼내는 순간, 누군가 사과를 잽싸게 낚아챘다. 원숭이였다. 이놈은 도망도 가지 않고 입을 날름거리며 계단 밑에서 사과를 먹기 시작했다.

"이 원숭이가!"

배낭도 잃어버려 기분을 잡친 김 부장은 그 분풀이로 원숭이를 요절내고 싶었다. 마침 옥상에 긴 막대기가 보여서 그것을 잡고 원숭이에게 달려들자 원숭이는 잽싸게 도망갔다. 그런데 잠시 후, 폐허처럼 이어진 다른 건물 옥상 쪽에서 원숭이 수십 마리가 떼를 지어 담을 건너뛰며 이쪽으로 몰려오고 있었다. 김 부장은 공포에 질렸다. 아까 도망친 놈이 자기 패거리를 몰고 온다고 생각한 김 부장은 침을 꿀꺽 삼키며 막대기를 들고 긴장했다. 그런데 원숭이들은 김 부장이 아니라 옆 건물의 학교 쪽으로 가서 여학생들을 쳐다봤다. 김 부장은 허탈했다.

'후유, 이게 뭐냐. 배낭은 도둑맞고, 원숭이들과 싸움질이나 하고 있고…. 아, 김 부장이 이런 사람은 아니었는데.'

김 부장은 도대체 정신을 차릴 수가 없었다. 혼이 빠진 상태로 시간을 보내던 그는 밤 열차를 타고 바라나시에 도착했다. 그 역시 아내와 딸처럼 악귀들의 손에 잡혀 혼돈 속으로 빨려 들어갔다.

그다음 날, 가족은 강변에 있는 마니카르니카 가트 화장터 앞에서 만났다. 시체 세 구가 연기를 내며 타고 있었다. 모녀가 먼저 정자에 서서 화장터를 바라보고 있었다. 김 부장이 오다가 그들의 모습을 보고 울컥하는 가슴을 간신히 진정시켰다. 잠시 후 모녀가 입을 벌린 채 남자를 쳐다보았다. 지저분한 수염, 덥수룩한 머리, 더러운 옷, 혼이 빠진 듯한 꾀죄죄한 그의 모습에 모녀는 웃음을 터트리고 말았다.

"살아있네!"

남편은 아내와 딸을 보며 호기롭게 외쳤다. 딸은 초췌한 아빠의 어울리지 않는 허세를 보고 웃다가 거지 같은 행색을 다시 보니 가슴이 울컥했다. 딸이 먼저 울기 시작했고 울음은 전염되었다. 아내 역시 풀 죽은 거지꼴의 좁쌀영감이 우습기도 하고 불쌍하기도 했다. 남편도 초췌한 아내와 딸을 보니 가슴이 미어터졌다. 세 식구가 서로 얼싸안고 우는 모습을 인도인들이 옆에서 히죽거리며 쳐다보았다.

그 후 딸은 부모와 헤어져서 여행하려던 계획을 수정했다. 떠나기 전 부모에게 훈계하며 잘난 체하던 딸은 실전에서는 맥을 못 췄다. 비록 딸 앞에서 늘 부부 싸움하며, 권위도 무너지고 쫀쫀해 보인 부모였지만 딸을 지키겠다는 모성애, 가족을 지키겠다는 부성애와 책임감은 강했다. 그 후 3개월 정도 북인도와 남인도를 돌아보는 동안 그 가족에게는 수많은 일이 일어났다. 인도 여행길은 하루에도 수십 번씩 선택과 결단의 연속이었다. 남편은 어느 게스트 하우스에 갈 것이냐, 이 인간을 믿어야 할 것이냐, 무엇을 먹을 것인가 등등을 앞장서서 결정 내리며 점점 믿음직스럽게 변해갔다. 그는 자기 아내와 딸을 지키기 위해 필사적으로 노력했다. 인도 사내들은 남편이 옆에 있는데도 불구하고 사진을 찍자면서 달려들어 여자들을 감싸고 남편을 팔로 밀어냈다. 이런 인도 사내들의 원시적인 행동은 김 부장 안에 숨어있던 사내의 본능을 일깨웠다. 그는 지팡이 하나를 산 후, 그것을 호신용으로 갖고 다녔다. 수염과 머리는 무럭무럭 자라서 여행을 마칠 무렵 김 부장은 거칠고 용맹한 장수처럼 변해있었다. 아내와 딸은 그 용맹스러운 사나이 뒤를 졸졸 따라다녔다.

한편 60대 초반의 은퇴자 부부는 신바람 나게 국내 여행을 즐겼다. 그들이 캠핑카를 타고 제일 먼저 간 곳은 속초였다. 우뚝 솟은 설악산의 정기와 바다 기운이 어우러진 속초는 청량한 곳이었다. 캠핑카가 있으니 잠은 적당한 해변에서 잘 수 있었다. 캠핑카는 아주 편리했다. 매일 샤워도 할 수 있었고 요리도 할 수 있었다. 그러나 일주일 동안은 자신들을 해방하자는 의미로 음식은 모두 사 먹기로 했다. 아바이마을에 가서 아바이순대에 동동주를 마시고, 그 앞 해변의 한적한 벤치에 앉아 파란 봄바다를 바라보니 천국이 따로 없었다.

"좋네, 좋아…. 왜 이런 세상을 모르고 살았을까?"

떠나기 전, 불안에 떨던 아내는 시원한 바닷바람, 따스한 햇살 앞에서 단 하루 만에 온갖 걱정을 다 날려버렸다. '바다정원' 카페의 소나무 숲 아래서는 팝송을 들으며 눈물도 흘렸다. 그들은 자기가 살아오던 환경을 벗어나자, 그전의 세상 걱정을 놀라우리만치 빨리 잊었다. 그들 앞에 새로운 세계가 펼쳐졌다. 급히 서두를 이유는 없었다. 남들 많이 가는 곳을 억지로 찾아다 닐 필요도 없었다. 그들은 천천히 바닷길을 따라 남쪽으로 내려갔다. 주문진해수욕장에서 '방탄소년단'이 홍보물을 찍었다는 '가짜 버스 정류장'도 보고, 그 근처에서 햄버거를 먹었다. 더 남쪽으로 내려오다 드라마 〈도깨비〉를 촬영한 방파제를 보았고 근처의 아이스크림 집에서 젤라토도 먹었다. 젊은 친구들이 데이트하는 곳이었지만 그들은 상관하지 않고 즐겼다. 그 후, 계속 동해안을 따라 천천히 내려오면서 산골 마을도 즐기다가 포항에 왔을 때쯤, 한 달 정도가 지났다. 그때 아내가 걱정스러운 표정으로 말했다.

"좋기는 좋아… 그런데 100세 시대라는데 계속 이렇게 살아도 좋을까?"

"이미 이야기 끝났잖아."

"그렇기는 하지만, 연금이 부족할 수도 있잖아. 앞으로 물가는 계속 치솟을 텐데… 우리 병나면 치료도 해야 하고…. 그러니까 돈을 더 많이 모아야지, 이렇게 노니까 불안해."

남자는 여자를 이해할 수 있었다. 사실 자신도 그런 점이 걱정되었다. 또 노는 것도 한 시절이지 사람이 뭔가 생산하지 않고 놀기만 하면 불안해지는 법. 남자는 며칠 동안 곰곰이 궁리하다가 아내에게 말했다.

"내가 유튜브 시작할게. 우리의 이런 삶을 올리자고. 요즘 유튜브 해서 돈 버는 사람들도 꽤 있대. 많이 못 벌어도 이렇게 놀면서 조금씩 영상 올리고, 약간이라도 벌면 좋잖아?"

부부는 서울로 올라와 유튜브에 필요한 장비를 샀고 앞으로 드론에도 도전하기로 했다. 여행하면서 늘 동영상을 찍었고 밤마다 동영상 편집을 공부했다. 그러나 유튜브를 하면 할수록 그것으로 돈 버는 게 힘들다는 사실을 알아갔다. 결국 남편은 한 달 후에 이렇게 말했다.

"우리, 우선 1년 정도만 이렇게 살자. 그동안 고생한 거에 대한 보상이라 생각하고 즐기자고. 그러나 그 후에는 무엇이든 일을 찾아서 하자. 놀고 나면 한이 풀려서 뭐든 시작할 수 있을 것 같아."

부부는 모든 것이 다 한때라는 생각을 했다. 노는 것도 한때지, 평생을 놀고먹으며 살기도 지겨울 것 같았다. 그러나 부부는 이렇게 떠난 걸 후회하지 않았다. 집에 갇혀서 살 때는 모든 게 걱정됐지만 이제는 자신감이 생겼다. 무엇을 하든 다 잘될 것 같았다. 그러던 어느 날 서울 집에 돌아와 보니 집이 난장판이었다. 아들이 마시고 난 술병이 방에 그득히 쌓여있었고 거실에는 벗어놓은 겉옷들이 바닥에서 뒹굴고 있었다. 아내는 집을 치우지 않았다. 어차피 아들의 삶은 아들이 사는 것이라 생각하며 쪽지를 남겨놓았다.

너의 삶은 네가 사는 거지만 여기는 아빠랑 엄마도 사는 곳이야. 우리가 서울에 오기 며칠 전 연락할 테니 그때마다 확실하게 치워놓길 바란다. 책임을 다하지 못하는 사람은 자유를 누릴 자격도 없어.

한편 비혼 동거를 하다가 결혼한 30대 부부는 이 땅에 단단히 뿌리박기로 결심했다. 언젠가 아기를 낳을 생각도 했다. 남편은 요리 특히 인도나 태국 요리에 관심이 많았다. 아내가 테이크아웃 카페를 전담하고 남편은 인도와 태국 요리점에서 일하며 요리를 틈틈이 배웠다. 학원도 다녔고 집에 와서도 늘 연구하고 실험했다.

1년 후, 그들은 지방 소도시에 있는 아내의 친정집으로 내려갔다. 마당이 넓은 집이었다. 방 하나를 그들이 쓰고 집을 수리해 작은 카레 식당을 냈다. 사람이 많이 오지는 않았지만 그래도 소도시에서 인도나 태국 요리는 흔하지 않았기에 차차 입소문이 나기 시작했다. 근처 대학생들이 오기 시작했고 특별한 회식을 하려는 공무원들도 오기 시작했다. 남편은 요리하고 아내는 경영했다. 세를 내지 않으니 견딜만했다. 그들이 자리 잡는 동안 즉, 1년 동안은 아내의 부모에게 월세를 내지 않기로 했다. 아내의 부모는 그냥 쓰라고 했지만, 자식들은 그럴 수 없다며 1년 후부터 용돈을 드리는 차원에서라도 월세를 낼 생각이었 다. 양가 부모들은 열심히 노력하고 어른스러워지는 자식들을 보며 만족해했다.

몇 개월이 지나자 가게를 찾는 사람들이 점점 많아졌다. 특히 화덕에서 직접 굽는 고소한 난과 인도 음식다운 치킨 카레와 새 우 카레가 인기였다. 베트남 소고기 쌀국수, 태국 어묵 쌀국수, 태국 비빔면인 팟타이 그리고 똠얌꿍도 인기였다. 남편은 글솜 씨보다도 요리 솜씨가 더 좋았다. 아내도 감탄할 정도였다. 그 러나 그들은 너무 일에 시달리고 싶지는 않았기에 일주일에 월 요일과 화요일 총 이틀을 쉬기로 했다. 쉬는 날에는 자신들의 과정을 글과 그림으로 표현했다. 언젠가 축적이 되면 책으로 낼 생각도 했다.

그들은 비혼 동거로 시작했지만 그 사건을 당하면서 생각이 바뀌었다. 위기에 처하니 생존 본능 그리고 번식 본능이 살아 났다. 여행보다도 뿌리를 내린 채 새로운 생명을 키워보고 싶 은 열망이 솟구친 것이다. 그렇다고 주변 친구들에게 결혼하고, 아이를 낳으며 살라는 말은 하고 싶지 않았다. 결혼해서 아이를 가지는 것이 정답이 아니듯이 비혼 동거나 아이를 낳지 않는 것

도 정답은 아니라고 생각했다. 다만 그들은 닥치면 닥치는 대로
용감하게 전진하며 삶을 개척하자고 다짐했다.

동남아
사랑 여행

싱글 은퇴자는 우선 3개월 동안 태국을 여행했다. 그는 직장을 다니던 시절에 친구들과 함께 패키지로 태국과 캄보디아, 베트남 등을 여행한 적은 있었지만 홀로 여행은 처음이었다. 60대 초반의 나이에 첫 배낭여행이다 보니 긴장됐지만, 요즘엔 온갖 가이드북이나 인터넷 정보 등이 있어 여행에 큰 어려움은 없었다.

방콕의 공항에서 나오는 순간, 12월이지만 후끈한 열기에 그의 딱딱했던 몸과 마음이 흐물흐물 녹았다. 의식이 혼미해지는 가운데 까닭 모를 해방감이 그를 덮쳐왔다. 그동안 살아왔던 세월이 전생처럼 희미해지면서 새로운 세계가 펼쳐지기 시작했다. 공항에서 버스를 타고 전 세계의 배낭족들이 모여든다는 카오산로드로 향하는 길은 혼잡스러웠다. 차들은 밀렸고 오토바이들이 그사이를 어지럽게 달렸다. 버스 안에 가득 찬 서양인 배낭여행자들과 어지럽게 쌓인 배낭들을 보며 그는 다른 세계에 왔음을 실감했다. 태국이란 땅에 포개지는 여러 나라의 흔적들이 그의 가슴을 들뜨게 했다.

카오산로드에 도착하니 서로 다른 피부색과 국적이 태국이란 뜨거운 대지에서 녹고 있었다. 세계 각지의 여행자들이 꾸역꾸역 밀려드는 물결 속에서 그는 기분 좋게 길을 잃었다. 그곳은 목표도 방향도 없는 물결이 넘실거리고 있었다. 어디에서 왔는지, 어디로 가는지가 중요치 않은 곳, 다만 먹고 마시고 놀며 생명의 기운이 충만한 곳에서 온몸의 세포가 벌렁거리고 있었다.

60대 초반의 그는 그 거리에서 30대 청춘처럼 며칠 동안 자유로운 시간을 보냈다. 코끼리 문양이 엄청나게 크게 그려진 헐렁한 바지와 야자수 나무가 그려진 반팔 티셔츠를 사 입은 후 거리를 쏘다녔다. 길거리 카페나 레스토랑에 퍼질러 앉아 볶음밥에 땡모반이라는 수박주스를 마셨다. 종종 길거리에서 닭고기 꼬치구이를 먹었고, 맥주를 마셨으며, 마사지 숍에서 타이 마사지도 받았다. 마사지사의 손길에 몸을 맡긴 채, 어깨와 허벅지와 발바닥에 전해지는 기분 좋은 압력을 느끼며 그는 거리를 바라보았다. 문득 그에게 서글픔과 함께 해방감이 몰려왔다.

'그동안 내가 살아온 세상이 전생 같아. 꿈이었어. 돌아가신 어머니, 아버지, 등 돌린 형, 그동안 일했던 직장도 모두 환상이 었어. 지금 내게 전해오는 손아귀 힘, 시원한 발바닥과 허리, 어 깨의 감촉만이 존재한다. 아, 기분 좋구나. 나는 왜 그렇게 열심 히 살아왔을까?'

그는 에메랄드 불상이 있는 황금빛 사원, 왓 프라깨우와 거대 한 와불이 모셔져 있는 왓 포, 강 건너편에 우뚝 솟은 새벽의 사 원이라는 왓 아룬의 정교한 조각들을 보며 남방불교예술의 진 수를 맛보았다. 또한 황톳빛 물결이 넘실거리는 짜오프라야강 을 배를 타고 달리며 후텁지근한 공기를 들이마시다 보면 환상 으로 들어가는 것만 같았다.

그 후 방콕을 벗어나 태국의 역사 도시 수코타이, 태국 제2의 도시인 치앙마이, 여행자들이 느긋하게 쉰다는 파이 그리고 세 계적으로 이름난 섬인 코사무이와 코팡안을 부지런히 돌아다니 던 그는 문득 이런 관광지가 자신에게 맞지 않는다는 사실을 깨 달았다. 그곳에는 순박한 현지인들의 미소와 친절보다는 관광 객을 상대하는 상인들의 세계가 펼쳐졌다. 또한 해변이 아무리 아름답다 해도 그곳은 여행자들의 세상이었다. 그런 곳에서 싱 글 은퇴자는 소외감과 쓸쓸함을 더 크게 느꼈다. 이후 그는 관광객들이 별로 오지 않는 곳들을 찾아다녔다. 태국에서 관광객들이 전혀 없는 곳을 찾기란 힘들었지만, 그래도 한적한 곳들은 있었다. 태국의 북동부 지역이 그런 곳이었다. 그는 앙코르 문명의 유적지가 남아있는 피마이, 라오스가 보이는 메콩강변의 치앙칸과 농카이 같은 곳이 좋았다. 물론 이곳에도 여행자들은 있었지만, 해변이나 유명 관광지처럼 외국 여행자들이 넘쳐나는 곳은 아니었다. 그는 현지인들이 중심이 되어 살아가는 세계를 겸손하게 기웃거리는 이방인이 되고 싶었다. 그런 곳에는 현지인들의 순박한 눈빛과 낙천적인 미소가 남아있었다.

그는 여행 중에 돈을 극도로 절약했다. 처음에는 몇천 원짜리 도미토리를 찾아다녔지만, 너무 불편해서 좀 더 비싼 게스트 하우스에 묵었다. 식사도 주로 저렴한 쌀국수나 길거리 음식, 혹은 야시장에서 해결했다. 웬만한 거리는 늘 걸어 다녔다. 그는 어느샌가 태국을 사랑하게 되었다. 무엇보다도 태국의 푹푹 찌는 날씨가 좋았다. 태국의 겨울은 아침저녁으로 시원해서 좋았지만 낮에는 뜨거웠다. 또한 팟타이에 맥주를 들이켜면 세상 부러운 것이 없었다. 다만 이곳도 물가가 점점 오르는 추세였고 자신의 연금만으로는 여비를 충당할 수 없음이 느껴졌다.

여행을 마치고 돌아온 그는 잠시 고민했다. 그는 늘 여행하고 싶었지만, 현재 자신의 경제적인 상태에서는 그렇게 할 수 없었다. 주택연금을 신청할 생각도 했지만 지금부터 받으면 액수가 많지 않아 몇 년을 더 버티기로 했다. 대신 65세까지 계속 일을 하기로 했다. 배달, 아르바이트, 등교지도 등 시니어들이 할 수 있는 일을 계속 찾았다. 그의 계획은 1년에 3개월 즉, 11월부터 1월까지는 동남아에서 다른 세계를 맛보고, 나머지 9개월은 한국에서 열심히 사는 것이었다. 삶의 작은 목표와 즐거움이 생기자 그는 하루하루를 힘차게 일하며 보냈다.

그렇게 모은 돈으로 그는 두 번째 동남아 여행을 떠났다. 이 기간에 그는 태국은 물론 베트남, 캄보디아, 라오스, 미얀마를 돌아보았다. 그는 화려한 여행자보다 소박한 생활자로서 수행하듯이 하루하루를 보냈다. 아침과 저녁마다 108배를 했고 자신이 만든 '압축 염불'을 중얼거렸다. 그는 불교의 사원이나 탑 앞에 서면 마음이 편안해졌다. 미얀마 바간의 사원에 올라가 끝없이 펼쳐지는 파고다와 석양을 바라보면서 눈물을 흘린 적도 있었다. 꿈같은 인생, 흘러가는 시간… 정신없이 살아오다 고꾸라지면서 크게 괴로웠던 적도 있었지만, 그것조차 꿈처럼 여겨졌다. 그는 모든 것을 흘려보냈다. 그러자 모든 것이 사랑스럽게 보이기 시작했다. 덧없어서 더욱 사랑스러워 보였다.

그는 태국의 치앙마이에 있는 어느 불교 사원에서 한 달 가까이 수행도 했다. 그곳에는 속인들이 참가할 수 있는 코스가 여러 개 있었다. 아침 9시 30분에 공양을 한 후에는 굶어야 했다. 배는 고팠지만 정신은 맑아졌다. 속인 참여자들은 '위파사나' 수행을 지도받고 각자 방에 기거하면서 수행했다. 위파사나는 부처님이 깨달음을 얻었던 수행 방법이라고 한다. 미세한 행위 속에서 몸, 느낌, 마음, 마음의 대상 이 네 가지를 관찰하는 것으로 걸음을 걸으며, 혹은 앉아서 자신의 호흡, 행위, 흘러가는 물체, 안에서 일어나는 감정의 흐름을 차분하게 관찰하는 수행이다.

싱글 은퇴자는 수행했지만, 그의 목표는 거창한 깨달음에 있지 않았다. 다만 작은 그릇의 자기가 파멸되지 않도록 욕망을 절제하고, 소박한 삶을 사는 데 도움을 얻기 위해서였다. 그는 가르침을 받아들이면서도 자기 삶 속에서는 사랑과 즐거움을 찾고자 했다. 그는 사람들의 순수한 눈빛과 사랑스러운 몸짓과 순박한 미소를 접하면서 점점 마음이 부자가 되었다. 그는 차차 소멸하는 것을 목표로 삼았다. 동남아 현지인들처럼 조금씩 먹으면서 점점 자기 몸을 줄여갔다. 그만큼 그의 삶도 가벼워지고 있었다.

그는 태국 사람들이 합장하면서 인사하는 모습이 보기 좋았다. 마음을 모아서 진심으로 인사하는 것 같았다. 그는 달콤한 태국 음악과 높낮이가 어우러진 태국어도 좋아했다. 또한 '싸눅(즐기기)'과 '싸바이(만족하기)'에 깊이 심취했다. 태국인들은 인생을 심각하게 보지 않고 낙천적으로 살았다. 문제가 생기면 "괜찮아"라고 말하며 마음에 깊이 담아두지 않는 모습도 인상적이었다. 그들을 대하며 싱글 은퇴자는 자신이 너무 인생과 세상을 심각하게 살아왔음을 알았다.

'이렇게 사나, 저렇게 사나 다 비슷하고 결국 저 세계로 가는 것인데…. 살아있을 때 소박하게 즐기고 만족하며 살다 가면 되는 것을…. 뭐 하러 그렇게 조바심 내며 살았고, 탐욕 부리며 살았나?'

그는 태국어를 열심히 공부할 생각은 없었지만 "안녕하세요", "감사합니다", "너무 즐겁다", "당신을 사랑한다" 같은 말들은 쉽게 배웠다. 이런 말만 알고 살아도 될 것 같았다. 그 외는 눈빛과 미소와 표정으로 다 통할 수 있었다. 그는 한국에서도 이런 말만 쓰면서 살고 싶었다. 하지만 한국에서는 어쩔 수 없이 말을 많이 해야 했고 또 많은 말을 알아들을 수밖에 없었다. 그는 뜻을 모르는 채 소리만 음미할 수 있는 다른 세계가 좋았다. 아직 "당신을 사랑한다"고 말할 수 있는 여인을 찾은 것은 아니었지만, 그는 사람들의 눈빛과 표정과 몸짓을 보며 문득, 중생이 부처라는 말의 뜻을 종종 느꼈다. 그 순간 온몸에 짜

릿한 전율이 흘렀다. 그러나 그는 스스로 책임져야 하는 현실을 절대 잊지 않았다. 경제적인 타격이 그에게 얼마나 심각했던가를 겪어본 그로서는 물질과 정신이라는 두 바퀴를 굴리며 부지런히 그러나 즐겁고 낙천적으로 살기로 했다. 그는 겨울철 세 달 동안의 동남아 여행을 꿈꾸며 한국에서의 일상을 성실하게 살았다.

부활절
달걀

      70대 초반의 무인카페 여주인은 코로나가 풀리자 교회에 열심히 다니며 봉사활동을 시작했다. 자신도 독거노인이지만 형편이 어려운 독거노인들에게 도시락을 나눠주고, 쪽방촌에 연탄을 나르며, 바자회를 열고 수익금을 주는 봉사활동도 열심히 했다. 자신 역시 넉넉하지 않은 살림이고 몸도 튼튼한 건 아니지만, 젊은이들과 함께하니 즐겁고 든든했다. 남편을 잃은 후 자기만 힘들고, 자기만 외로운 줄 알았던 그녀는 이 세상은 외롭고, 가난한 사람들 천지라는 사실을 알았다. 그들 가운데서도 밝고, 희망차게 사는 사람들을 보면서 그녀는 그들로부터 위로받았다. 그들을 만나고 오면 삶의 의욕이 솟구쳤다.

봉사활동도 중요했지만 그녀의 중심에는 여전히 기도가 있었다. 그녀는 이 세상 너머의 삶을 상상하고 기도하며 성령의 힘을 받아들이고 하나님과 대화했다. 이 세상에 대한 애착이 아니라 저세상에 대한 기대로 인해 그녀의 희망은 자라났다. 그녀는 늘 산책하고 햇볕을 쬐며 부지런히 살면서도 항상 하나님의 숨결과 손길을 느꼈다. 그녀는 항상 기뻐하고, 쉬지 않고 기도하며, 범사에 감사했다.

어느새 2023년 4월 9일, 일요일이 다가왔다. 부활절이었다. 그녀는 전날 삶은 달걀 100개와 스티커를 사서 부활절 달걀을 만들었다. 100명이나 올 리 없지만 그래도 풍족하게 준비하고 싶었다. 그녀는 삶은 달걀에 예쁜 스티커를 정성스럽게 붙이며, 부활이고 생명이신 주 예수 그리스도에게 기도했다. 부활절 날 새벽, 무인카페에 달걀을 두고서는 위에 쪽지를 붙였다.

한 사람 앞에 하나씩만 가져가세요. 여러분, 사랑합니다. 감사합니다.

그날 아침, 무인카페에 들른 사람들은 달걀을 보고 웃었다. 기독교인은 부활절임을 알았지만 다른 이들은 "웬 달걀?" 하면서 달걀이 예쁘다고 좋아했다. 시시티브이를 보면서 카페 주인은 흐뭇해했다. 부활절을 알든 말든, 기독교인이든 아니든 모두 사랑스러웠다. 그녀는 무인카페에 드나드는 모든 이가 고통과 외로움 그리고 갈등으로부터 벗어나 서로 사랑하며 살아가기를 진심으로 기도했다.

인도파, 동남아파, 국내파

해가 바뀌면서 최저 시급이 인상됐다. 스물 네 시간 내내 알바생을 고용했던 편의점들은 오른 인건비와 경기 불황으로 줄어든 매출액을 견디지 못하고 문을 닫았다. 그러나 주인 부부의 편의점은 살아남았다. 하루에 열여덟 시간씩 본인들이 일했기 때문이다. 무인카페 역시 살아남았다. 따로 인건비가 들지 않고, 주인의 욕심이 적었기 때문이었다. 자본의 법칙은 거센 물결처럼 세상을 휩쓸고 있었지만 바짝 몸을 낮춘 채 꿈틀거리는 사람들은 생존했다.

편의점 주인은 종종 우울했지만 살다 보면 어디서나 다 부딪치는 문제라고 생각하며 마음을 달랬다. 다만 몸이 더 고달파졌다. 주인의 아내가 몸이 안 좋아져서 오전만 일하는 바람에 주인 남자는 저녁 6시부터 다음 날 아침 8시까지 열네 시간 동안 계속 일해야 했다. 알바생은 정오부터 저녁 6시까지 변함없이 일했다. 3월까지는 건물 위층에 사는 휴학생이 일했고, 그 후부터는 그 방에 새로 들어온 40대 중반의 사내가 일했다.

편의점 주인은 오후 4시쯤 일어나 점심을 먹고, 무인카페로 가서 아메리카노를 한 잔 마시며 정신을 차렸다. 창밖을 보면 무심한 일상이 펼쳐지고 있었다. 시장에 가면서 늘 봉지를 들고 걸어가는 사람들, 유모차에 이것저것 싣고 가는 할머니들이 보였다. 편의점 앞길은 한적한 적이 별로 없었다. 사람이 많지도 않았지만, 인적이 끊기지도 않는 곳이었다. 편의점 주인은 사람들도 사귀어 갔다. 특히 동네에서 주로 활동하는 장년층과 노인들을 알아갔다. 머리에 꽁지가 있는 양반이 둘이었는데 둘 다 60대 초반이었다. 한 명은 콧수염 없이 얌전했고, 또 한 명은 콧수염이 무성했다. 또 장발에 콧수염이 무성한 50대 후반의 사내도 있었다. 편의점 주인이 기억하기로는 전에는 얌전한 사람들이었는데 얼마 전부터 무슨 이유에서인지 변했다.

저녁 6시부터 밤 11시 정도까지는 정신없이 바빴지만 그 후부터는 한적해서 가끔 주인은 밖에 있는 테이블에 앉아 캔맥주를 마셨다. 술을 마시지 않던 그였지만 언제부턴가 지친 일상에서 캔맥주 하나가 작은 탈출구가 되었다. 그날 밤에도 그는 술을 마시던 중이었다. 밤 11시쯤, 꽁지 머리에 콧수염 있는 사내가 편의점에 왔다. 주인은 얼른 들어가 그를 맞이했는데 그 역시 맥주에 오징어 안주를 산 후 밖에 나와 앉았다. 편의점 주인이 다시 나와 엉거주춤 서서 마시던 캔맥주를 빨리 들이켜고 들어가려는데 사내가 말했다.

"누가 쫓아 와요? 허허, 천천히 마셔요. 나도 천천히 마실 테니…. 아, 날씨 좋네. 우리나라는 역시 봄이랑 가을이 좋아. 지금 내장산은 단풍에 불타고 있어요."

"내장산 갔다 오셨나 봐요?"

"마누라와 함께 캠핑카 타고 전국을 돌아다니고 있는데 이번에 내장산하고 전라도 지방을 좀 돌아다니다 왔어요. 집 나갔다가 온 지 한 달 정도 됐나? 허허. 목욕하고 나니 맥주 생각이 나서 나왔지요."

"와, 캠핑카 타고 전국을 돌아다녀요? 좋겠습니다. 꿈 같은 삶이네요."

"하하, 은퇴하고 나서 이렇게 사는 거지요."

사내는 은근히 자신의 여행을 자랑했다. 여행 한 번 하지 못하고 늘 일에 치여 사는 편의점 주인은 부러운 눈초리로 그의 이야기를 들었다.

"저도 언젠가 그렇게 살고 싶네요."

"어려운 거 아니에요. 젊을 때 돈 많이 벌어놓으세요. 60대부터 정말 인생의 자유를 느낄 수 있습니다, 허허."

그 말을 들으며 편의점 주인은 씁쓸하게 웃었다.

편의점 주인은 50대 후반의 장발 사내와도 이야기를 나눈 적 있었다. 늦가을 밤이었다. 그는 눈빛이 날카롭고 야성적인 분위기를 띠었다. 우연한 기회에 인도 이야기가 나왔는데 그의 이야기가 봇물 터지듯이 터졌다.

"내가 인도를 3개월 여행했어요. 근데 참, 기가 막힌 거야. 세상에 그런 곳이 없어요. 가자마자 기차 안에서 배낭을 다 도둑맞고…."

"힘드셨겠어요."

"뭐, 그때만 잠깐 그랬지. 그 후부터는 지팡이 하나 짚고 돌아다녔어요. 거긴 뭐 되는 거도 없고, 안 되는 거도 없는 나라니까."

그는 장발을 흩날리며 계속 인도 여행 이야기를 했다. 편의점 사내는 넋을 잃고 들었다. 아라비안나이트에 나오는 것처럼 피리를 불어 코브라를 춤추게 하고 돈을 받는 사내들, 화장터 이야기, 방 안에 들어와 바나나를 훔치는 원숭이들과의 싸움, 손바닥에서 하얀 가루를 만들어 내는 자칭 신이라는 도인…. 또 아직도 염소 목을 자르는 힌두교 사원, 온갖 섹스 체위를 본뜬 조각으로 뒤범벅된 어느 사원 그리고 집적거리는 인도 사내들로부터 아내와 딸을 보호한 무용담이 계속 이어졌다. 편의점 주인은 너무 재미있어서 편의점을 들락거리며 이야기를 들었다. 그러는 동안 다른 사람들도 모여들었는데 이 상황에 장발 도사는 더욱더 흥분했다. 거기서 끝났다면 좋았을 텐데 그는 이후에도 편의점 주인을 만날 때마다 인도 이야기를 꺼냈다. 심지어는 계산대에서 손님을 상대하는 주인 옆에서도 인도 이야기를 했다. 나중에는 주인이 질려서 슬슬 피할 정도가 되었다. 편의점 주인은 그런 여행담을 들을수록 소외감을 느꼈다. 자신은 평생 가보지 못할 땅이라고 생각됐기 때문이다.

편의점 주인은 정오부터 여섯 시간 동안 편의점 일을 봐주는 40대 중반 남자가 제일 편했다. 그는 3월부터 휴학생을 대신해 알바하는 사람이었다. 자신과 동갑이었는데 봄부터 가을까지 몇 개월을 지내는 동안 자기 이야기는 하지 않았다. 자신이 실업자라고 밝힌 사내는 온순한 편이었고 주인의 이야기를 많이 들어주었다.

"이 동네에는 장발에 수염 기른 사람들이랑 꽁지 머리들이 좀 보이네요. 특히 나이 든 사람들이…."

"하하, 내가 파악하기로는 지금 인도파, 동남아파, 국내파 이렇게 세 사람 있어요."

"무슨 조폭 이름 같네요."

"내가 그냥 이름 붙인 거예요. 인도파는 인도 여행하고 온 50대 후반, 은퇴한 사람인데 자기 아내와 딸이랑 인도를 석 달 동안 여행한 사람이에요. 콧수염도 길고 머리도 장발이라 산적처럼 보이죠. 인도 여행 얘기할 때는 침이 막 튀어요. 처음엔 재밌었는데 지금은 좀 지겹네요."

주인의 말에 남자는 고개를 끄덕였다.

"반면에 국내파는 60대 초반에 콧수염하고 꽁지 머리를 길렀는데 이 남자도 은퇴자예요. 이 사람은 캠핑카를 타고 전국을 일주해요. 수염을 잘 다듬어서 좀 깔끔한 편이지요. 마누라랑 같이 다니며 좋은 풍경 구경하고, 맛있는 거 먹고… 풍류가 넘쳐요. 부러워요. 그리고 60대 초반 정도 되는 또 다른 꽁지 머리가 있는데… 콧수염이 없어요. 이 사람은 동남아파예요. 긴 얘기는 안 해봤는데, 종종 동남아를 왔다 갔다 하면서 사는 거 같아요. 사람이 차분하고 선해 보여요."

편의점 주인은 고개를 갸우뚱거리며 말을 이었다.

"그런데 이상한 습관이 있어요. 가끔 막걸리 한 병을 매일 사서, 다람쥐처럼 그걸 밖에 있는 테이블 다리 밑에 숨겨놓는 겁니다. 그리고 오다가다 들러서 그걸 한 모금씩 마셔요. 술이 세지는 않은 거 같은데 하루를 알딸딸하게 취해서 사는 것 같아요. 참 이상해. 사다 놓고 자기 방에서 마시면 될 텐데. 그리고 항상 뭘 외는지 중얼거려요. 왜 그러는지 물어볼 수도 없고… 하하. 참 다들 자기식대로 살아요."

"그럼 혹시 제 별명도 지으셨나요?"

"아니, 정체를 안 밝히니 별명을 지을 수가 없잖아요. 뭐라고 지어야 하나? 범생이? 학교 다닐 때 공부 잘했을 것 같아요, 하하."

40대 중반의 두 사내는 늦가을의 선선한 바람을 쐬며 편의점 앞 테이블에 앉아 웃었다. 그러나 알고 보면 이 40대 중반의 '범생이'에게도 사연이 있었다. 그는 8개월 전인 3월 초 이곳에 처음 왔을 때를 떠올리며 새삼 시간이 빠르게 흘렀음을 느꼈다.

홀로 가는

길

적막한
소설가 지망생

봄이 흐드러지게 피고 있다. 창문을 여니 대각선 건너편 아파트 단지의 하얀 목련 꽃잎이 벌어지고, 개나리가 노란 꽃잎을 열기 시작한다. 저번 주에는 영하 근처까지 가더니 며칠 전에는 갑자기 25도를 넘었다. 3월 말의 날씨로는 이른 더위다.

이제 벚꽃이 만발하겠구나. 하지만 나는 몇 년 전, 4월 초에 갑자기 내리던 눈을 잊지 않고 있다. 날씨든, 세상일이든, 사람 마음이든 쉽게 믿을 것이 못 된다. 어쨌든 하루가 또 시작되고 있다. 세상은 나를 팽개쳐 두고 잘도 흘러간다. 가끔 팔베개하고 침대에 누워 창밖의 기분 좋은 소음을 듣는다. 누군가를 부르는 아이의 소리, 이어지는 어느 여인의 웃음소리. 잠시 후, 삐악삐악 병아리 소리가 들린다. 아이들 지저귀는 소리다. 그 사이를 드르륵 오토바이 지나가는 소리가 가른다. 가슴이 스르르 녹는다. 세상으로부터 방기된, 나태한 자만이 누리는 느긋함이다.

길거리 어디선가 확성기 소리가 들린다. 무슨 소리인지 구별이 안 되지만 시끄럽다. 세상은 늘 떠들썩하지만 나의 날들은 적막하다. 문득 '적막'이라는 단어가 궁금해진다. 요즘엔 말과 글에 자신이 없다. 나는 세상으로부터 멀리 떨어져 있다. 사람들의 언어조차 생소해지고 있다. 휴대폰으로 뜻을 검색해 보니 적막(寂寞)은 고요할 적(寂), 쓸쓸할 막(寞)자가 모인 글이다. 즉, 적막은 고요하고 쓸쓸함이다. 글자 아래에 '의지할 데 없는 외로움'이란 설명도 붙어있다. 그렇다면 나는 적막 그 자체다. 나에겐 고요하고, 쓸쓸하고, 의지할 데가 없는 외로움이 쌓여있다. 침대 하나, 책장 하나, 책상 하나로 꽉 차는 좁은 방 안도 적막하다. 그래도 2층이라 좋다. 창문을 열고 내려다보면 세상이 강물처럼 흘러가고 있다. 베란다는 없지만, 창가 앞 의자에 앉아 팔을 괴고 있으면 밑이 내려다보인다.

어느새 10시 반. 배가 슬슬 고파온다. 한 것이 없어도, 한 짓이 쓸데없어도 육체는 자기 길을 간다. 뭘 먹을까? 편의점에서 파는 4,000원짜리 도시락? 시장에서 파는 5,000원짜리 잔치국

수? 아니면 3,000원짜리 김밥과 컵라면? 요즘엔 식비가 비싸다. 도시락도 3,000원 대의 가격은 사라졌다.

오늘은 잔치국수를 먹기로 한다. 5분 동안 걸어간 시장 입구에 있는 국숫집에서 잔치국수를 먹은 뒤 무인카페로 간다. 하루에 한두 번은 이곳에서 습관처럼 커피를 마신다. 유일하게 내가 용돈을 쓰는 곳이다. 내가 일하는 편의점 건너편에 있는, 10평도 안 되는 무인카페는 나의 은둔지이자 안식처다. 아이스 아메리카노를 앞에 놓고 창밖을 바라본다. 아이들이 열을 지어 선생님을 따라간다. 날이 좋으니 어린이집에서 소풍을 많이 간다. 평화롭다. 그런데 선생님도 어린이 같다. 큰 어린이가 작은 어린이들을 데리고 어디론가 가고 있다. 20대 중반의 여자들이 어린이처럼 보이는 현상이 정상일까? 내가 나이를 먹고 있다는 증거다. 벌써 나도 마흔여섯 살이다.

편의점 위에 있는 방을 계약하던 날, 그 방에 머물던 휴학생의 편의점 알바 자리도 물려받았다. 방을 보러 온 날, 이 방에 있던 청년과 편의점 주인을 우연히 함께 만난 후 쉽게 결정된 일이다. 운이 좋았다. 나와 동갑내기인 편의점 주인은 가끔 한숨을 내쉬고 지친 표정을 보였지만 성실한 사람이다. 주인 사내가 내게 뭘 하던 사람이냐고 물었을 때, 나는 실업자라 답했고 주인은 더 캐묻지 않았다. 정오부터 6시까지 일하는 내 월급은 190만 원 정도다. 편의점 주인은 4대 보험을 내줄 형편은 안 되지만, 법대로 최저 시급과 주휴수당을 계산해 주고 있다. 그가 내 직업을 프리랜서로 신고해서 시급에서 3.3퍼센트의 소득세를 뗀다고 한다. 소득이 낮은 사람은 5월에 세금 신고를 하면 환급받을 수 있다고 편의점 주인이 말했지만, 세금을 내본 적이 없는 나는 무슨 말인지 이해할 수가 없다. 귀찮다. 건강보험료는 어쩔 수 없이 내지만 국민연금은 내지 않고 있다. 나는 그저 하루하루 방세 내고, 밥 먹고, 커피 마시고, 술 마시고, 담배 피우면서 그럭저럭 살고 있다. 미래는 없다. 더는 신경 쓰고 싶지 않다. 내 생활은 더 나아지지 않을 것이다. 일은 별로 힘들지 않다. 그러나 40대 중반의 내 모습이 초라할 뿐이다.

2년 전, 선배는 이 동네 건너편에서 카페를 했었다. 열댓 명 앉으면 꽉 차는 공간에서 선배는 주야장천 재즈 음악을 틀어놓았다. 자신이 전공한 사회학은 물론 문화와 예술에 관한 책들을 벽장에 도배한, 뭔가 아카데믹한 분위기였다.

"젠장… 맞은편 식당에서 순댓국이나 설렁탕을 먹은 사람들이 느끼해서 아메리카노라도 마시러 올 줄 알았지. 근데 여긴 쳐다보지도 않아, 전혀. 동네 주민들 수준이 너무 낮아!"

선배는 결연한 표정으로 말했지만 순댓국이나 설렁탕이 재즈 음악과 궁합이 맞나? 선배와 점심을 함께 먹고, 카페에서 다섯 시간 동안 자본주의에 대해 성토한 적이 있다. 학계에 대해 비판하고, 교수들을 씹는 동안 손님은 한 사람도 없었다. 결국 1년 만에 선배는 문을 닫았다. 카페를 닫는 날, 선배와 대로를 건너 지금 내가 사는 동네에 와서 술을 마셨다. 그때는 무인카페가 없었다. 빌라, 세탁소, 이발소, 미용실, 작은 식당, 술집이 들어선 이곳은 나처럼 세상에서 물러나 있으면서도 아직 미련이 남은 사람에게는 안성맞춤이었다. 조금만 더 나가면 고층 빌딩과 번잡한 대로가 있지만, 안으로 들어오면 비교적 저렴한 방세로 들어갈 수 있는 빌라도 많았다.

선배는 잘 살고 있으려나? 40대 후반, 처자식도 있는 선배인데…. 그는 박사논문은 통과했지만 교수가 되지는 못했다. 그는 나보다 모든 면에서 뛰어났다. 내가 그 선배보다 유리한 점이 있다면 결혼하지 않았다는 사실 하나밖에 없었다. 싱글의 삶은 비교적 견디기 쉽다. 하지만 박사학위도 얻지 못하고 자의 반 타의 반으로 집에서 쫓겨난 나는 적막한 인간이다. 어머니 집에서 살 때, 종종 드나들던 형은 나를 늘 한심한 눈초리로 쳐다보았다. 가끔은 안쓰러운 눈빛도 보였다. 불편했던 나는 결국 집에서 탈출했다. 꼬인 인생이지만 독립하고 싶었다.

그동안 돌고 돌아온 길이었다. 재수도 했고 휴학도 했다. 군
대에 갔다 오니 졸업을 앞뒀을 때 이미 스물일곱 살이었다. 그
후 대학원 석사학위를 따느라 3년이 걸렸다. 또 공부하느라 지
쳤던 몸과 마음을 쉬게 하려고 유럽과 동남아와 인도를 몇 개월
동안 여행했다. 공부만 한 사람이 돈이 어디 있겠나? 부모 신세
를 질 수밖에 없었다. 그러니 한참 직장에 다니며 돈을 벌던 형
의 눈에 나는 베짱이 같은 한심한 놈이었다.

돌아와서 서른두 살의 나이에 박사과정을 시작했다. 수료하
는 데 3년이 걸렸다. 그때부터 부지런히 논문을 썼다면 내가 지
금 이렇지 않았겠지만… 어쨌든 막 수료했던 차에 아버지가 중
풍으로 쓰러지셨다. 아버지는 중환자실에서 6개월, 집에서 2년
동안 식물인간처럼 누워계시다가 가셨다. 병간호는 내 몫이었
다. 아버지가 집에서 머무실 때는 위까지 연결된 튜브를 통해
유동식을 드렸고 똥을 파냈으며 수시로 가래를 뽑아내야만 했
다. 에너지가 방전됐던 나는 아버지가 돌아가시자 퍼지고 말았
다. 그 무렵 열심히 논문을 써서 통과했다면 대학교수가 될 수
있었을까? 나는 도피하듯이 다시 몇 개월간, 인도와 동남아를
여행했다. 독립적인 생활을 하지 못하는 엄마는 형에게 맡겨버
린 채 말이다. 결국 형은 걸어서 1분도 안 걸리는 엄마 집 옆으
로 이사 와 아침저녁으로 엄마를 보살폈다. 효자였다. 반면에

나는 배낭을 메고 도망친 불효자였다.

그 와중에도 박사학위논문 주제는 생각했다. 인도는 모든 것이 혼재된 땅이다. 지구의 모든 대륙에는 근대화의 이념과 제도가 이식됐지만 인도에는 수천 년, 아니 수만 년 동안 쌓아온 인간의 원시적 형태가 남아있다. 그곳은 원시적인 땅이면서도 현재 우리가 겪고 있는 욕망이 창궐하는 포스트모던한 사회이기도 했다. 이것을 박사학위논문으로 연결할 수는 없을까? 여행에서 돌아와 시도해 봤지만 지도교수는 부정적으로 보았다. 내가 갖고 있는 생각과 논점이 사회학 박사학위논문으로 담기에는 너무 방대하고 모호한 주제라고 말했다. 푸코의 '헤테로토피아' 개념으로 근대와 현대사회에 대한 분석도 시도해 보았지만, 그것도 지도교수로부터 거절당했다. 그 후 나는 의욕을 잃고 방황했다.

그래도 지도교수의 배려로 몇 년 동안 시간강사 생활을 할 수 있었다. 하지만 논문은 쓰지 못했다. 학문적인 날카로움도 사라진 나는 의욕을 잃었다. 소멸하는 생명을 2년 넘게 간호하던 여파가 내 가슴 아래 짙게 깔려있었다. 죽음도 죽음 나름, 형제가 많아서 돌아가며 간호한다거나, 병원의 간병인에게 맡겨놓고 잠깐씩 얼굴만 들이밀며 정상적인 삶을 유지했다면 나는 쓰나미가 덮치지 못하는 언덕 위에 있었을 것이다. 하지만 나는 2년 넘게 절망이 감도는 방 안에 온종일 갇혀있었다. 잠깐 밖에 나가는 시간에도 나의 온 의식은 부모 곁에 있었다. 형은 일주일에 한 번씩 다녀갔다. 형 역시 힘들어했지만, 자기 처자식을 지켜야 한다는 막중한 임무 앞에서 정신을 차렸다.

반면에 나는 늪 같은 분위기 속으로 한없이 빠져들어 갔다. 남들은 효자라고 말했지만, 겪어보지 않은 사람은 모를 것이다. 그 무의미한 시간 속에서 내 머릿속을 스쳐 지나갔던 수많은 절망감과 죄책감을 말이다. 어머니는 아버지의 병간호를 도와주시기는커녕 또 다른 환자가 되셨다. 의욕을 상실하시고는 아무 것도 하지 않으신 채 방에 누워 계시기만 했다. 의무를 다할 때는 몰랐다. 쓰나미는 아버지가 돌아가신 뒤에 덮쳤다. 나는 가슴이 뻥 뚫린 채 방황했다. 어떻게든 논문을 써보려고 했지만 전진할 수 없었다. 몇 년 후에는 시간강사 자리도 끊겼다. 그렇게 청춘이 갔다.

얼마 전에 '소설이나 써볼까'라는 생각이 들었다. 편의점 주인이 무엇을 했냐고 물었을 때 실업자, 라고 대답했지만 거짓말이었다. 취직을 해봤어야 실직이라도 하지. 그렇다고 '소설가 지망생'이라고 말할 수도 없었다. 그건 직업이 아니다.

소설 쓰기는 힘들었다. 소설이 쉽게 읽히니 '소설이나 써볼까'라는 생각이 들지, 시작해 보니 맨땅에 헤딩하는 기분이었다.

지금 편의점 알바로 밥벌이는 하고 있지만 내 삶은 방향을 잃었다. 이제 조금 있으면 쉰 살이 된다. 한동안 무얼 하든 내 몸 하나는 건사할 수 있을 것 같다. 어머니가 돌아가시면 낡은 아파트 한 채만 달랑 남는다. 형과 나누면 먹고사는 데 도움은 되겠지만, 집 없는 나의 삶은 이보다 낫지는 않을 것이다. 실패한 인생이다.

내 인생의 정점이 언제였더라… 대학원 다닐 때? 그게 정점이었나? 그 팍팍한 삶이? 아니다. 그렇다면 인도 여행할 때? 그건 도피 같은 방황이었다. 정점도 없는 삶이 어느샌가 추락하고 있다. 반등할 여지는 전혀 없다. 이제 쉰을 바라보는 내게 남은 것은 편의점 알바 정도만 할 수 있는 빈약한 육체밖에 없다.

헤테로토피아를
찾아서

무인카페는 헤테로토피아일까?

알베르토는 무인카페에 앉아 생각했다. '알베르토'는 소설가 지망생의 필명이다. 그는 얼마 전에 충동적으로 스페인어 학원에 다닌 적 있었다. 언젠가 중남미 여행에 대한 꿈을 안고 시작했지만 두 달 만에 그만두었다. 그때 학원에서는 스페인식 이름을 지어야 했다. '알프레도'는 배 나온 아저씨 같고, '알파치노'나 '알폰소'는 모두 마피아 이름 같아서 알베르토로 선택했다. 그리고 아직 소설을 쓰지는 못했지만, 필명 역시 알베르토로 정했다.

알베르토는 살아오면서 제대로 마무리 지은 게 하나도 없었다. 공부는 오래 했지만 사회학 박사학위논문은 못 썼고, 스페인어는 이름 하나만 건지고 중단했으며, 소설은 시작도 하기 전에 필명부터 먼저 지었다.

그는 한때 프랑스의 철학자이며 사회학자인 미셸 푸코의 '헤테로토피아'라는 개념에 심취한 적이 있었다. 푸코는 유토피아에서 헤테로토피아의 개념을 끌어냈다. 철학자들은 신조어를 잘 만든다. 16세기에 영국의 작가 토머스 모어는 공상적인 이상 사회를 '유토피아'라 이름 지었다. 그리스어로 '없다'라는 뜻의 'ou-'와 장소라는 뜻의 'topos'를 결합해 만든 말로 그야말로 현실에 존재하지 않는 이상향이다. 푸코는 유토피아라는 단어의 앞 글자를 '헤테로(hetero)'로 바꿨다. 여기에는 '다른'이란 뜻이 있는데 그는 헤테로토피아를 현실에 존재하는 '다른 세계'로 개념화했다. 즉, 헤테로토피아는 유토피아와 달리 현실에 구체적인 장소로 존재하는 다른 세계라는 것이다.

푸코가 말한 헤테로토피아가 이상향을 의미하는 것은 아니다. 알베르토 역시 헤테로토피아를 그렇게 대하지 않았다. 다만 그에게 다른 세계는 이 뻔한 현실 속에서 비밀스러운 탈출구처럼 다가왔다. 그가 첫 해외여행에서 그토록 흥분했던 이유는 단지 구경거리 때문만은 아니었다. 다른 세계에 왔다는 점이 그를 설레게 한 것이다. 인도처럼 더욱 낯선 곳에서는 더 심했지만, 비교적 우리나라와 비슷한 동남아에서도 흥분했다. 사람들은 언제나 다른 사람, 다른 문명, 다른 차원에 매혹당한다. 알베르토는 다른 세계를 찾는 행위가 인간의 종교, 역사, 문화를 만들었다고 생각했다. 그는 기독교든, 불교든, 프랑스 대혁명이든, 공산주의든 모든 종교와 이데올로기는 다른 세계에 대한 열망에서 나왔다고 보았다. 그는 현재 이 세상을 휩쓸고 있는 여행의 열풍도 다른 세계를 찾고 싶은 열망에서 오는 것이라고 생각했다.

그는 헤테로토피아 개념으로 분석한 여행과 삶을 주제로 논문을 쓰려고 한 적이 있었다. 그러나 지도교수의 생각은 부정적이었다. 교수는 푸코의 헤테로토피아 개념이 문학, 예술, 건축 분야에서는 많이 언급됐지만 철학적 혹은 사회학적 관점에서 보면 모호하다고 말했다. 사실 푸코의 학문 여정을 넓은 관점에서 본다면 헤테로토피아란 개념은 잠깐의 일탈이었다. 푸코가 헤테로토피아를 언급했던 시기는 짧았고, 이후 그는 '몸'에 초점을 맞추면서 '성의 역사'에 대해서 쓰다가 죽었다.

'내가 계속 고집을 부렸다면 지금쯤 논문을 썼을까? 그러나 다 지나간 이야기다. 동성애자였던 푸코는 에이즈로 죽었고, 나는 지도교수의 말에 꺾여서 포기했다. 이제 헤테로토피아라는 개념은 학문적으로 내게서 멀어졌다. 그러나 아직 유령처럼 내

주변을 떠돌고 있다. 아니, 유령보다는 요정이라고 하자. 요정이라고 생각하면 포근하고 기분이 좋아지니까.'

창밖으로 선글라스를 낀 스피츠 두 마리가 유모차에 실려 가고 있었다.

"후후⋯."

알베르토는 웃음을 터뜨렸다.

'개 팔자가 상팔자로군.'

어떤 여자가 예쁜 전기 자전거를 타고 휘리릭 지나갔다. 잠시 거리가 정지하자 알베르토의 머릿속에 속삭임이 울려 퍼졌다.

'이곳이 헤테로토피아다. 나는 헤테로토피아에 들어와 있다!'

그에게는 무인카페 안이 인연과 관계의 사슬에서 벗어난 다른 세계처럼 여겨졌다. 그러나 잠시 후 반전이 일어났다. 그의 눈에 창밖의 풍경이 영화처럼 다가왔다. 영화 〈매트릭스〉의 주인공처럼 자신이 살아온 현실 세계가 이제 헤테로토피아가 되고 있었다. 이곳에서 보면 저곳이 헤테로토피아, 저곳에서 보면 이곳이 헤테로토피아. 알베르토는 그 감정이 주관적인 기분이란 점을 알고 있었지만 그럼에도 스스로 질문을 던졌다.

'한 시대가 지나서 과거를 돌아보면 지나간 시절의 객관적 상식 혹은 가치관이 허무맹랑한 프레임이었다는 것이 종종 드러난다. 이 시대의 객관적 진실도 시간이 지나고 나면 허구가 된다. 개인의 주관적인 느낌, 체험, 고민, 생각들도 그렇겠지. 타인의 관점으로 옮겨가면 그저 허상 같은 것이다.'

알베르토는 머리를 쓸어 넘기고 고개를 들었다. 그러자 대각선 건너편에 요양병원이 눈에 들어왔다.

'저곳에는 지금 죽어가는 노인들이 식물인간처럼 누워있을 것이다. 그들에게는 저곳에서 생각하고 느끼는 세계가 현실이다. 내가 아버지를 2년 넘게 간호해 봤기에 그 세계가 어떻다는 점을 짐작한다. 그러나 지금 여기서 커피를 마시며 바라보는 내게 그들의 현실은 희미하다. 시간과 공간은 그렇게 우리를 분리한다. 각각의 느낌, 감정, 생각, 고민, 체험은 분열돼 흩어진다. 멀리멀리 제 갈 길을 간다. 둥둥 떠다닌다. 세계에는 수많은 헤테로토피아가 웅성거리고 있다.'

알베르토는 문득 해방감을 느꼈다.

'푸코가 헤테로토피아에 관심을 가졌던 이유는 바로 이 해방감 때문이 아니었을까? 다른 세계를 기웃거리는 호기심, 다른 세계로 떠나는 설렘 혹은 나와 상관없는 다른 세계를 책임감 없이 망연히 바라보는 해방감.'

푸코에 의하면 원시적인 사회에서는 이미 수많은 헤테로토피아가 있었다. 신성한 곳, 금기시된 곳들이 현실에서 벗어난 다른 세계였다. 그런데 근대사회는 그런 다른 세계를 과학이라는 이름 아래 현실로 흡수하는 대신, 그 흔적들을 박물관과 도서관에 축적해 가며 다른 세계를 만들었다. 시장과 극장이라는 다른 세계도 등장한다. 질서 잡힌 세계 속에서 장터와 축제와 휴양촌은 현실과 동떨어진 다른 세계다. 이어서 학교와 군대라는 다른 세계가 만들어지고 이 조직들은 사람들을 훈육하면서 근대적 인간을 만들어 냈다. 또한 사내들은 항해하면서 식민지 개척에 나섰다. 폭력과 지배욕과 탐욕이 어우러진 식민지 세계는 그들에게 흥미진진한 헤테로토피아였다. 욕망을 배출하던 매음굴 역시 헤테로토피아였다. 신화와 전통을 몰아낸 근대 인간들은 유토피아가 이 세상에 존재하지 않는다는 사실을 알아채자 스스로 다른 세계들을 건설했다.

알베르토가 보기에 현대는 뒤죽박죽이었다. 근대의 생산력은 과거의 신, 하늘의 이치, 전통에 휩싸였던 전통사회를 분열시켰다. 민족, 국가, 이념, 합리성, 생산성을 내세우는 근대화 물결 속에서 수많은 '다른 세계'가 등장했지만, 그것이 퍼지면서 이제 전 세계는 '같은 세계'가 되어버렸다. 그러자 인간은 다시 반란을 일으키고 있다. 포스트모던의 물결이 모든 것을 해체하고 분열시켰다. 이제 무수히 작고 다른 세계들이 무덤 속에서 살아났다. 근대를 통일시킨 이성, 합리성, 생산성은 감정과 열기, 이탈, 도주, 광기 등에 의해서 허물어지기 시작했고, 국가와 민족의 경계는 세계화와 인종의 이동에 의해 희미해지고 있다.

또한 인터넷에 의해서 이성과 합리성에 근거를 둔, 근대의 개인의식은 몰락했고, 감정에 휘둘리는 군중들이 힘을 발휘하기 시작했다. 그 군중들의 열기를 탈취하고 이용하는 추장들이 등장했다. 재능 있는 선동가들은 소셜미디어를 통해 힘을 발휘하며 과거의 부족사회에서처럼 추장 역할을 한다. 절대적인 가치와 기준이 무너진 폐허 사회에서 힘을 발휘하는 것은 진실과 합리성이 아니라 선동, 거짓말, 힘, 이미지, 감정적인 열기다. 거짓말도 일관되면 군중들은 속는다. 아니, 설령 거짓말인 걸 알아채도 이익을 보장하고 카타르시스를 주는 자를 선택한다. 이제 군중이 주인이 되었다. 이게 과거의 원시 부족들과 다른 점이다. 재능 있고 눈치 빠르며 교활한 추장들은 군중의 눈치를 보며 그들의 이익과 열기에 편승한다. 그렇게 군중은 뱀처럼 꿈틀거린다.

이렇게 형성된 '현대의 부족들'은 다른 부족들과 전쟁을 벌인다. 늑대 토템을 숭배하는 부족은 곰 토템을 숭배하는 부족을 이해할 능력도, 의지도, 이유도 없다. 그들의 모든 언행은 수단일 뿐이다. 그들은 종종 근대의 가치인 민족, 국가, 민주주의,

사회정의, 이성, 합리성을 내세우지만 사실 그들의 속에는 상대방의 토템 자체를 깡그리 없애거나 몰살한 후, 세뇌하고 노예로 삼으면 된다는 원시적인 부족사회의 정복욕만 남아있다. 현대의 새로운 부족들이 전쟁을 벌이는 포스트모던사회는 근대사회에 비춰 낯설게 보였지만, 그 행태가 전 지구를 휩쓸면서 이제 같은 세계가 되어가고 있다. 어느샌가 사람들의 의식은 과거의 부족사회 의식으로 퇴행한 것이다.

알베르토는 자신이 적막해진 이유를 알았다. 이 사회에는 기 댈 데가 없기 때문이다. 그는 자신이 '근대적 인간'이란 사실을 새삼 인식했다. 개인을 중시하고 합리성, 이성, 논리를 중시하는 근대적 인간은 포스트모던사회에서 고독할 수밖에 없었다. 그는 어떤 추장도 추종하지 않았고, 어떤 부족에도 속하지 않았으며, 군중의 감정적 열기에 휩싸이지도 않았다. 그는 이성과 양심과 진실과 도덕을 추구하는 '개인'으로 남아있었다. 알베르토는 근대에 이르러 반짝이며 등장했던 '개인의식'이 아직은 죽지 않았다고 보았지만 대부분 사람이 수많은 프레임, 세뇌, 유혹, 선동에 휘둘리고 있음을 보며 무기력해졌다.

개인의식의 소멸은 다양한 곳에서 발생하고 있었다. 종종 학교와 군대의 폭력 앞에서 개인은 찌그러지고, 인터넷에서 은밀히 전파되는 포르노와 마약 앞에서는 의지를 상실한다. 정치와 종교 분야에서 벌어지는 광기와 선동 앞에서는 좀비가 되고, 인터넷을 통해 무한에 가깝게 증식하는 지식과 인공지능 앞에서는 무력감에 빠진다. 또 수많은 경쟁 속에서 효율성을 앞세우는 가운데 개인은 수단으로 전락했다. '하마터면 열심히 살뻔했다'라며 무시무시한 경쟁에서 탈출하는 행위 역시, 곧 시류에 휩쓸린다.

여기는 그들이 한적하게 살 수 있는 환경이 아니다. 여행지도 더는 자유로운 여백 지대가 아니다. 방송 혹은 인플루언서들이 좌표를 찍어주면 그곳으로 몰려다닌다. 사람들은 알고리즘에 갇혀 아는 것만 알고 보는 것만 본다. 그리고 자신이 경험한 것이 전부라고 생각하면서 달린다. 현대는 현란하지만 고독한 세계다. 수없이 다른 세계가 창궐한 것 같지만, 실은 거의 모든 것이 '복제된' 같은 세계다.

그렇게 세상을 바라본 알베르토가 은둔한 곳은 어느 허름한 건물의 원룸과 그 건너편의 무인카페였다. 그는 이곳을 자신의 다른 세계로 만들고 싶어 했다. 그는 달팽이처럼 살기로 했다.

달팽이 같은
알베르토의 다른 세계

달팽이는 자기 집 속에 몸을 숨기고 있지만 가끔은 더듬이를 내밀어 세상을 살핀다. 알베르토 역시 달팽이 처럼 행동했다. 그는 자기만의 시간과 공간에서 은둔했지만, 정오부터 저녁 6시까지는 더듬이를 내밀고 움직였다. 먹고 살기 위해서는 어쩔 수 없었다. 편의점에서 수많은 사람을 상대하는 시간이 어색하고 힘들었지만 차차 익숙해졌다.

그 시간이 알베르토가 타인들의 '다른 삶'을 보는 시간이었다. 처음에는 그들을 경계했다. 돈을 벌기 위해 잠깐 접촉한 것이지 사람들에게 가슴을 연 건 아니었다. 그러나 몇 개월 동안 일하는 가운데 그에게 약간의 변화가 생기기 시작했다. 그가 조금씩 감동한 점은 사람들의 살기 위한 꿈틀거림이었다. 모두 자기 삶에 대해서 최선을 다하고 있었다. 특히 알베르토는 가끔 시장을 거닐며 그런 모습들을 보았다. 시장에 있는 사람들은 한시도 가만히 있지 않았다. 쉰 목소리로 손님을 부르고, 물건을 정리하고, 음식을 만들었다. 언제나 살고자 하는 본능과 의욕이 부글부글 끓고 있었다. 상인들은 세상이 내일 어찌 되든 오늘, 이 순간 물건을 팔기 위해 애쓰는 사람들이었다. 적막한 도서관이나 아늑한 무인카페 혹은 담배 연기로 찌든 알베르토의 방에서는 접할 수 없는 싱싱한 기운이 시장에 감돌고 있었다.

시장만 그런 것이 아니었다. 어느 날 너무 이른 저녁에 잠이 들어 새벽 5시 반에 깬 그는 동네 한 바퀴를 돈 적이 있었다. 이미 거리는 새벽부터 활기를 띠고 있었다. 지하철 첫차를 타러 종종걸음으로 걷는 이, 하루 종일 불을 밝힌 편의점, 거리를 비질하는 미화원, 운동복을 입고 빠른 걸음으로 걷는 어느 노파, 김을 설설 내며 사골 국물을 끓이는 어느 곰탕집 주인 사내 그리고 지저귀는 새들…. 이것이 동네의 새벽 풍경이었다. 번하게 밝아오는 하늘 밑에서 후닥닥후닥닥, 쓱쓱, 반짝반짝, 부스럭부스럭, 왔다 갔다, 짹짹거리며 세상은 꿈틀거리고 있었다. 새벽 기운에 실린 삶의 모습은 알베르토의 일상과 달랐다. 부실한 음식, 불규칙한 생활, 술과 담배에 축 늘어진 몸과 마음, 운동복 바람으로 뒹굴던 그의 방에 가득 찼던 회상, 후회, 상상, 관념…
그것들은 생기가 없었다.

　'이건 아니잖아. 다들 저렇게 살아가고 있는데…. 아직 40대
인데 다 산 것처럼 이러고 있는 거… 이건 아니잖아…. 근대가
허물어지든, 부족 전쟁이 벌어지든, 이 세상이 어디로 가든… 내
몸 하나 돌보지 못하는 삶이 무슨 의미가 있지?'
　그는 차분하게 자신의 삶을 돌아보았다. 더위가 시작되는 5월
중순의 어느 날 밤, 알베르토는 문을 열고 어디선가 풍겨오는
아카시아 향기를 맡았다. 문득, 어린 시절 아카시아를 따 먹었
던 기억이 떠올랐다. 시골에서 어린 시절을 보냈던 그는 친구들
과 이맘때면 아카시아를 따서 먹었다. 씹으면 단맛이 나서 좋았
다. 아이들과 풀밭을 뒹굴며 놀던 그때 바라본 세상은 모험 천
지였다. 서울에 올라와서도 그랬다. 부모님이 나가시면 형과 자
신은 방에다 이불을 펴놓고 거기에 뛰어들었다. 천으로 만든 바
다 위의 난파선에서 탈출한 형제는 발버둥 치면서 간신히 섬에
당도했고 또 용감하게 먹을 것을 찾으러 다녔다. 야자수도 따서
먹었고 물고기도 낚아서 구워 먹었다. 가끔 식인종들과 맞서서
싸우기도 했다.
　그것은 알베르토에게 두 번째 세계였다. 박사논문에 시달리

며 방황할 때는 동심, 상상, 모험 같은 두 번째 세계 자체가 증발했었다. 그 시절, 그는 이 세상의 모든 것을 첫 번째 세계에서 바라보았다. 즉, 효율성의 대상으로 대했었다. 늘 쓸모 있는 것을 찾아다녔다. 그에게는 신나는 여행조차도 어느샌가 쓸모 있는 것을 얻으려는 첫 번째 세계의 수단이 되어있었다. 삶이 피곤한 이유였다. 그는 논문도 못 쓰면서 늘 논문을 생각하며 긴장했고, 소설도 못 쓰면서 늘 소설 생각에 머리가 복잡했다. 모든 시공간과 생각, 행위는 무엇을 하기 위한 '대상'이었다. 성취해야만 만족감을 얻을 수 있는 세계에서 그는 실패했다. 그러자 그의 존재 자체가 추락한 것이다. 그가 깊은 늪 속으로 가라앉은 가장 큰 이유는 거기 있었다. 아버지의 죽음과 병간호는 그 다음이었다.

그런데 편의점 알바나 하면서, 그러니까 딱히 큰 의미는 없는 일을 하면서 자기 방 창가에 앉아 길거리를 바라보고, 무인카페에서 커피를 마시고, 골목길을 빈둥거리고, 길가에 핀 꽃을 바라보고, 뒷산에 가 아카시아 향기를 맡고, 새소리를 듣고 햇볕을 쬐고, 파란 하늘의 구름을 쳐다보며 서늘한 바람에 몸을 맡기는 그런 쓸데없는 시간을 보내는 동안, 그의 두 번째 세계가 소생했다. 그러자 다른 세계들이 곳곳에서 모습을 드러냈다. 편의점에서 일하며 만나는 수많은 사람, 노년을 향해가는 인도파와 국내파 그리고 동남아파, 개를 기르는 중년 여성, 편의점 부부, 세탁소 주인, 메밀국수 파는 할머니 그리고 시장 상인들 모두 각자의 세계를 지닌 '다른 세계의 다른 행성'들이었다. 실업자이고, 희망이 없고, 가족과도 멀어지고, 방향도 잃었던 알베르토는 첫 번째 세계에서 실패한 '쓸모없는 인간'이었지만, 두 번째 세계에서는 '있는 그대로'의 존재감을 느끼며 소생했다.

알베르토는 이런 현상을 분석하고 싶었지만 차차 흥미를 잃어갔다. 그에게서 언어는 힘을 잃었다. 다만 그의 눈앞에서 온갖 형태들이 춤추었고 냄새가 피어올랐으며 소리가 들려왔다. 살갗을 스치는 바람과 혀를 자극하는 온갖 맛들이 그의 감각을 두드렸다. 그 세계에서 주체는 해체되고, 이야기는 사라지고, 찰나의 이미지만 드러났다. 알베르토는 거기에 머물고 싶었다. 그 미세한 찰나, 흐름, 기운을 느끼며 자신이 해체되고 둥둥 먼지처럼 떠다니는 순간이 행복했다.

그러나 그는 생존하기 위해 편의점 알바를 해야 했고 종종 더듬이를 내밀어 세상과 접촉해야만 했다. 그때, 그는 한 개인으로 돌아와 수많은 개인을 상대해야만 했다. 항상 해체된 감각 속에 머물 수는 없었다. 다시 개인의식을 갖고 사는 것은 가끔 고통으로 다가왔다. 하지만 그 과정에서 알베르토의 세계는 조금씩 넓어지기 시작했다. 그러자 그의 주변을 감싸고 있던 '적막함'이 사라졌다. 한때 알베르토는 이런 과정과 현상을 소재로 소설을 쓸 생각도 했었지만 그만뒀다. 그는 자기 생각을 이렇게 정리했다.

'펄떡펄떡 뛰는 생명의 기운과 꿈틀거림은 언어화되는 순간 박제될 것이다. 다른 세계가 모두 같은 세계가 된다. 내 머릿속의 프레임에 의해 질서 있게 배열된 박제들보다는 나의 밖에서 벌렁벌렁 숨 쉬는 날것의 세계가 더 매력적이지 않은가? 비록 그것이 정리되지 않고, 나에게 고통과 갈등을 주고, 내 뜻대로 되지 않아도.'

알베르토는 다른 세계를 다른 세계로 남기길 원했다. 그는 은둔자가 되고 싶었다. 그리고 함부로 남을 판단하거나 세상을 해석하고 싶지 않았다. 그는 타인과 자기 사이에 '모름'과 '조심스러운 호기심'을 남겨두고 싶었다. 그것이 그를 겸손하게 했고 그런 태도는 알베르토에게 소설을 쓰지 못하게 했다. 그는 언어의 굴레를 벗어나고 싶었다. 대신 알베르토는 생활에서 더 노력했다. 편의점 일을 더 열심히 하고 사람들에게 더 친절하게 대했다. 그러나 너무 가까워지는 것은 경계했다. 알베르토는 서로 있는 듯 없는 듯 바라보는 희미한 지점에 있고 싶었다. 타인과 만나고 관계가 발생하되 곧 풀어지는 곳, 첫 번째와 두 번째 세계가 교차하는 지점에 머물고 싶었다.

알베르토는 이렇게 자신을 회복해 갔지만 가족을 생각하면 외로웠다. 돌아가신 아버지가 그리웠고 어머니도 보고 싶어졌다. 부모 밑에서 아늑했던 어린 시절로 돌아가고 싶었다. 아무 책임과 걱정과 계획 없이 하루하루를 뛰놀며 살았던 낙원 같은 시절이었다. 알베르토는 형도 보고 싶어졌다. 난파선에서 추락하면 늘 자신을 구출해 주었고 식인종을 만나면 앞장서서 동생을 보호해 주던 용감한 형이었다. 알베르토는 그들을 찾아보기로 했다. 그들에게 물질적으로든 정신적으로든 의존할 생각은 눈곱만큼도 없었다. 그 시절은 이미 지나간, 돌아갈 수 없는 실낙원 아닌가? 그는 쓸쓸함과 외로움을 가슴에 꾹꾹 쟁여두고 '아닌 척하며' 살아가기로 했다. 다만 그들에게 자신이 잘 버텨내고 있다는 것은 알리고 싶었다.

알베르토는 저녁나절, 2층 창가에 걸터앉아 행인들을 물끄러미 바라보다 중얼거렸다.

"삶이란…."

그는 말을 더 이을 수가 없었다. 가슴속에서 울컥, 뜨거운 기운이 솟구쳤다. 안개처럼 부연 추억들이 눈앞을 스쳐 지나갔다.

긴 침묵 속에서 늦봄의 나른한 기운이 몰려오고 있었다.

"인생이란…."

역시 그는 말을 잇지 못했다. 진한 아카시아 향기가 바람에 실려왔다. 알 수 없는 슬픔도 함께 왔다.

알 수 없는
힘

아침부터 하늘이 눅눅하더니 낮 11시가 조금 넘어가자 마침내 굵은 소나기를 뿌려댔다. 편의점 근무를 하기 전에 습관대로 건너편 무인카페에서 아이스 아메리카노를 마실 때였다. 후텁지근한 여름 더위를 식히는 빗줄기가 점점 거세지기 시작했다. 그때 웬 여자가 무인카페로 뛰어들었다. 그녀는 비에 맞은 새처럼 온몸이 젖어있었다. 비를 툭툭 털어낸 여인은 커피 자판기 앞에서 머뭇거렸다.

사실, 이 커피 자판기는 좀 복잡한 편이다. 알고 나면 간단하지만, 일반 자판기와 달라서 나도 처음에는 좀 힘들었다. 안내문이 붙어있기는 하지만 처음에는 머뭇거리게 된다. 거기다 메뉴도 다양했다. 어떤 노인은 그 앞에서 한참을 머뭇거리다가 그냥 나가기도 했었다. 창가에 앉아 밖을 바라보고 있던 내가 힐끗 돌아보니 그 여자 역시 머뭇거리고 있었다. 도와줄까? 그러나 이 정도 가지고 도와준다고 하면 수작을 부린다고 생각할지도 모르지. 나는 모르는 척 앉았다. 한참이 지난 후 뒤를 돌아보니 고개를 갸우뚱거리던 그녀가 때마침 나를 돌아보았다. 눈이 마주쳤다.

"저, 이거 어떻게 하는지 아세요?"

"아, 네…. 다른 커피 자판기와 좀 달라서 처음에는 헤맬 수 있어요."

나는 커피 자판기로 다가가며 말했다.

"뭘 원하세요?"

"카페라테요."

"먼저 왼쪽 화면에서 카페라테를 터치하세요. 그럼 이렇게 나오지요. 그리고 뜨거운 건가요? 아니면 차가운 거?"

"뜨거운 거요."

"'핫'을 터치하시고, 장바구니에 담으세요. 그리고 결제를 누르시고 카드를 넣으면 됩니다."

"아, 감사합니다."

나는 자리로 돌아오다 설명을 덧붙였다.

"여기 카페라테 맛있어요. 웬만한 커피 전문점보다 말이죠. 근데 스틱으로 잘 저어서 드셔야 해요. 섞지 않으면 맛이 밍밍해요."

"네, 고맙습니다."

자리로 돌아와 앉아있는데 뭔가 진행이 어려운 눈치였다. 돌아보니 여자는 지갑을 뒤적거리며 혼잣말하고 있었다.

"카드가 없네… 현금으로 안 되나?"

"여긴 카드만 돼요. 카드를 안 갖고 오셨나 봐요."

"비가 와서 생각 없이 들어왔는데, 가야겠네요."

그 순간, 그녀에게 내 카드를 건네준 행동은 무슨 이유에서였을까? 또 그것을 받아서 커피를 뽑아 마신 여자는 무슨 마음이었을까? 그녀가 계산을 마치고 내게 카드를 돌려준 후 커피를 기다리는 동안 내 머릿속은 복잡해지기 시작했다. 후회와 함께 이런저런 생각이 머리를 스쳐 지나갔는데 갑자기 무서워졌다. 숨을 크게 들이마신 나는 그녀가 카페라테를 손에 쥐는 모습을 본 후 그곳에서 황급히 나오며 말했다.

"맛있게 드세요."

그녀는 도망치듯이 나가는 내게 말을 건네지 못했다. 자리에서 벗어나면서 내 마음은 편해졌을까? 아니다. 전혀 아니다. 무슨 초라한 도망자 같은 신세였다. 그동안 나는 관계에 얽매이지 않고 첫 번째 세계와 두 번째 세계가 교차하는 지점에서 머물렀다. 그러면 평온하기 그지없었다. 아무 사건도 일어나지 않았기에 갈등도, 고민도 없었다. 그러나 나는 왠지 모르게 점점 위축되어 갔다. 몸과 마음이 졸아들어 버렸다.

'내가 왜 이러지? 나쁜 짓을 한 것도 아닌데… 이렇게 구겨질 필요는 없잖아. 나쁜 자식들도 거짓말해 가면서 뻔뻔스럽게 살아가는 세상인데, 내가 왜 이러지?'

어느샌가 나는 개인적인 관계를 잘 맺지 못하는 사람이 되어 버린 걸 알았다. 특히 여자들을 만나면 긴장했다. 40대 중반의 내 처지에 대한 열등감 때문이었다.

다시 나를 가다듬어야겠다는 마음이 들었다. 며칠 후부터는 운동도 시작했다. 운동이라 해봤자 새벽에 일어나 동네 골목길을 두 바퀴 정도 도는 것이었다. 30분 정도 걷고 나면 땀이 나고 기분도 좋았다. 돌아와서는 간단히 체조를 했다. 그러고는 전공서적을 읽었다. 다시 학문의 길로 갈 생각은 없었지만 그래도 버리기에는 아까운 책들이었다. 저녁에는 블로그에 일기를 썼다. 무너지는 나를 일으켜 세우려는 노력이었다. 페이스북이나 인스타그램은 조금 했다가 그만두었다. 남들의 이야기와 사진을 보면 마음이 심란해졌다. 세상은 행복한 사람들 천지였다.

인스타그램에는 만날 먹고 노는 사진들이 올라왔다. 페이스북을 보면 다들 튼튼한 네트워크 속에서 서로 인정받고 교류하며 사는 것 같았다. 나만 누추하고 쓸쓸하고 외로운 신세였다. 그 마음을 블로그에 비공개로 적었다.

젠장, 사는 게 왜 이런가? 이리 가면 이것이 문제, 저리 가면 저것이 문제. 과거의 아늑한 세계로 돌아갈 수도 없고 그렇다고 전진한다고 든든한 세계가 기다리는 것도 아니다. 자유로우면 외롭고, 외롭지 않으면 번잡스럽다. 가끔 여자가 그립고 사랑도 하고 싶지만, 실력도 없고 관계가 무섭다. 40대 중반의 이 누추한 신세를 알면 나를 얼마나 깔보겠는가? 전번에, 무인카페에서 만났던 여자가 나의 실체를 알게 된다면? 끔찍하다. 그러니 도망치고 숨어야 한다. 만약 30대 중반에 아버지가 쓰러지지 않았다면? 나는 어쩌면 박사학위논문을 썼을지도 모른다. 만약 아버지가 쓰러졌더라도 형제자매가 많아서 내가 아버지 병간호를 전담하지 않았다면? 나는 언제까지나 밝은 청년이었을 수도 있다. 만약 아버지가 돌아가신 후 정신을 바짝 차리고 논문을 썼다면? 지금 교수의 길을 가고 있을지도 모른다. 만약 내가 소설적 재능이 있었다면? 지금, 이런 상황은 아닐 것이다.

무인카페에서 그녀를 만난 다음부터, 나는 '만약'에 사로잡혀서 괴로웠다. 나이는 나보다 조금 어려 보이는, 지적이고 똑똑해 보이는 여자였다. 첫인상이 마음에 들었다. 주부일까? 싱글일까? 돌싱일까? 그런데 알면 뭐 어쩌려고? 인생에서 만약이란 말은 필요 없다. 그건 수많은 회한을 불러일으키는 고약한 단어다. 나는 다만 지금, 이 순간에 집중하기로 했다. 그녀에 관한 생각과 감정도 훌훌 털어버리고 다시 '혼자'가 되기로 했다. 혼자의 숙명을 받아들이기로 했다. 어차피 혼자 살다, 혼자 가는 게 인생 아닌가? 삶과 죽음 사이에서 간당간당하는 것이 원래 생명의 모습임을 직시했다. 나는 배고프면 닭과 돼지와 물고기를 먹는다. 그들의 처참한 죽음 위에서 내 삶이 버틴다. 언젠가 내 몸도 미생물에게 먹힐 것이다. 먹고 먹혀야만 돌아가는 이 살벌한 세계에서 우리는 얽히고설켜 아슬아슬하게 살아간다. 슬픔도, 고통도, 괴로움도 다 연결되어 있다. 그러다 언젠가 혼자, 휙 사라지는 것이다. 본질은 혼자다. 사람들과의 관계에 더는 얽매이고 싶지 않다. 삶의 본질만 보면서 무심하고 담대하게 살아가고 싶다. 바위처럼 말이다.

그런데 세상일은 내 마음대로 되지 않았다. 어느 날 편의점에서 일하고 있는데 그 여인이 나타났다. 여인은 나를 금방 알아보았다.

"어머, 여기서 일하시네요. 전번에 고마웠어요. 돈을 드리고 싶은데."

"아, 괜찮아요."

"그럼, 이번에는 제가 커피 살게요. 언제까지 일하세요?"

그녀가 가고 난 후, 나의 당당함은 사라졌다. 혼란스러워졌다. 어떻게 해야 하나? 도망가고 싶었지만 갈 곳도 없었다. 내 일터도, 신세도 다 밝혀졌다. 공연히 커피 한 잔 사줬다가 이렇게 되었다. 만약 사주지 않았더라면 이런 일은 없었을 텐데. 아, 만약이란 말은 하나도 쓸데없는 말이다.

퇴근 시간이 될수록 가슴이 벌렁거리기 시작했다. 그녀와의 만남은 내 안의 평안과 담대함을 다 깨트리고 말았다. 물론 커피를 함께 마시는 게 큰일은 아니다. 그런데 예감이 심상치 않았다. 문제는 그녀가 딱 내 스타일이라는 것. 나를 사정없이 잡아끄는 힘을 가진 헤테로토피아라는 것이었다. 알 수 없는 힘이 나를 소용돌이 속으로 빨아들이고 있었다. 아, 정말 싫다, 싫어. 인생이란 무엇인가? 내 논리와 의지와 평안을 휩쓸어 가는 이 힘. 나는 그 앞에서 한없이 무력하구나.

뫼비우스의

띠

타인은 지옥,
타인은 천국

무인카페에 들렀던 40대 초반의 여성은 처음부터 알베르토의 지적인 용모와 눈빛에 끌렸다. 카드가 없어 망설이는 자기에게 선뜻 카드를 내준 것도 고마웠고 후닥닥 도망치는 그의 뒷모습도 귀여웠다. 그날, 여자는 의자에 앉아 창밖을 보며 알베르토의 움직임을 전부 바라보았다. 그는 건너편 건물 계단으로 올라간 후, 잠깐 있다가 건물에서 나와 바로 옆의 편의점으로 들어갔다. 시간이 꽤 지났는데도 그는 편의점에서 나오지 않았다. 그녀가 지나가다 슬쩍 안을 보니 역시 그가 카운터에 서있었다. 여자는 그가 궁금했다. 그는 편의점 주인일까, 일하는 사람일까? 그러나 여자에게 더 궁금한 점은 '그 남자' 자체였다. 한눈에 보아도 꽤 지적으로 보이는 남자였다. 그녀는 그런 남자가 궁금했다.

그녀는 당장이라도 편의점에 들어가고 싶었지만 참았다. 도망치듯이 나간 그의 앞에 곧바로 나타나면 분명 당황하리라 생각한 그녀는 만남을 뒤로 미루었다.

'언제쯤 들어가 볼까?'

여자는 곰곰이 생각하며 며칠을 보냈다. 돈을 갖고 싶다는 의무감보다는 그와 이야기를 나누고 싶은 마음이 컸다. 마침내 일주일 후, 그녀는 우연히 들른 것처럼 편의점으로 향했고 그날 저녁, 그와 무인카페에서 만나기로 약속했다. 여자는 남자를 탐색하고 싶어서 일부러 요즘 관심 있게 읽고 있던 노마디즘에 관한 책을 들고 갔다.

약속한 시각보다 30분 전에 미리 간 그녀는 이전 기억을 되살려 아메리카노를 뽑았다. 커피 향이 고소하고 맛이 좋았다. 부드러운 재즈 음악도 달콤했다. 일주일 전이지만 여자는 알베르토의 얼굴을 생생하게 기억하고 있었다. 외까풀 눈에 계란형의 차분한 얼굴이었지만 날카로운 기운이 서려있었다. 40대 중반 정도 되어보이는 그는 몸이 말랐고, 여자보다 키가 약간 큰 편이었다. 겉은 차가워 보였지만 속은 따스한 사람인 것 같았다. 그렇지 않다면 처음 보는 사람에게 카드를 주었을 리 없었다. 하지만 그러고 나서 도망쳤던 행동은 이상했다.

'무슨 사연이 있는 걸까?'

여자는 남자의 머릿속을 들여다보고 싶었다.

시간이 되자 알베르토가 편의점에서 나와 건너편 무인카페로 걸어왔다. 여자는 그가 걸어오는 모습을 지켜보았다. 수심이 잔뜩 어린 표정을 짓고 있었다. 문을 열고 들어온 그는 여자에게 가볍게 인사하며 어색하게 웃었다. 그녀가 물었다.

"뭐 드시겠어요?"

"아… 저는 아메리카노 마시겠습니다."

자판기 앞으로 가 커피를 뽑는 그녀를 보며 알베르토가 말했다.

"이제는 익숙한가 봐요?"

"네, 알고 보면 별거 아닌데…. 요즘엔 새로운 게 자꾸 나오니까 가끔 적응하기 어려운 것도 있더라고요. 카페나 식당에서 흔하게 볼 수 있는 키오스크도 그렇고요."

"네, 사회가 참 빠른 속도로 변하죠. 잘 마시겠습니다."

"별말씀을요. 전번에 고마웠어요."

그리고 대화가 끊겼다. 잠시 어색한 시간이 흘렀다. 알베르토는 커피를 마시며 그녀가 갖고 온 책을 바라보았다. 여자는 반짝이는 남자의 눈빛을 놓치지 않았다.

"혹시 이 책 읽어보셨어요? 전 지금 도서관에서 빌려서 오는 길이에요."

거짓말이었다. 일주일 전쯤 빌렸지만 진도가 쉽게 나가지 않은 책이었다.

"아, 네. 한때 관심 있던 분야라 읽었지요."

여자의 눈빛이 반짝였다. 그는 머뭇거리며 말을 이었다.

"그런데 지금은 관심이 식었어요."

남자는 어색한 분위기를 깨기 위해 무슨 말이라도 해야 하는 부담감을 느꼈다.

"왜요?"

"아, 그게… 아무리 포스트모던사회고, 리좀적인 삶… 뿌리줄기처럼 자유롭게… 이쪽저쪽 뻗어나가는 노마드적인 삶이 요즘 사람들의 모습이라고 하지만, 우리 사회의 토대는 여전히 근대고… 또 먹고사는 문제는 그리 간단한 게 아니다 보니…."

남자는 더듬거리며 자기 생각을 말했다. 여자는 고개를 끄덕이다가 입을 열었다.

"저는 노마드처럼 살아본 적은 없지만, 정신적으로 노마드 같다는 생각을 종종 했어요. 생존을 위해 풀을 찾아 떠도는 유목민이 아니라, 다른 세계가 궁금해서 늘 경계선을 어슬렁거리는 기분으로 살아가고 있는데… 이 책을 보니까, 잘 모르겠더라고요. 어려워요, 하하."

"네, 어려워요. 노마디즘이니, 해체 철학이니 하는 것들이 프랑스 쪽에서 나왔는데 이해하기 힘들어요."

"왜 그렇지요? 특별한 이유가 있나요?"

"철학이 원래 어렵지만… 특히 프랑스 현대 철학자들은 언어, 문학, 미술, 생물학, 역사학 등의 온갖 예를 끌고 와서 철학적 논의를 하니까, 그들의 문화적 배경을 잘 모르는 사람들은 이해하기 힘들어요…. 독특하고 매력적이기는 한데… 현실을 살아가는 데 얼마나 도움이 되는가에 대해서는 저는 좀 회의적입니다. 여전히 현실에서는 돈이 위력을 발휘하니까요."

그는 말끝을 흐렸지만, 그녀는 사내의 절제된 말 속에 담긴 지식과 경험의 깊이를 한눈에 알아보았다. 그녀의 직감이었다. 자신을 쳐다보지 않고 더듬거리며 말하는 알베르토의 지적인 눈빛에서 그녀는 선한 기운을 보았고, 소심하고 주눅 들어 보이지만 가슴 깊은 곳에는 수많은 것들이 담겨있을 것만 같았다. 그녀는 그를 물끄러미 바라보다가 돌직구를 날렸다.

"저기… 우리 친구 할래요?"

"네?"

알베르토의 가슴에 화산이 폭발하는 충격이 가해졌다. 그의 가슴은 벌렁거렸고 호흡이 가빠지기 시작했다.

'올 게 왔구나. 어떻게 해야 하나? 이 상황에서 뭐라 대답해야

정상적인 거지? 도망가고 싶다…. 그래도 그녀가 마음에 들어.'

알맞게 드러난 하얀 이마, 치솟은 진한 눈썹, 오뚝한 코, 약간 각진 턱 윤곽, 긴 머리 사이로 드러난 하얀 목…. 그녀는 여성적인 매력과 중성적 이미지가 함께 서려있는 지적인 여인이었다. 특히 쌍꺼풀이 진한 눈에서 뿜어져 나오는 눈빛이 강렬했다. 얼굴이 벌게진 그를 바라보던 그녀는 씩씩하게 말을 이었다.

"저는 싱글이고요, 마흔둘이에요. 소설을 쓰고 있어요. 그쪽은요?"

거침없는 그녀의 말에 그도 고백하듯이 솔직하게 자신에 대해 말했다.

"저도 싱글입니다. 나이는 마흔여섯이고요…. 사회학을 전공했는데 박사학위는 못 받고… 지금은 편의점에서 알바하고 있습니다. 앞으로도 알바 인생일 거고요…. 실망하게 해서 미안합니다."

그는 자신이 소설가 지망생이란 사실은 숨겼다. 그녀는 웃음을 터트렸다.

"실망이라니요? 하하. 저는 결혼하자는 게 아니라 친구가 되자는 거예요. 저보다 낫네요. 전 이 나이가 되어도 제 생계를 부모에게 맡기고 있어요. 소설가 아세요? 잘나가지 못하는 소설가는 자기 밥벌이도 못해요. 그래도 소설 하나 붙잡고 사는 중입니다. 사회학을 전공하셨다니 반가워요. 저, 도대체 요즘 세상 이해를 못 하겠어요. 혼란스러워요. 제가 어디에 있는지, 앞으로 이 사회가 어디로 가는지, 무슨 글을 써야 하는지, 아주 고민이 많은 사람입니다. 우리 친구 해요. 저 좀 가르쳐 주세요."

그녀의 솔직한 태도 앞에서 그는 다시 얼이 빠졌고 놀란 가슴은 아직 진정되지 않았다.

알베르토의 수동적인 태도는 그녀에게 오히려 매력으로 다가왔다. 그녀는 유명하지 않지만 등단한 지 10년 정도 되는 소설가였다. 어느 문학잡지를 통해서 단편으로 등단한 후 그동안 중·단편을 계속 써왔다. 장편도 두 편 썼지만 대중들에게 많이 알려진 작가는 아니었다. 하지만 문학에 대한 열정은 사라지지 않고 있었다. 근처 빌라에서 혼자 사는 그녀에게 삶의 목표와 즐거움은 소설 쓰기에 있었다. 오로지 글을 사랑하고 거기에만 집중하는 그녀의 삶은 단순했다. 그녀의 아버지는 부자는 아니었지만, 글만 쓰겠다는 딸을 위해 생계를 지원해 주었다. 그녀는 자신의 세계를 만들고 싶은 의지가 강했지만 쉽지 않았다. 세상은 너무 핑핑 돌아갔다. 날로 새로워지는 건지 망가지는 건지, 듣도 보도 못한 언어를 쓰고 행태가 이상한 인간들이 나타나면서 그녀를 혼란스럽게 했다. 게다가 책을 읽지 않는 세태,

디지털 문명의 도래를 보며 그녀는 종종 힘이 빠졌다. 그녀는 이런 사회현상을 바라볼 지식이 부족했고 어디로 가야 할지 늘 고민했다.

그들은 서로 호감을 느끼며 문학과 사회학 그리고 여행에 관해 이야기했다. 알베르토는 오래간만에 행복감을 느꼈다. 그리고 점점 그녀에게 빠져들어 갔다. 그는 일기에 이렇게 썼다.

한때 모든 타인이 지옥처럼 여겨졌고, 요즘도 세상의 경계선에서 망설이던 나였는데… 지금 다가온 그녀는 나에게 천국이 될 것만 같다. 타인은 천국이 될 수도 있을까?

알베르토,
소설을 쓰다

알베르토는 그녀를 처음 볼 때부터 좋았다.
그리고 친구가 되니 더 좋아졌다. 사랑보다는 지적인 대화를 나
눌 수 있는 동지애를 더 크게 느꼈다. 그렇다고 감정을 느끼지
않은 건 아니었다. 그는 연인이 되고 싶은 마음을 절제하며 그
녀를 그저 '여자 사람 친구'로만 대하려고 노력했다. 알베르토는
그녀를 보면 좋으면서도 가슴이 아릿해졌다. 한없이 같이 있고
싶은 아련한 열망이 그를 붙잡았지만, 함께 있어도 다다르지 못
하는 그리움이 있었다. 사랑한다고, 결혼한다고 사라질 감정이
아니었다. 알베르토는 늘 이런 생각을 했다.

'플라톤의 이데아 세계가 있든 없든, 이 세계가 컴퓨터 시뮬레이션이든 아니든, 인생이 한편의 꿈이든 아니든, 현실 속의 인간들에게 삶은 지독한 현실이다. 우리는 모두 유한한 개인이다. 이 세상에서는 하나로 합쳐질 수 없다. 만남의 달콤함 뒤에는 반드시 이별의 슬픔이 온다. 인간의 숙명이다. 그녀는 황홀함과 함께 다다르지 못할 분리의 슬픔을 내게 보여준다. 그녀와 함께 있다가 헤어지면 늘 쓸쓸하다. 같이 산다고 이 감정이 사라질까? 살을 섞는다고 이 허전함이 사라질까? 모든 것은 유한하고 시간이란 강물 속에 휩쓸려 가다가 흩어지고 헤어질 것이다.'

알베르토가 언젠가 이런 생각을 그녀에게 조금 흘렸더니 그녀는 간단하게 말했다.

"충분히 공감되는 이야기지만 많은 사람은 그냥 둔하게 살아가는 거 같아요. 나도 그렇고요. 사람들은 대개 그런 감정이나 생각을 흘려보내고 맛있는 음식, 술, 사랑으로 복잡한 일들을 잊으며 사는 게 아닐까요? 언젠가는 다 당하면서 괴로워하겠지만…. 당신의 말이 틀려서가 아니라 너무 예민하게 모든 걸 대하니까 그런 우울한 감정이 드는 것 같아요. 도움이 못 되어서 미안해요. 오히려 하시는 고민이 내게 위로가 되네요."

알베르토는 그녀의 솔직함에 감사했다. 그는 그녀와 만나고 나면 '무언가 하고 싶다'는 의욕이 솟구쳤다. 그 의욕은 소설 쓰기로 이어졌다. 글을 피해야겠다는 알베르토의 생각은 순식간에 사라졌다. 욕망과 영감과 충동 앞에서 논리적 의지는 지푸라기였다. 여전히 그에게 '왜 쓰는가?'에 대한 답은 없지만 의욕이 의미보다 앞섰다. 모든 것을 따지고 분석하는 그였지만, 사랑의 감정이 불러낸 의욕이 그를 휘감아 왔다. 그는 '뭔가'를 하고 싶었다.

그는 영감처럼 떠오른 제목을 일단 활자화했다. 소설 제목은 〈무인카페〉. 첫 번째 에피소드는 '무인카페 습격'이었다. 무인카페의 노트에서 본 인상적인 이야기들을 토대로 약간의 상상을 가미하면서 무작정 쓰기 시작했다. 언젠가 등장할 '그녀'를 생각하면서 일단 한 단락을 쓰고 나서 다음 생각을 했다. 소설은 알베르토에게 또 하나의 다른 세계였다. 그는 소설을 쓰면서 묘한 경험을 했다. 일단 다른 세계로 들어가면 소설을 쓰는 '자기'가 사라졌다. 에피소드를 1인칭으로 쓰면 소설 속의 주인공들이 스스로 말하고 행동했다. 전지적 시점으로 쓰면 우주에서 별과 성운이 탄생하듯이 무의식 속에서 이야기가 폭죽처럼 터졌다. 소설 속의 인물들은 각자의 상황에서 살기 위해 발버둥 치며 스스로 자기의 길을 모색해 나갔다. 그들은 때로는 좌절했지만, 때로는 희망을 품고, 때로는 노력하고, 때로는 인내하고, 때로는 변신하고, 때로는 도망치기도 하고, 때로는 숨기도 하고, 때로는 더 높은 존재의 힘을 갈구하면서 전진해 나갔다. 그들은 사방팔방으로 길이 열려있음을 믿으면서 열심히 살아갔다. 그리고 소설 속의 인물들이 '현실 속의 알베르토'를 변화시켜 나갔다.

알베르토는 문득 영화 〈13층〉과 〈매트릭스〉를 떠올렸다. 자신이 소설을 쓰며 인물을 창조하고 있지만, 자기 역시 누군가가 쓰고 있는 소설 혹은 컴퓨터 게임 속의 인물일 수도 있다는 의문이 들었다. 그 존재의 이름이 어떻게 불리든, 그는 다른 차원에 그런 존재가 있음을 느끼기 시작했다. 헤테로토피아를 그리워하는 마음은 곧, 참 존재 이데아의 세계를 그리워하는 마음이란 생각도 했다. 알베르토는 그렇게 그녀를 만나고 소설을 쓰면서 세계와 자신을 탐색해 갔다. 그리고 소설의 마지막에 이렇게 썼다.

나는 '소설 속의 알베르토'가 언젠가 이렇게 외치기를 기대한다. '이 혼란스러운 시대의 제1계명은 살아라, 살게 하라'이다. 나는 소설 속의 알베르토가 자신이 먼저 살아내고 남도 살게 하는 인간이 되기를 기원한다. 그것은 글을 쓰는 나, '현실 속의 알베르토'에 의해서 되는 것이 아니라 소설 속의 알베르토 스스로 그렇게 되어야만 한다. 그리고 참 존재의 그림자 혹은 환영일지도 모르는 현실 속의 알베르토인 나 역시, 내 삶을 스스로 그렇게 만들어야 한다.

소설은 현실 속의 알베르토가 쓰고 있었지만, 소설이 전개될수록 소설 속의 알베르토와의 경계가 점점 희미해지고 있었다. 그리고 현실 속의 알베르토는 이데아의 세계에 있을 '다른 알베르토'를 상상했다. 알베르토는 그녀에게 감사했다. 그녀에 대한 사랑으로 인해 세 가지 차원의 알베르토가 만났으므로 모든 것은 그녀의 덕이었다. 그녀와 알베르토 사이에서 피어난 사랑이 헤테로토피아로 가는 여행의 원동력이 되고 있었다.

좌절할 것도 없는
실패

　그렇게 마무리 지은 소설을 소설가 친구에게 보여주지 않은 채, 나는 문학상 공모전에 원고를 보냈다. 상금이 5,000만 원이었다. 상금 때문에 글을 쓴 것은 아니었지만, 다 써놓고 나니 상금이 탐났다. 상금을 타면 모두 현금으로 바꿔 그걸 베고 잠자고 싶었다. 그래 봤자 5만 원짜리 100장 열 묶음이었다. 얇은 베개 정도 될 돈이었지만 실패한 인생을 보상받는 기분이 들 것 같았다. 또한 어머니를 모시고 해외여행이라도 하고 싶었다. 돈을 펑펑 쓰면서 한동안 탕진하고 싶었다.

　물론, 결과는 실패였다. 기분이 어땠냐고? 아무렇지도 않았다. '그러면 그렇지' 하는 생각이 들었다. 자기 인생을 글에 건 소설가들끼리의 경쟁인데 나 같은 사람이 되겠는가? 그것도 엉겁결에 쓴 첫 작품이었을 뿐인데. 그러므로 좌절할 것도 없는 실패였다.

쓰고 싶은 것은 많았다. 이야기들이 안에서 솟구치고 있었다. 켈트족의 신화에서처럼 동물이나 식물에 갇힌, 죽은 이들의 혼령들이 아우성치는 것일까? 켈트족에 의하면 누군가 그 소리를 들어주면 마법이 풀리면서 갇힌 혼령이 자유를 얻게 된다고 한다. 나는 세계를 창조하는 작가가 아니라 그 소리를 듣고 표현하는 메신저가 되고 싶었다. 또한 글은 치유 기능이 있었다. 글을 쓰는 동안 나는 행복했고, 우울한 기억으로 만들어진 구김살이 펴지면서 숨죽이고 있던 나의 밝았던 기억들이 뚫고 나왔다. 그러나 현실 속의 나를 잊은 적은 없었다. 소설이 출간되어 돈 좀 벌었으면 좋겠다는 생각은 늘 했었다. 편의점 알바로는 생활이 궁색하니까. 언젠가 소설가 친구에게 등단에 관해 물어본 적이 있었다.

"등단에는 운도 많이 작용해요. 그리고 등단의 기쁨은 잠깐이에요. 그 후부터가 더 힘들어요. 인정받느냐 또 팔리느냐도 물론 중요해요. 생계의 문제와 연결되니까요. 하지만 그보다 더 중요한 건 계속 쓰고 싶은 의욕과 쓸 거리가 있는가예요. 취미로 하거나, 한때의 명예를 위해 글을 썼다면 모를까, 평생 글쓰기를 택한 작가들의 고민은 끝이 없어요. 쓸거리, 쓰고 싶은 의욕이 화수분처럼 솟구친다면 얼마나 좋겠어요? 그런데 그렇지 않아요. 물론 돈이나 권력 혹은 명예를 추구하는 사람들은 다른 가치관을 갖고 쓰겠지만."

그 후에 나는 잠시 소설로부터 멀어졌다. 포기한 것은 아니었지만 소설보다도 내 생각, 감정, 의식과 무의식, 나와 세계 사이의 메커니즘과 언어의 세계가 더 궁금했다. 사회학을 공부한 사람으로서 어쩔 수 없는 성향이었다.

소설 속 인물들의 생각과 말은 내 의식보다 먼저 튀어나왔다. 무의식의 세계에서 나오는 것들이었다. 그런데 이것은 나의 세계인가? 혹은 나를 벗어난 차원의 세계인가? 나의 뇌에서 나오니 내 것 같지만, 무의식의 세계는 내 것이 아닌 것 같았다. 융이 말한 집단 무의식의 세계는 인류가 갖고 있는 원형의 세계이고, 그 세계에서는 엄청난 거리를 넘어서 서로 소통한다. 종종 쌍둥이나 사랑하는 사람들은 먼 거리에서도 같은 옷을 입거나, 같은 기쁨과 같은 고통을 느낀다. 또한 꿈을 통해서 미래를 보는 사람들도 있다. 과거, 현재, 미래라는 시간이 식빵처럼 통째로 존재하며, 모든 것은 이미 결정되어 있다는 설도 있다. 3차원

공간 속에서 살아가는 우리는 이미 완성된 과거, 현재, 미래를 한 번에 보지 못하고 시간이라는 형식으로 스캔하듯이 경험하지만, 예언가들은 전체를 한꺼번에 볼 수도 있지 않을까? 만약 그렇다면 무의식은 그곳과 연결되는 지점이 아닐까? 우리의 감각기관은 분리된 시공 속에서 현재를 경험하지만 무의식은 과거, 현재, 미래로 통하거나 평행우주 속에 존재하는 다른 차원의 세계로 가는 통로가 아닐까? 소설 속의 인물들, 혹은 내 상상 속의 그 모든 인물과 사건들은 다른 차원에 존재하는 실재가 아닐까? 도대체 나와 세계란 무엇일까?

이 세계는 현실이고 소설 속의 세계는 허구로 여겨지지만, 현실 또한 종종 꿈처럼 여겨진다. 죽어가는 사람들은 지나온 과거와 현재가 꿈처럼 여겨질 것이다. 그때 바라본 세상은 일장춘몽이다. 그럼, 이 꿈같은 현실 속에서 생겨난 소설이란 허구는 꿈속의 꿈이다. 현실이 꿈이라면 소설이라는 허구 역시 현실과 같은 반열에 오르고 현실과 꿈의 경계는 사라진다. 이런 생각들을 소설가 친구에게 말하자 그녀는 이렇게 말했다.

"소설 쓰는 사람들은 그런 경험을 많이 해요. 전체적인 설계도를 만들어 놓고 집을 짓듯이 쓰는 사람들도 있지만, 그런 거 없이 우선 에피소드 하나 쓰고 나서 계속 무의식에서 솟구치는 걸 쓰는 경우도 많죠. 혹은 대화 하나, 묘사 하나를 일단 써놓고 나면, 말이 말을 낳으면서 계속 이어지는 경험도 하게 돼요. 글을 쓰다 보면 수많은 경험을 하게 될 거예요…. 그런데 시인들은 아예 자기 삶을 시처럼 만드는 경향이 있지요. 자신과 세계를 시의 대상으로 삼지 않고, 자기 존재 자체를 시로 만드는 시인들도 있어요. 좋은 모습도 보이지만 광기를 보이는 기인들도 있지요. 그래서 플라톤은 자신의 이상적인 공화국에서 시인을 추방해야 한다는 말도 했어요. 질서와 조화를 깨트리기 때문이죠. 하지만 이성 못지않게 광기는 인간 속에 함께 있으니까, 플라톤의 공화국은 현실 속에서 불가능할 겁니다. 어차피 광기는 우리와 함께 가는 거니까. 물론 우리 안에 광기만 있는 것도 아니죠. 시 쓰고 싶은 생각은 없어요?"

"아, 저는 뇌가… 그런 뇌가 아닙니다. 전, 따지고 분석하는 성향이 강하다 보니…."

"그런 거 같아요. 사실 난, 알베르토 당신의 그런 면이 좋아요. 당신은 내게 없는 것을 갖고 있어요. 난 깊이 분석하는 게 어려워요."

그녀의 칭찬에 잠시 기분이 좋았지만 그녀야말로 내가 갖지 못한 세계를 갖고 있었다.

사람 친구를 넘어서,
함께 가는 길

그녀의 소설을 보고 알베르토는 조금 절망했다. 절망한 이유는 그녀의 글이 모호한 상징으로 가득 차있었기 때문이다. 문장 하나하나가 시 같았다. 쉽게 이해되지 않았다. 그러나 그녀의 글들은 단어 자체로 빛났다. 빛나는 단어들이 절묘하게 이어지면서 문장은 부연 안개처럼 퍼져나갔다. 알 듯 말 듯한, 글 장난이 아니었다. 상징어와 행간에서 솟아나는 울림이 아름다웠다. 때로는 모호하고, 때로는 명쾌하게 빛나는 문장들이 어우러진 이야기는 독자들의 예측을 불허했다. 그녀의 장편도 그랬지만 단편은 특히 더 그랬다. 그녀의 글을 읽다 보면 구름 속을 뚫고 산에 올라가는 기분이 들었다. 어디에 있는지, 어디로 가는지 모르는 채 길을 가다 보면 갑자기 밝은 햇빛 아래서 산 밑의 멋진 풍경이 드러나곤 했다. 알베르토는 그녀의 세계는 자신이 결코 갈 수 없는 곳이라는 것을 알았다. 그래서 절망했다.

하지만 '조금' 절망한 이유는 현실 속의 그녀가 자신과 다르지 않은 비슷한 사람이었기 때문이다. 오히려 그녀의 말과 태도는 언제나 명쾌하고 씩씩했다. 사람과 글의 불일치가 낯설었지만, 다행히 사람을 먼저 알고 나서 그녀의 글을 보았기에 크게 당황하지 않았다. 알베르토가 그런 이야기를 하자 그녀는 웃으며 말했다.

"원래 사람을 먼저 알고 나서 소설을 보면 그 차이가 낯설지 않아요. 그런데 책부터 먼저 본 사람들은 나를 책 속의 주인공 정도로 알다가, 실제 내 분위기가 소설과 다른 걸 보고 낯설어해요. 심지어는 실망하는 독자들도 있어요. 또 소설 속에 나오는 인물이 자기라고 생각한 친구들도 있어서 난감한 적도 있었어요. 소설 속의 인물은 수많은 것들을 합해서 만든 허구적인 캐릭터인데… 그래서 난 독자들 만나는 걸 싫어해요. 앞으로 소설가로 등단하면 많은 일을 겪을 거예요."

그들은 서로를 존중했고 자신의 결핍감을 메워주는 상대방을 든든하게 생각하며 친구 사이를 넘어 어디론가로 함께 가고 있었다.

'그녀와 나 사이에 사랑이 싹트고 있는 걸까? 사랑이란 무엇일까?'

알베르토는 그런 생각을 하며 사랑을 언어적으로 분석한 적이 있었다. 사전을 참고해서 추려낸 '사랑'의 정의는 '어떤 사람이나 존재를 몹시 아끼고 귀중히 여기며 소중하게 여기는 마음'이었다. 그는 물론, 사랑을 이해했다. 그러나 단어 하나하나를 따지는 가운데 혼란스러워졌다. 여기서 핵심어는 '귀중하다'와 '소중하다'였다. '귀중하다'는 말은 뭘까? 찾아보니 '귀하고 중요하다'이고 '소중하다'는 '매우 귀중하다'였다. 뭔가 좀 이상했다. 사랑이란 귀중히 여기며 소중하게 여기는 마음인데 '소중하다'가 '귀중하다'이므로 결국 사랑은 '귀중히 여기고, 귀중하게 여기는 마음'이 된다. 동어반복이 되는 것이다. 알베르토는 문득, 모든 게 의미 없는 분석이란 사실을 알았다. 사랑이 물건이라면 눈앞에 가져다 놓겠지만, 추상적 단어는 결국 비슷한 추상적 단어에 의해서 정의되니 결국 변죽을 울리는 것밖에 되지 못했다.

결국 사랑이란 단어는 '귀중하다', '소중하다'가 번갈아 가면서 정의되는 단어다. 그런데 스스로 동어반복으로 정의를 하거나, 탁구공처럼 다른 단어에 그 풀이를 떠넘기고 있었다. 다람

쥐 쳇바퀴 속에서 뱅뱅 도는 것이다. 이런 추상적 언어에 대해 알베르토는 회의했다. 물론 알베르토는 그녀에 대한 사랑의 감정을 이해했다. 언어적 정의 때문이 아니라 그가 사랑을 이미 경험했기 때문이다. 언어로 표현되는 사랑은 모호했지만, 알베르토의 가슴속에 피어오르는 사랑의 감정은 분명했다. 언어의 세계는 1+1=2, 혹은 삼각형 내각의 합은 180도처럼 논리의 세계가 아니라 경험이 선행되어야만 이해되는 세계였다. 그렇기에 '언어는 변죽만 울리는 힘이 없는 기호'라고 알베르토는 생각했다. 그렇다면 이런 허약한 글을 사용하는 글쓰기란 무엇인가?

그녀는 알베르토의 이런 이야기를 듣고 한참 동안 웃었다.

"아니, 알베르토 씨. 사랑하면 되는 거지 왜 분석해요, 하하. 알베르토 씨 'T'지요?"

"T가 뭡니까?"

"몰라요? 그거 인터넷에서 한동안 유행했었는데. 엠비티아이 성격유형이라고 성격을 열여섯 가지로 분류한 건데, T는 'Thinking'이에요. 사고력이나 논리력이 뛰어난 사람들을 말하는 거죠. 한번 해볼까요?"

그녀는 휴대폰을 꺼내 들고 알베르토의 성격유형을 검사하기 시작했다. 수많은 질문과 답변이 오갔고 결과는 'INTJ'였다.

"하하, 내 이럴 줄 알았어요. 'I'는 내향적, 'N'은 직관적으로 이론과 예측을 좋아하고, 'T'는 논리와 사실판단에 강하고, 'J'는 판단과 목적 그리고 계획적인 성향을 보인답니다."

그녀는 계속 휴대폰을 들여다보며 이야기를 이어갔다.

"이런 사람들은 거의 모든 일에 의문을 던져요. 지금 알베르토 씨처럼 말이죠. 이성과 논리를 바탕으로 세상의 모든 대상을 개념화하는 걸 좋아한대요. 통찰력과 뛰어난 논리력 또 강한 의지력 그리고 매우 독립적인 성향을 보여요. 자기가 관심 없는 데는 무심해서 좀 차다는 인상을 주지만 속은 따뜻한 사람이래요. 하하, 그러기를 바라요."

알베르토는 머리를 긁적거렸고 그녀는 웃으며 말을 이었다.

"대담한 몽상가이자 신랄한 비관주의자인데 사람의 본성에 대해 회의적이라고 해요. 게으르고 멍청한 사람들을 깔보는 경향이 있고요. 사사로운 걸 파고들어서 내면이 복잡하답니다. 네, 그런 거 같아요. 진지하기는 하지만 가끔 유머 감각도 있대요. 하하, 이것도 인정. 알베르토 씨 은근히 웃기는 점이 있어요…. 그런데 이런 유형은 한국 사람 중에 많지 않다네요…. 사는 게 피곤할 것 같아요. 일상에서 자기와 말이 통하는 사람들을 별로 못 만나서 답답할 테니까. 근데 인터넷의 무슨 토론방 같은 데서 사소한 문제 가지고 논쟁하는 사람들은 대부분 INTJ

라고 해요. 그 동네는 골치 아프겠어요… 맞는 거 같아요?"

함께 웃으며 그녀의 얘기를 듣던 알베르토가 대답했다.

"비슷하네요. 몽상가는 아닌 거 같고, 너무 따지는 경향이 많지요. 그러니까 혼자서 일기 쓰고 노는 걸 좋아합니다. 그런데 무슨 성향이에요?"

"아, 나는 알베르토 씨와 거의 반대예요. 'ENFP'입니다. 'E'는 외향적이고, 'N'은 알베르토 씨처럼 직관과 이론 또 예측을 잘하고, 'F'는 감정적입니다. 그리고 'P'는 인식, 즉 자율성이 있고 유동적인 성향을 갖고 있대요. 우리 같은 사람들은 정열적이고, 활기가 넘치고, 상상력이 많고… 음, 정이 많고, 창의적이랍니다. 그런데 좋아하는 일은 열심히 하는데 끝내기도 전에 다른 일을 벌이고 산만한 편이라네요. 실제로 내가 그래요. 그런데 한국인 중에는 F 성향이 많대요. 감정적인 사람들이 많다는 거지요. 그러니까 잘 따지고 분석하는 알베르토 씨 같은 사람은 외로울 수밖에 없어요. 우리 사이에 공통점은 N이네요. 직관을 나타내는 'Intuition'에서 N을 따온 건데, 이론적이면서도 직관적인 면이 있대요. 이거 맞는 거 같아요. 알베르토 씨에게 그런 점을 느끼거든요."

"그건 저도 마찬가지입니다. 서로 다르면서도 통하는 게 이런 거였나 봐요. 하하, 재미있네요."

"100퍼센트 믿지는 마세요. 예전에는 사주팔자, 궁합, 점성술로 서로를 맞춰봤는데 요즘 젊은이들은 이런 방식으로 서로를 파악하나 봐요."

보통 사람 같으면 이런 대화를 한 후 다른 주제로 넘어가야 하는데 뒤끝이 강하고 집요한 'INTJ' 알베르토는 아까 하던 이야기를 계속 이어나갔다.

"그런데 제가 아까 사랑이란 단어를 갖고 분석한 이유는, 좀 생뚱맞기는 하지만, 이건 작은 문제는 아니라고 생각합니다. 일상에서는 괜찮아요. '개'라고 쓰고 말할 때 그것이 개라는 실체는 아니지만, 우리는 다 이해합니다. 또 사랑도 언어적 정의가 어떻든, 체험하면 다 이해가 됩니다. 개인적 차원이기 때문에 좀 다르게 생각해도 문제는 안 됩니다. 하지만 종교와 역사 그리고 사회 영역으로 넘어오면 큰 문제가 됩니다. 구원이나 해탈이라는 용어 앞에서 수많은 사람이 생물학적 욕구를 끊고 동굴로 들어갔고 또 머리를 깎았습니다. 그 개념에 자기 삶을 걸었어요. 그런데 그런 종교 영역에서도 수많은 설이 나오고, 무리를 지어서 파벌 싸움을 하게 됩니다. 해석이 다르거든요. 자유, 평등, 정의, 해방, 민족, 국가, 민중, 계급… 이런 정치적이고 사회적인 영역의 언어는 말할 것도 없습니다. 얼마나 끔찍했어요? 사람들은 이런 개념 앞에서 흥분하고, 봉기하고, 총을 들고 싸웠습니다. 멋진 말들이지만 저는 정말 무시무시한 추상적 단어들로 보여요."

알베르토는 자기 앞의 물컵을 입에 가져다 댔다. 잠깐 침묵이 이어졌다. 알베르토는 조금 더 생각하더니 말을 이었다.

"물론 그런 개념들이 완전한 허구는 아니라고 생각해요. 분명히 우리 현실에서 힘을 발휘하는 '그 무엇'이니까요. 하지만 실체가 명확하지 않아요. 자유, 평등, 사회정의… 그게 뭐냐고 물으면, 쉽게 대답하기 힘들고… 수많은 이야기가 나오잖아요. 그런데 사람들은 자기가 다 알고 있다고 생각하고, 자기 의견이 옳다고 확신해요. 하지만 다 자기 경험, 자기 욕망, 자기 아집에서 나오는 거지요. 그리고 증오, 분노, 광기, 무지, 집단의 탐욕이 들끓는 군중의 열기에 휩쓸려 갑니다. 질 나쁜 선동가들이 그것을 이용하지요. 군중의 증오와 욕망을 정당화하는 프레임을 퍼트리면서 빨리 행동하라고 부추깁니다. 군중의 열기가 자신들의 야망을 펼치는 힘이 되니까요. 우리는 그런 걸 역사 속에서 수없이 봐왔어요."

그녀는 알베르토의 긴말을 듣고 한참을 생각했다. 그리고 대답했다.

"그러고 보니 간단한 문제는 아니네요."

알베르토는 그녀의 눈을 쳐다보며 말했다.

"제가 사소한 언어를 들여다보는 이유는 그런 광기에 휘둘리지 않기 위해서입니다. 사소한 언어 속에 서린 허구성을 보면 큰 개념을 가진 언어에 휘둘리지 않게 되거든요."

"그런데 그런 태도는 한국처럼 감정적이고 성급한 사람들이 많은 나라에서는 잘 통하지 않을 거 같은데요. 많은 사람은 그렇게 조목조목 따지는 거 싫어해요…. 현실에서 실제로 발생하는 모순이나 갈등을 해소하기 위해서는 만날 따지고만 있을 수도 없잖아요? 현실에서는 해결하기 위해 행동이 필요한 거 아닌가요?"

"네, 그게 저의 딜레마입니다. 현실에서는 재빠른 행동을 통해 변화를 추구해야 할 상황이 많습니다. 그런데 저 같은 사람들은 둔합니다. 따지다 보면 타이밍 다 놓치고… 결국 뒤처진 인간이 되는 거지요. 이 세상은 합리성과 논리가 지배하지 않고 감정과 선동, 성급함과 욕망이 활개를 치니까 그걸 잘 이용하는 사람들이 세상을 끌고 갑니다. 그런데 전 그게 싫어요."

알베르토는 말을 마치고 우울한 표정을 지었다. 그녀는 알베르토를 물끄러미 바라보며 침묵을 지키다가 낮은 목소리로 물었다.

"그럼, 우리가 쓰는 언어는 다 부실하고 허망한 거네요? 글쓰기는 실체와 따로 노는 유희일까요?"

"그렇게 이야기한 철학자도 있어요. 텍스트 밖에는 아무것도 없다고요. 우리가 인지하는 세계는 결국 언어화된 세계고, 언어 밖의 실체는 우리의 인식을 벗어난 다른 세계라는 거지요. 극단적으로 가면 그렇게 됩니다. 추상적 언어든, 구체적인 사물의 이름이든 그건 단지 기호고, 그 기호를 통해서 연상한 개념과 이미지들이 우리 인식의 세계를 형성합니다."

알베르토는 창밖을 한동안 응시하다가 다시 입을 열었다.

"겨울에 내리는 눈을 평생 보지 못한 사람들에게 아무리 '눈'에 대해 설명해도 그들은 이해하지 못합니다. 그런데 사람들은 자기가 경험한 만큼, 자기 지식만큼만 세계에 대해 이해하고 다 파악했다고 생각해요. 자기 뇌 안에 형성된 세계가 진짜 세계라고 인식합니다. 그러니까 똑같은 세상에 살아도 각자의 세계가 달라요. 그런데 완전히 다른 것도 아니지요. 분명히 같은 현실에서 살아가는 건 맞으니까요…. 그래서 늘 착각과 오해가 발생합니다."

"같은 현실에서 사는데 다른 세계라… 맞는 거 같아요. 종종 느끼거든요. 특히 나는 아버지와 이야기를 나누다 보면 그런 점을 많이 느껴요."

"네, 가족 간에는 그래서 상처도 많은 거 같아요. 같은 줄 알

앉는데 다르니까 섭섭하고, 상처도 더 클 수 있지요. 각자의 경험이 다르고 기억이 다르니까요. 부모는 아이들 똥 기저귀를 갈아주면서 키웠던 기억이 강하지만, 아이들은 그런 거 모르지요. 타인에 대한 이해는 언어가 아니라 경험에서 오는 거라고 봅니다. 그런데 우리는 언어라는 기호를 통해서 서로 이해하고, 같은 세계를 공유한다고 착각해요. 사실… 경험의 폭과 깊이가 달라 공유하지 못하는 부분이 너무 많은 데도 말이죠. 그래서 언어를 너무 믿고, 언어에 집착하면 돌아버리는 경우도 생겨요."

"하하, 알베르토 씨의 말을 듣다 보면 머리가 좀 복잡해져요."

"그래도 들어주시니 감사합니다. 예전에 좀 성질 급한 친구에게 이런 이야기 길게 했다가 맞을뻔한 적도 있어요."

"맞을뻔했다고요? 하하."

그녀는 믿어지지 않는다는 듯 한참 동안 웃었다

"전혀 성향이 다른 친구였는데 처음에는 짜증을 냈어요. '너는 나를 돌게 만든다'라고 말하면서요. 그만하라고 그 친구가 외쳤지만 저는 하던 말을 기어코, 끝까지 다 했거든요. 길고 긴 말이 다 끝나자 그 친구가 노려보면서 주먹을 쥐고 부들부들 떨더군요. 그 친구는 제가 자기를 무시하고 기를 죽이기 위해서 그런다고 생각한 거 같았어요. 하지만 저는 진심으로 말했고, 그 친구가 자기 생각을 논리적으로 펼치기를 바랐지만 화만 냈어요. 그 이후로, 저는 남과 함부로 말을 섞지 않습니다. 일기장에 적을 뿐이지요."

그녀가 보아도 알베르토는 따지는 행동으로 상대방을 숨 막히게 할 수도 있는 사람, 그래서 외로울 수밖에 없는 사람이었다. 그러나 그녀는 자기 세계 속에서 살아가는 그가 더 궁금해졌다.

"충격이었겠어요?"

"네. 너무 당연하고 상식적인 이야기인데도 친구가 알아듣지 못했고, 또 알고자 하는 노력도 하지 않았으며, 오히려 저에게 화를 냈다는 점이 충격이었지요. 충분히 논리적으로 대화를 할 수 있는데도…. 그 친구만 그런 게 아니에요. 인터넷 보세요. 무엇이 진실인지, 합리적 의견인지는 관심이 없어요. 자기에게 유리한 거라면 그게 무엇이든 퍼 나릅니다. 거짓이든, 가짜 뉴스든 상관하지 않고… 그걸 판단하는 능력도 없고요. 자기들을 돌아보는 성찰 능력도 없어요. 올바른 척하면서 논리로 포장하지만 밑에 깔린 것은 자기 이익, 자기감정 그리고 정복욕이에요. 원시인들의 부족 전쟁과 비슷하죠. 차라리 동물처럼 이빨을 드러내 놓고 싸우면 모르겠는데…. 저는 그 모순과 위선 그리고 군중의 열기가 기가 막혀요. 사실, 이 세계는 동물의 왕국입니다. 그런데 제 이야기가 어렵나요?"

그녀는 한동안 침묵을 지켰다.

"이해는 가는데… 어디서 쉽게 듣는 이야기는 아닌 거 같아요."

"이런 이야기는 언어학이나 철학의 인식론 혹은 사회학 분야에서는 새로운 이야기가 아니에요. 사실, 그쪽 책 읽다 보면 머리에 쥐가 나는 경우도 있어요. 저는 정말 쉽게 풀어서 아주 조금만 이야기하는 건데… 이런 이야기를 어려워하고, 싫어하는 사람들이 많아요."

"글쎄요. 쉽게 이해하는 사람들도 있겠지만 나는 확실히 알베르토 씨와 다른 세계에 사는 거 같아요. 나는 언어를 그렇게 생각해 본 적은 없어요. 은유나 상징을 통해 눈에 보이지 않는 영역으로 인도해 주는 언어의 긍정적인 역할만 보았거든요. 그런 관점에서 보면 세상이 풍요로워요. 사람들도, 사물들도 빛나고요."

"그래서 제가 당신의 글을 좋아합니다. 제가 흉내 낼 수 없는 세계니까요. 저는 그게 잘 안 돼요. 뇌 구조가 다른가 봐요…. 어쨌든 저는 언어가 굴레처럼 느껴져요."

"그런데 소설은 왜 쓰세요?"

알베르토는 그녀에게 소설을 썼고, 또 공모전에 떨어졌다는 이야기를 한 적도 있었다. 다만 보여주지는 않았다.

"그건… 쓰고 싶다는 욕구 때문입니다. 그러니까 쓰면서도 회의가 일고, 회의하면서도 또 쓰게 됩니다. 왜 그런지 잘 모르겠어요. 쓰면서 생각하고 있습니다."

알베르토는 "당신 때문에 쓴다"라고는 말하지 않았다. 그녀를 사랑하는 감정에서 '뭔가 하고 싶은 의욕'이 강렬하게 솟구쳤지만 의미까지 얻은 것은 아니었다. 알베르토는 일기장에 이렇게 썼다.

우리는 모두 자기 궤도를 도는 외로운 행성들. 나에게 의욕이 솟구친 이유는, 그녀를 이해하고 같은 세계를 공유해서가 아니라, 비슷한 궤도를 함께 갈 동지를 얻었기 때문이 아닐까?

알베르토가 넘어야 할 작은 산

　　알베르토에게는 넘어야 할 작은 산이 있다. 그는 언어를 문학 이전에 자신과 세계를 이해하는 통로로 대했다. 그런데 그는 깨달음이나 도를 얻으려면 '언어를 피하라, 초월하라'는 가르침을 늘 들어왔다. 이미 불교에서 선승들은 제자들에게 '문자에 팔리지' 말라며 수많은 경고를 해왔고, 노자는 도덕경 첫 장에서부터 '도가도 비상도(道可道 非常道), 명가명 비상명(名可名 非常名)'이라고 말했다. 도를 도라고 말하면 이미 도가 아니고, 이름이 붙여진 것들은 진정한 이름이 아니라는 이 말은 심오하게 해석할 수도 있지만, 알베르토는 언어학적인 관점에서 접근했다.

'어떤 말이든 기호고, 인간은 그 기호를 통해 자기 안에서 떠오르는 개념과 이미지로 현실을 파악할 뿐, 현실 그 자체는 아니다.'

그러나 그는 이런 가르침조차 언어를 통해서 우리에게 전달되므로, 또다시 언어의 굴레에 빠질 수 있다고 생각했다.

그는 언어를 부정하지 않았지만 의심했다. 언어가 만드는 프레임이나 감정 그리고 고상한 가치들에 대한 집착을 경계하고 있었다. 진정한 소통은 불가능하다고 생각한 알베르토는 실제 세계와 인간 사이에 건너지 못할 깊은 강물이 흐르고 있음을 보았다.

'저 강물을 건너는 게 가능할까? 언어를 끊고 하늘을 비상해야 건널 수 있을까? 그럼 언어는 결국 버려야 할 게 아닌가? 그런데 그 세계는 과연 낙원일까? 이 모든 혼란과 고통이 끊긴 곳일까?'

그는 여전히 미혹 속에 있지만, 그녀와 그런 이야기를 나누는 시간은 달콤했다. 그는 작은 산을 여전히 넘지 못했지만 먹고, 마시고, 글 쓰고, 가끔 그녀를 만나는 일상은 예전보다 행복했다. 그런 달콤한 행복 속에 안주하고 싶은 마음도 들었다. 문득 알베트로는 자신의 뇌가 너무 과열되어 있다고 생각했다.

'도가 평상심에 있다는 말도 있지 않은가? 마음 한 번 돌리면 이곳이 극락이고, 중생이 부처라고 하지 않나? 혹은 그냥 죽으면 먼지로 흩어질 몸인데 뭐 하러 그렇게 꼬치꼬치 따질까? 그냥 모든 걸 놓아버릴까?'

그러나 알베르토의 타고난 성향은 여전했다. 그는 의심과 호기심을 쉽게 내려놓지 못했다. 그 호기심과 사랑 때문에 그는 새로운 소설을 쓰기 시작했다.

석촌호숫가의
엘프와 돈키호테

해를 넘기자 알베르토의 시급은 조금 올랐
다. 양심적인 편의점 주인은 오른 액수를 정확하게 계산해 주었
다. 알베르토는 편의점이 정말 잘되기를 바라면서 자신도 손님들
에게 친절하게 대했다. 그는 하루도 쉬지 않고 일했지만 그의 표
정은 점점 밝아졌다. 그녀 때문이었다. 벚꽃이 피기 시작한 4월
상순, 평일 어느 날 알베르토는 휴가를 쓰겠다고 말했다. 편의점
에서 일하는 1년 동안, 한 번도 그런 일이 없었던 그였기에 편의
점 주인은 의아해했다.

"무슨 일이 생겼어요?"

"개인적으로 볼일이 생겨서요."

편의점 주인의 아내가 알베르토가 일하는 시간을 메우기로 했다. 그날 알베르토는 새벽 6시에 일어났다. 소설가 여자 친구가 오전 7시에 석촌역에서 만나자고 했기 때문이다. 지하철 8호선 석촌역, 8번 출구 앞에서 그녀는 기다리고 있었다. 그녀는 이미 오전 6시에 나와서 거리를 돌아다녔다고 했다.

"가끔 새벽에 나와서 돌아다녀요. 여긴 내 '나와바리'거든요."

"네? 나와… 바리?"

"나와바리 몰라요?"

"아, 알지요. 구역이라는 일본 말이잖아요. 그런데…."

"그거 조폭 영화 보면서 알았어요. 깡패들이 하도 나와바리, 나와바리 해서…. 하하, 걱정하지 마세요. 소설에서는 그런 말 안 써요. 나 일본 문화에 심취한 사람 아니니까 오해하지 마세요."

알베르토는 그녀가 쓴 소설의 분위기와 너무도 다른 그녀의 언어에 조금 놀랐다.

"가끔 일상적인 것들을 깨야 해요. 그래야 세상이 좀 다르게 보이니까요."

오전 7시, 석촌역에서 석촌호수까지 가는 동안, 길은 텅 비어 있었다. 인적 드문 거리가 알베르토에게 낯설게 다가왔다. 석촌호수 옆에 솟은 123층의 롯데월드타워 건물은 이집트의 거대한 오벨리스크처럼 보였고, 문 닫은 거리의 식당과 카페는 영화의 세트장처럼 낯설었다. 길을 건너 석촌호수로 내려가자 그녀는 탄성을 지르며 발길을 멈췄다. 호숫가를 빙 두른 하얀 벚꽃나무들이 구름처럼 굽이굽이 호수를 따라서 물결치고 있었다. 하늘 높이 치솟은 거대한 빌딩들이 도도하게 흐르는 벚꽃 행렬을 향해 도열해 있었고 호수는 파란 하늘을 머금은 채 잔잔했다. 알베르토는 어지러운 벚꽃잎 사이로 우뚝 솟아오른 빌딩 사진을 찍으며 낮게 외쳤다.

"와, 이건 비현실적입니다. 아까는 오벨리스크처럼 보이더니 지금은 우주로 향하는 거대한 우주선처럼 보이네요!"

호숫가를 씩씩하게 걷는 부지런한 주민들도 보였다. 그녀가 앞장서서 걷기 시작할 때 바람이 불어왔다. 포근한 아침 봄바람을 타고 벚꽃잎이 하늘로 퍼져 올라가다가 눈처럼 그들 위에 떨어졌다. 그녀는 탄성을 지르며 꽃잎을 잡으려는 듯 두 손을 높이 쳐들었다. 청바지와 노란색 티셔츠에 회색 재킷을 걸친 40대 초반의 멋진 몸매가 드러났다. 휘날리는 벚꽃잎 아래서 활짝 피어난 꽃처럼 아름다웠다. 알베르토는 그녀를 사랑스러운 눈초리로 쳐다보았다.

"우리 동네에서 지하철을 타면 30분도 안 걸리는 곳에 이런 데가 있는 줄 미처 몰랐네요."

"나도 늘 소설에만 파묻혀 살던 때는 계절이 어떻게 지나가는지 몰랐어요. 요즘 와서 자연에 관심을 가져서 꽃구경, 단풍 구경을 꼭 해요. 서울에도 좋은 곳들이 많아요. 남산둘레길도 조금 후에는 대단할 거예요. 서울에도 벚꽃 놀이를 갈 곳은 많아요. 우리 저기에서 좀 쉴까요?"

인적 드문 벤치 앞으로 펼쳐진 호수에 하얀 물오리 서너 마리가 헤엄치고 있었다. 살이 토실토실 오른 오리 가족이었다. 멀리 섬처럼 생긴 롯데월드가 보였다.

"저기 낮에 오면 사람들 비명에 정신이 없어요."

"이곳에 많이 왔었나 봐요?"

"내 나와바리라고 했잖아요. 어릴 때 많이 타봤어요. 알베르토 씨는 롯데월드에서 뭘 좋아했어요?"

"전 롯데월드에 한 번도 가보지 못했습니다."

"아, 그래요? 난 어렸을 때 부모님과 함께 종종 갔었어요. 우리에게 이곳은 디즈니랜드였죠. 언니는 모노레일을 좋아했지만, 난 '후렌치레볼루션'이나 자이로드롭과 자이로스윙을 좋아했어요."

"이름이 재미있네요. 프렌치… 레볼루션? 프랑스 대혁명?"

"왜 그런 이름이 붙었는지 모르겠지만… 롤러코스터예요. 그거 타고서 공중에서 한 바퀴 휙 도는데, 세상이 뒤집히는 거 같았지요, 하하. 그래서 프랑스 대혁명인가? 자이로드롭은 저기

보이는 거 있지요? 커다란 원판 가장자리에 의자가 있는데, 거기 앉아서 꼭대기까지 올라갔다가 갑자기 떨어져요. 그때 아이들은 꺅 소리 지르고 난리가 나지요. 자이로스윙은 원판에 매달려 허공을 휘젓는 건데 그것도 아이들이 소리를 질러요, 하하…. 근데 언제까지 나를 '저기요'라고 부를 거예요? 알베르토 씨?"

지난 1년 동안 알베르토는 그녀를 '저기요'라고 불렀다. 그녀의 이름을 모르는 것은 아니었다. 소설책에 적힌 필명은 '울프'였다. 그런데 여자에게 '울프 씨'라고 부르기가 썩 내키지 않았다. 여자의 필명이 늑대라니? 전혀 어울리지 않았다.

"그럼, 앞으로 울프 씨라고 부를까요?"

"네, 그러세요."

"왜 필명이 울프입니까? 늑대라는 뜻이 어울리지는 않는데요."

"하긴, 내 작품과 늑대는 분위기가 안 맞지요. 근데 한국어로 '울프'라는 발음은 두 가지 의미를 연상시켜요. 내가 처음에 의도한 건 버지니아 울프예요. 같은 울프지만 늑대와는 스펠링이 달라요. 버지니아 울프 아시죠?"

"아, 버지니아 울프… 이름은 알지만 잘 알지는 못해요. 학창 시절에 라디오에서 들었던 기억이 나요. 박인환의 〈목마와 숙녀〉던가? 한 잔의 술을 마시고 우리는 버지니아 울프의 생애와 목마를 타고 떠난 숙녀의 옷자락을 이야기한다…. 그거 생각나네요. 근데 버지니아 울프가 말을 타고 어디로 갔나요?"

그녀는 깔깔거리며 크게 웃었다.

"하하. 알베르토 씨, 웃겨요! 농담인가요? 정말 몰라요? 요즘 엔 인터넷만 쳐도 다 나오는데. 하긴 관심이 없으면 모르지요. 알베르토 씨가 가끔 이야기하는 미셸 푸코니, 질 들뢰즈니, 데 리다니 마페졸리 같은 학자들을 나는 전혀 모르듯이요…. 버지 니아 울프는 스스로 강물 속으로 걸어 들어가 사라졌어요."

말을 마친 그녀는 한동안 침묵을 지키다 말을 이었다.

"아, 그렇다고 내가 흉내 내겠다는 게 아니라, 그녀처럼 의식 의 흐름을 따라 글 쓰는 걸 좋아해요. 그러니까 글의 분위기는 버지니아 울프지만 나 자신은 늑대처럼 살고 싶어요. 난 사람들 이 나를 늑대로 생각해 주는 게 더 좋아요."

"늑대가 왜 좋아요?"

"개처럼 길들지 않은 황야의 늑대 같은 이미지가 좋아서요."

알베르토는 그녀의 얼굴을 슬쩍 쳐다보다가 눈길을 돌려 호 수를 바라보았다.

'묘한 여자다. 여자가 늑대가 되고 싶다니? 지적이고 아름답 지만 파격을 즐기고 돌직구를 날리며, 조폭처럼 석촌호수 주변 이 자신의 나와바리라는 여자….'

한동안 침묵을 지키던 알베르토가 입을 열었다.

"울프보다는 엘프가 낫지 않을까요?"

"네? 엘프?"

"톨킨의 《반지의 제왕》에서 나오는 엘프요. 요정이잖아요. 석촌호수를 나와버리라고 말하는 엘프."

"하하, 말이 되네요. 그럼 엘프라고 부르세요. 근데 알베르토 씨도 이름을 바꾸는 게 어때요? 지적이기는 한데 늘 생각이 많고, 머뭇거리고, 우울한 느낌이 들어요. 뭐로 바꿀까?"

"달팽이는 어떨까요? 제가 달팽이처럼 살고 있거든요. 가끔 더듬이를 내밀고 두리번거리는 달팽이."

"하긴, 알베르토 씨는 늘 그런 분위기예요. 조심스럽고, 머뭇거리고…. 뭐라 할까, 좀 다른 세계에 있는 사람 같아요. 몸은 다른 세계에 있고 더듬이만 이곳에 내밀고 살피는 사람…. 그런데 이제 바꾸세요. 이 세계로 훅 들어오세요. 몸을 던지세요. 아, 생각났다. 그런 뜻에서 앞으로 돈키호테가 되세요…. 돈키호테! 돈키호테처럼 살아요, 하하."

알베르토는 뜻밖의 이름을 듣고 나서 한참 동안 웃었다. 웃음은 좋은 것이었다. 알베르토는 오래간만에 밝게 웃는 시간이 감미로웠다. 그녀 역시 별로 웃지 않고 살았다. 늘 혼자, 고독하게 글 쓰는 사람은 웃을 일이 없었다. 40대의 두 남녀는 10대 소년과 소녀처럼 웃으며 봄바람과 벚꽃잎 속을 함께 걸었다.

두세 시간 정도 지났을까? 그녀가 물었다.

"배 안 고파요?"

"아, 저는 아침을 원래 안 먹고 10시나 11시에 아점을 먹습니다."

"나랑 같네요. 10시 반에 백반집이 문을 여는데 거기 가요."

그들은 호숫가를 천천히 걷다가 백반집으로 향했다. 석촌역 지하철 근처의 카페 뒤쪽에 백반집이 있었다. 아침이어서 빈자리가 많이 보였다. 그러나 엘프는 4인용 자리에 앉지 않고, 밖이 내다보이는 2인용 좌석에 앉았다. 나란히 앉아서 먹는 곳이었다.

"이쪽에는 한 사람만 앉는 좌석들이 있는데 요기만 두 자리예요. 난 늘 여기 앉아요. 이 식당은 메뉴가 '오늘의 백반', 딱 하나예요. 주문이 필요 없어요. 메뉴는 매일 바뀌니까 올 때마다 기대가 돼요."

그녀는 앉자마자 소주를 시켰고 직원은 소주 한 병과 맥주잔을 갖고 왔다.

"아니, 아침부터 소주를 마셔요? 그런데 왜 맥주잔이 나와요?"

"난, 늘 이렇게 마시거든요. 아줌마가 나 알아요. 일주일에 한 번 정도 와서 늘 이곳에 앉아 맥주잔에 소주를 마시니까요, 하하. 아침에는 소주 마시고, 바람 불거나 비 오는 날에는 짬뽕에 이과두주, 맑은 날에는 맥주지요!"

그녀는 식사가 나오기도 전에, 맥주잔에 소주를 반 정도 따라서 알베르토에게 건넸다.

"굿 모닝을 위해서 모닝 소주를 마셔야 해요."

"아⋯ 모닝 소주⋯. 건강에 좋은가요?"

"네, 정신 건강에는 좋습니다. 많이는 안 마셔요."

하지만 밥이 나오기 전에 이미 소주 반병이 사라졌다. 드디어 밥이 나왔다. 커다란 대접에 소고기뭇국이 가득 담겨있고 반찬은 김치, 나물 등 네 가지가 나왔다.

"반찬과 국이 매일 바뀌는데 모자라면 저기서 셀프로 리필하면 돼요."

"와, 소고기뭇국 안에 고기도 많이 들어가 있네요. 먹을만해요."

"맛이나 가격보다도 분위기가 편안해서 좋아요. 다른 때는 제육볶음도 나오고, 고등어구이도 나오는데, 메뉴가 늘 바뀌니까 기대도 되고 집밥 먹는 기분이 들어서 종종 와요."

식사를 반쯤 했을 때는 이미 소주 한 병이 비워졌다. 그녀는 다시 소주를 시켰다.

"난 혼자 왔을 때는 한 병만 마시는데, 둘이 왔으니까 두 병! 전 간에서 알코올을 분해하는 속도가 매우 뛰어나대요. 대학 신입생 엠티가서도 소맥을 퍼마시는 가운데 끝까지 살아남았어요. 맥주는 화장실 가기가 귀찮아서 그렇지, 뭐 그냥 밤새워 마셔도 괜찮아요. 친구랑 함께, 내 방에서 한 박스 사놓고 밤새도록 마신 적도 있어요."

"대단하네요. 전 술이 그리 세지는 못해요."

"그래도 소주 한 병 정도는 괜찮지 않아요? 난, 사실 여기 맛도 맛이지만 집밥이 그리워서 오는 거예요."

"어머니가 해주시는 밥을 잘 먹지 못하나 봐요?"

"어머니는 5년 전에 돌아가셨고, 난 독립해서 살아요."

"아…, 그러셨군요."

한동안 말이 끊겼다.

"그럼 아버지는 혼자 사세요?"

"네, 언니 하나 있는데 결혼해서 다 따로따로 살아요."

"저랑 비슷하군요. 저도 형이 하나 있는데 어머니는 혼자 사세요."

"요즘 1인 가구가 많아졌어요. 근데 난 아버지와 사이가 안 좋아요. 너무 엄격하셔서…. 은퇴한 군인이세요. 지금은 기력이 많이 쇠하셨지만 늘 엄격하신 분이셨지요."

술이 어느 정도 들어가자 그녀의 술 마시는 속도는 떨어졌고 이야기가 길어졌다. 알베르토는 그녀의 이야기를 들어주었다. 육군 대령으로 제대한 그녀의 아버지는 두 딸에게 엄했다. 언니는 아버지에게 순응했지만 둘째인 그녀는 종종 반항했다. 그러나 그녀는 현재 아버지에게 경제적인 도움을 받고 있다 보니, 완전히 독립한 것도 아니었다. 딸에 대한 책임감이 강했던 아버지는 그녀를 응원했지만, 여전히 삶에 대한 태도나 가치관이 달라서 자신과 잘 안 통한다고 그녀는 말했다.

"근데 묘한 게요, 내가 나이 들어갈수록 아버지를 닮아간단 말이에요. 성격도 그렇고, 술 마시는 거도 그렇고."

알베르토는 돌직구를 날리는 씩씩한 말투와 모닝 소주를 마시는 그녀에게서 그녀 아버지의 모습을 보았다. 그러나 어머니의 손맛을 그리며 백반을 찾아다니는 그녀가 측은해 보였다. 오로지 소설에 인생을 걸고, 아름다운 글을 쓰며 초월적인 세상에서 사는 줄 알았는데, 그녀의 얼굴에 서리는 그늘을 보며 알베르토는 그녀에게 더 가깝게 다가가고 싶었다.

"이렇게 나란히 앉아서 먹으니 초등학교 시절이 생각나네요, 하하. 짝꿍하고 앉아서 도시락 먹는 기분."

알베르토의 말에 그녀가 활짝 웃으며 말했다.

"앞으로 이 자리는 우리 자리입니다!"

아침 식사비를 낸 그녀는 나오면서 외쳤다.

"알베르토 씨, 오늘은 내가 다 쏘는 겁니다. 내 나와바리에 왔으니까 나만 따라오세요!"

대로 부근에는 번듯한 건물 안에 세련된 식당들이 보였고, 약간 벗어난 안쪽 길에는 허름한 식당이나 술집들도 있었다. 그녀는 생맥주 파는 곳을 찾아다녔으나 오전이라 그런지 노가리에 생맥주를 파는 술집은 문을 닫은 상태였다. 피자와 생맥주를 파는 곳은 열려있었으나 생맥주 기계가 고장 나있었다.

"송리단길로 가야겠네요."

"송리단길이요?"

"이태원 쪽에 경리단길이 있듯이 송파구에도 송리단길이 있어요. 석촌호수에 놀러 온 젊은이들이 종종 데이트 하는 곳이에요. 좀 특이한 술집이나 카페가 있기는 하지만 혼자 가서 먹기에는 분위기가 안 맞고 가격도 좀 비싼 편이라서요. 그래도 오늘은 가요."

길을 건너 조금 걷다 보니 '백제고분로'란 표지판이 보였다. 알베르토가 물었다.

"여기가 백제 고분과 관련된 곳인가요?"

"몰랐어요? 이 근처에 한성백제시대 고분들이 있어요."

"아, 전 이곳에 온 지 1년 정도 되다 보니 몰랐어요."

"백제가 고구려에 쫓겨서 공주로 내려가기 전에 이곳이 한성백제의 터전이었어요. 그런 생각하고 걸으면 시간 여행을 하는 거 같아요."

송리단길은 얼핏 보면 특별한 거리가 아니었다. 세련돼 보이는 음식점과 술집 그리고 카페가 종종 보였지만 현란한 곳은 아니었다.

"인터넷을 중심으로 알려지다 보니, 아는 사람들만 찾아다니는 곳이 많아요. 얼핏 보면 모르고 스쳐 지나가요. 나도 이곳은 아직 잘 몰라요."

그녀는 예전에 왔던 곳이라며 어느 세련된 식당으로 들어가 창가의 자리에 앉았다. 마치 외국의 어느 거리에 있는 레스토랑처럼 보였다. 테이블에는 태블릿 메뉴판이 설치돼 있었다. 엘프는 아사히 생맥주와 안주로 프라이드카츠를 시켰다.

"프라이드카츠가 뭡니까?"

"프라이드치킨 알지요?"

"네."

"돈카츠 알지요?"

"네. 아⋯, 알겠습니다. 프라이드카츠, 돼지고기 튀긴 거!"

"하하. 돈카츠라고 하지 않고 프라이드카츠라고 하니까 색다르지요?"

안주로 나온 프라이드카츠는 마치 프라이드치킨처럼 동글동글한 모습으로 나왔다. 알베르토가 맛을 보니 바삭바삭하고 고소했다. 엘프는 고기보다도 먼저 생맥주를 들이켰다.

"아, 술맛 좋네요…. 알베르토 씨, 이 동네 분위기 아시겠지요? 대단히 다른 건 아닌데 뭔가 약간 색다른 스타일, 약간 다른 분위기, 약간 다른 이름… 요즘 젊은 친구들이 이런 걸 좋아하는 거 같아요. 사실 한국 생맥주 팔아도 되거든요. 그런데 아사히! 하하, 뭔가 외국 같은 분위기잖아요?"

"그렇네요. 근데 가격이 꽤 비싸네요."

"그래서 내가 여기 잘 못 와요. 두 번째인데, 이런 데 오면 외국 여행하는 기분이 들어서 오는 거죠. 조금 색달라서…. 가격이 부담스럽긴 해요. 하지만 이런 데 찾아다니면서 젊은 친구들 관찰하는 재미도 있어요."

"소설 쓰는 데 도움이 되나요?"

"아뇨, 소설을 위해서 이런 곳에 오는 건 아니에요. 그냥 사람들 관찰하는 거 자체가 재미있어요."

"이런 곳에 와서 보니까 젊은이들의 정서가 읽히나요?"

"아뇨, 잘 몰라요. 다만 난 일본식 우동이나 아사히 맥주를 좋아하는 젊은이들이 일본을 선망하면서 좋아하는 건 아니라고 봐요. 그냥 즐기는 거지요. 민족감정이 전혀 없지는 않겠지만 젊은 친구들은 일본이나 미국에 대한 열등감도 없고 외국을 크게 부러워하지도 않는 거 같아요. 실제로 유럽이나 일본을 여행해도 우리보다 크게 좋다는 느낌이 들지 않으니까…. 이 친구들은 민족감정 이전에 자유, 공정, 쾌락, 편리함, 맛, 섹스 등 인간의 본질적인 것을 글로벌한 기준으로 보는 것 같아요. 그러니까 민족감정, 이념, 계급, 윤리… 이런 프레임으로 이들을 비판하면 꼰대라는 소리를 듣게 되지요."

"그럼 엘프 씨는 어느 쪽에 가깝습니까? 밑의 세대? 아니면 위의 세대?"

"40대 초반이니까 중간이지요. 요즘 젊은 세대들을 흉내 내고 싶지도 않고, 위의 세대가 지닌 딱딱한 사고방식도 좋아하지 않아요. 나는 내 개인적인 스타일을 찾으며 살아가고 싶어요. 알베르토 씨는?"

"전… 저도 제 세계를 지키고 싶죠. 전 나이에 영향을 받고 싶지도 않고 정치나 종교 집단 혹은 군중심리도 대단히 경계합니다. 개인의 양심, 명철한 이성, 합리성… 이런 게 중요해요. 저는 '개인'이 중요합니다. 저에게 있어서 '개인의식'은 세상을 보는 창구입니다. 그걸 통해서 길을 찾는데… 이 시대에는 너무 힘들어 보여요. 순수한 개인의식이 이 시대에 가능하지 않다는 회의감도 들고요. 군중심리에 저항하다가도 다 놓아버리고 그냥 둥둥 먼지처럼 떠다니며 살고 싶을 때도 있습니다. 시류에 휩쓸리기도 싫지만, 근대에 형성된 명철한 개인의식이 부담스러우니까요…."

엘프는 알베르토의 눈을 쳐다보았다. 그의 눈에는 어떤 굳건한 힘이 느껴졌다.

"그러나 이런 개인의식이야말로 인류가 이뤄낸 위대한 진화의 결과물이라고 봅니다. 소크라테스야말로 개인의식을 갖고 끝없는 의문을 던진 사람이고, 부처나 예수는 개인의식을 통해서 더 초월적인 세계를 지향했다고 봅니다. 이기적인 개인이 아니라… 고통받고 갈등을 겪는 '있는 그대로'의 개별적 생명들에 대한 측은함과 사랑에서 시작된 거라고 생각해요."

"개인의식은 근대에 생겼다고 알고 있는데요?"

"네, 근대 민주주의는 건강한 개인과 시민을 기반으로 한 제도지요. 하지만 제 생각에는 부처나 예수도 힌두교나 유대교의 권위나 집단의식 혹은 제도에 저항하는 '개인'의 관점을 가졌다고 봅니다. 물론 그 후 종교적인 제도나 권력이 생기면서 다시 집단의식이나 조직이 개인을 억압해 왔지만요. 그런데 현대에 와서는 군중심리가 이 세상을 휩쓸고 있어요…. 군중 앞에서 개인은 점점 무력해지고 민주주의도 흔들리는데… 전 그게 싫어요."

또 시작되는 알베르토의 긴 이야기를 엘프는 흥미롭게 들어주었다. 그러나 그들은 그곳에서 생맥주를 딱 한 잔만 마셨다. 부담되는 가격이었기 때문이다.

그들이 다음에 간 곳은 덴마크 왕실에서 마신다는 차를 파는 곳이었다. 길거리에 새로 생긴 가게처럼 보였다. 붉은빛을 띠는 오렌지색 문이 있는 작은 카페였다. 바닥과 벽의 아랫부분은 파란색, 벽의 위쪽은 오렌지색이 칠해져 있어 아름다웠다.

"여기 들어오면 바다에서 붉은 노을을 바라보는 기분이 들어요."

그녀가 시킨 '화이트템플'이라는 차는 파인애플과 망고 맛이 은은하게 풍기는 고급스러운 차였다. 또 '르뱅'이라는 쿠키도 달콤했다.

"알베르토 씨, 아니 돈키호테 씨는 유럽을 여행해 봤나요?"

"네, 한 달 정도… 수박 겉핥기로 돌았지요. 동남아나 인도는 몇 달 정도 지냈어요. 엘프 씨는 유럽에 갔다 왔어요?"

"네, 학교 다닐 때 배낭 메고 두 달 정도로요. 근데 덴마크는 가보지 못했어요. 그냥 꿈만 꾸고 있지요. 소설 써서 돈 번다는 건 막막한 일이에요. 가끔 이렇게 서울에서 커피나 차 마시면서 여행지를 상상하는 거죠. 나, 늘 이렇게 살지는 않아요. 평소에는 절제하며 살다가 한 달에 한두 번씩, 이렇게 호사스럽게 풀어요. 덴마크 왕실에서 마시는 차 마시면서요, 하하."

찻집을 나온 그녀가 다음에 간 곳은 길거리에 '스페인 정통 수제 추로스'라는 간판이 있는 작은 가게였다. 추로스도 여러

가지가 있었다. 그녀는 서슴없이 '추로스맘'을 주문했다. 가장 싼 것인데, 알베르토는 저렴해서가 아니라 '맘(mom)'이란 단어 때문에 그녀가 그걸 시켰으리라고 짐작했다. 그들은 가게 앞의 나무 벤치에 앉아 소년과 소녀처럼 추로스를 먹었다. 고리처럼 동그랗게 생긴 추로스가 달콤했다.

"여기서 가끔 이걸 먹으며 스페인을 상상해요. 언젠가 산티아고 순롓길을 걷는 게 꿈입니다. 돈키호테 씨는 어떠세요? 가봤어요? 별명도 알베르토니까 스페인과 친할 거 같은데."

"아뇨, 스페인은 아직 가보지 못한 데다 가톨릭 신도가 아니다 보니 산티아고에 큰 매력을 느끼지는 못해요. 알베르토는, 그때 말했듯이 스페인어 학원에서 만든 이름일 뿐입니다. 엘프 씨는 천주교를 믿나요?"

"난, 어머니 따라서 영세는 받았어요. 하지만 충실한 신도는 아니에요. 산티아고 길이 예수님의 제자 야고보를 기리는 순롓길이기는 하지만 종교 때문에 그런 건 아니에요. 끝없이 펼쳐진 길을 걷고 싶어서 그래요. 하늘과 구름 밑으로 펼쳐지는 들판의 길, 그 길을 하염없이 걷고 싶어서."

꿈을 좇는 듯한 소녀의 몽롱한 눈빛을 보는 순간 알베르토는 문득, 그녀와 함께 순롓길을 걷고 싶다는 생각이 들었다.

"여기 보이는 꽃이 뭔지 아세요?"

벽 밑에 있는 나무 상자 속의 꽃을 보며 그녀가 물었다.

"글쎄요, 난 나무나 꽃에 대해서 잘 몰라요. 그래도 아카시아, 장미, 진달래, 개나리, 목련 정도는 알아요. 내가 사는 곳에서도 종종 보니까요. 그런데 그 외의 것들은 잘 모르겠어요."

"이건 정체가 불분명해요. 여기 주인아줌마는 민들레로 알고 있어요. 근데 민들레는 하얀색이나 노란색이 많잖아요. 붉은색도 있나요? 어쨌든 사진으로 검색해 보니 붉은토끼풀이었어요."

"그래서 아주머니에게 이야기해 드렸나요?"

"아뇨, 그건 별로 중요하지 않지요. 어차피 조화니까, 하하."

"아, 이게 조화예요? 진짜 같은데!"

"조화예요. 조화 갖고 민들레니, 토끼풀이니 하며 따지는 게 무슨 의미가 있겠어요. 세상이 뒤죽박죽 천지인데."

"그렇죠. 우리가 아는 게 정말로 아는 게 아닙니다. 뒤죽박죽입니다."

"근데 난 이게 민들레든, 붉은토끼풀이든 다 좋아요. 꽃말이 다 좋거든요. 민들레는 자유롭고 순수한 걸 상징하고, 때로는 홀씨처럼 날아가는 새로운 시작을 의미하거나, 깊이 박혀있어서 인내심을 의미한다고도 해요. 좋잖아요? 색깔이 틀렸다 한들…. 또 붉은토끼풀은 행복과 약속을 의미하고, '너와 함께' 혹은 '나를 생각해 줘'라는 뜻이랍니다. 좋지요?"

자유, 순수, 새로운 시작, 인내심, 행복, 약속, '너와 함께' 그리고 '나를 생각해 줘'. 알베르토는 그 단어들을 들으며 그 뜻이 자신에게도 점점 오고 있음을 느꼈다. 너와 함께… 그리고 나를 생각해 줘. 알베르토는 그렇게 살아가고 싶었다.

알베르토,
언어와 화해하다

어느 따스한 봄날, 늦은 오전이었다. 알베르토는 따스한 햇볕을 쬐며 정처 없이 걸었다. 파란 하늘 밑에서 우뚝 선 나무들이 봄을 맞이하고 있었고 짜장면 냄새, 마라탕과 베트남 쌀국수의 향신료 냄새가 길가에 퍼지고 있었다. 그는 걷다가 시장 안에 있는 도서관 앞마당의 벤치에 앉았다. 너덧 개 있는 벤치들은 거의 모두 노인들 차지였다. 비어있는 구석 한 군데에 앉아 알베르토는 노인처럼 햇볕을 쬐었다. 빛나는 태양과 부드러운 바람 그리고 푸른 나뭇잎은 알베르토에게 무관심했지만 정답게 다가왔다. 언어가 끊기고, 논리가 사라진 그 순간, 빛나는 이미지들 앞에서 그는 무한한 평화를 느꼈다.

'그런데 나는 왜 이미지의 세계에 머물며 침묵하지 못하고 글을 쓰는가? 엘프에 대한 사랑은 내 의욕을 불러냈지만 의미를 준 건 아니었어. 그렇다면 왜 쓰는가? 언어라는 기호는 내 마음과 이 세상을 재현하지 못하는데. 다만 주변에서 머뭇거릴 뿐인데…'

알베르토가 물끄러미 나무를 바라보는 동안 시장에서 고함이 들려왔다. 편안하게 다가오는 무심한 자연의 소리가 아니라 자기에게 관심을 가져달라는 인간들의 목쉰 호소였다. 하나라도 더 팔려는 소리였다. 무심한 마음으로 듣던 알베르토의 가슴속에 인간의 애절함이 스며들기 시작했다. 의미를 통해서였다. 알베르토는 곰곰이 생각했다.

'인간에게 언어가 없었다면? 개나 고양이나 벌레들처럼 몸짓과 냄새와 간단한 소리로 소통한다면? 아마 문명 자체가 없었겠지. 인간은 언어를 통해서 과거와 미래가 연결되고, 수많은 지식과 경험을 공유했다. 그래, 언어를 통해서 문명을 건설했다.'

알베르토는 너무도 당연한 사실을 잊고 있었음을 깨달았다. '세상에서 산다는 것 자체가 언어의 세계로 들어왔음을 의미한다. 언어는 애당초 완전무결한 도구가 아니지만, 언어로 인해 인간은 문명을 건설했고 진화해 왔다. 그 점을 인정한다면 언어에 대해서 실망만 할 수 없다.'

알베르토는 자신이 품은 언어에 대한 회의는 언어 그 자체보다도 인간들 때문이란 사실을 깨달았다. 언어를 이용해 사람을 속이는 사람들, 거짓된 언어에 쉽게 선동당하는 군중 혹은 언어가 단지 기호임에도 불구하고 거기에 너무 많은 가치를 두며 집착하는 사람들… 알베르토는 언어보다도 그들이 싫었던 것이다.

알베르토는 언어의 긍정적인 면을 생각해 보았다. 방구석에서 바다에 관한 글을 읽으면 상상 속에서 바다가 펼쳐진다. 벚꽃이 피었다는 소식을 들으면 가슴이 설렌다. 연애소설을 읽으면 로맨틱한 환상에 젖는다. 명상과 부처님의 법에 관한 이야기를 읽으면 마음이 평안해진다. 구원과 사랑에 관한 글을 읽으면서 하나님의 나라를 상상한다. 엘프의 소설을 읽으면 환상적인 세계가 펼쳐지고, 여행기를 읽으면 그곳을 상상하며 가슴이 설렌다. 언어는 굴레지만 동시에 시공간의 한계에서 탈출하는 수단이었다. 은유와 상징 그리고 그것을 해석하는 인간의 능력에 의해서 말이다. 또한 슬픔과 고통과 갈등을 극복할 힘을 언어를 통해서 얻을 수 있었다. 언어는 인간에게 보석 같은 존재였다.

알베르토는 찬란한 이미지도 사랑하지만, 논리와 상징을 담은 인간의 언어도 사랑하자고 다짐했다. 비록 욕망과 권력과 어리석음에 의해 언어가 오염돼 왔지만, 그것이 언어의 전부는 아니라고 생각했다. 아름다운 언어의 세계를 향해 가고 싶다는 열정이 알베르토의 가슴에서 솟구쳤다.

'언어를 완성하는 건 인간의 마음이다. 시작하기 전에 마음이 있었고, 듣고 해석하는 것도 마음이다. 모든 건 마음에서 시작되고 마음에서 끝난다.'

그렇다면 마음은 무엇일까? 알베르토는 대답할 수 없었다. 마음은 언어가 끊어진 곳에 있었다. 언어는 마음의 실체를 표현하지 못한다. 그러나 근처까지는 인도한다. 그 경계선에서 마음을 인지하는 것은 무엇일까? 깊고도 광대한 세계가 열리는 그 지점에서 알베르토는 더 나갈 수 없음을 알았다. 하지만 마음은 언어의 영향을 받고 있다는 사실을 그는 분명히 인식했다. 어쩌면 마음이 따로 있는 것이 아니라, 언어에 의해서 형성되는 것일지도 모른다고 그는 생각했다. '말이 씨가 된다'는 말이 그의 가슴에 와 박혔다. 그는 자신이 선택한 단어 하나하나가 그 자체로 빛나고, 행간에서 피어나는 모호한 상징이 사람들을 드넓은 세계로 이끌기를 바랐다. 또한 자신의 언어에 선함과 사랑스러움이 깃들기를 원했다. 더 나아가 자신의 존재 자체가 자신이 선택한 단어처럼 빛나기를 원했고, 사람과 사람 사이에서 피어나는 사랑이 자신을 이끌어 가기를 간절히 염원했다.

그의 이런 변화는 엘프에 대한 사랑에서부터 시작되었다. 알베르토는 드러난 엘프의 육체를 사랑했지만, 다른 세계를 향하는 듯한 그녀의 깊은 눈초리에 더욱 매혹당했다. 그녀의 눈은 육체에 속했지만 시선은 다른 세계를 향했다. 바다에서 솟구친 태양에 의해 어둠이 사라지듯, 순간적인 각성은 언어에 대한 알베르토의 우울한 회의감을 순식간에 사라지게 했다.

엘프를 찾아온
봄밤 냄새

창문을 여니 봄밤 냄새가 밀려든다. 봄에만
나는 어둠의 냄새가 있다. 공기를 들이마시면 허파가 두 배로
늘어나는 기분. 몸이 둥실, 떠오를 것만 같다. 가슴이 설레고, 어
깨 밑이 근질거리며 날개가 곧 솟을 것만 같다.

방금 드라마 〈봄밤〉을 봤다. 몇 년 전에 본 작품이지만 며칠
전, 알베르토와 석촌호수의 꿈같은 벚꽃 길을 걸은 후 다시 보
고 있다. 30대 초반의 약사와 도서관 사서와의 사랑을 다룬 드
라마다. 10년 전, 드라마 주인공들과 비슷했던 나이에 나는 어
떤 삶을 살았더라? 등단해서 가슴 설렜지만 드라마틱한 연애
는 하지 않았다. 다만 20대 중반에 짧은 사랑을 했었다. 그래도

풋풋한 청춘을 보낸 셈이다. 하지만 아지랑이처럼 사라진 추억이다. 희미하다. 그런데 요즘, '봄밤은 알고 있다. 당신이 사랑에 빠지리라는 것을'이라는 드라마 홍보문처럼, 봄밤은 지금 내가 사랑에 빠져가는 모습을 보고 있다.

그들의 첫 만남은 약국이었지만 우리들의 첫 만남은 무인카페였다. 비가 와서 우연히 들른, 아무도 없는 곳에서 만난 사람. 돈키호테라 부르겠다고 했지만 그는 알베르토란 호칭이 더 어울린다. 그는 소심하고 또 머뭇거리는 달팽이 같다. 답답해 보일 때도 있다. 그러나 대화를 나눌수록 언어와 사회에 대한 지식이 재미있고 독특하다. 나는 거의 들어보지 못한 이야기들이다. 제 안에 온갖 지식을 쌓아놓고 느릿느릿, 더듬이를 돌리는 모습이 그의 매력이다.

오늘 그에게서 메시지가 왔다. 내일 자신의 나와바리에 데려가겠다고 한다. 며칠 전에 석촌호수에서 내가 썼더니 그 답례란다. 3년 가까이 모든 교류를 끊고 사회적으로 단절된 상태에서 동사하는 줄 알았던 내게 봄소식이 오고 있다. 감옥처럼 변한 내 삶을 열어준 이… 계절이 가고 다시 오듯이 사랑이 다시 왔다. 사랑하자 눈에 보이는 모든 것들이 그가 되었다.

이제 등단한 지 10년 정도. 약 7년 정도는 부지런히 썼다. 단편도 계속 문학잡지에 발표했고, 두 편의 장편도 썼다. 그러나 차차 나는 모든 사회적 관계를 단절해 갔다. 처음에는 문단 모임에도 나가고 독자들과의 만남도 즐겼다. 호기심도 있었고 새로운 세계를 알아가는 재미도 있었다. 그러나 점점 피곤해졌다. 에너지가 빠져나가고 속이 허해지는 기분이 들었다. 문단의 좋은 평을 얻는 것이 목표는 아니었지만 남에게 비판받는 일 역시 아팠다. 독자들에게도 실망했다. 내 글을 이해하는 사람은 드물었고 소설 외적인 데에 관심이 많은 것 같았다. 그렇다고 사람들과의 교류를 끊은 3년 동안, 새로운 세계를 찾은 것도 아니었다. 앞으로 어떤 세계를 향해 가야 할지 막막했다. 방향을 잃으니 글이 나가지 않았다. 그때 우연히 만난 사람이 알베르토였다. 이제 그가 닫혔던 내 삶을 열어주고 있다. 이 세상에서 오직 유일하게 내 글에 관해 이야기 나눌 수 있는 사람이다.

아버지는 내가 처음에 왕성하게 활동할 때는 기대가 컸었다. 그러나 소설로 내가 버는 돈의 액수를 들으시고는 크게 실망하셨다.

"아니… 그건 가성비가 너무 안 좋구나."

'가성비'라는 말은 아버지 세대의 용어는 아니지만 70대 초반의 아버지도 인터넷을 통해서 배운 말을 쓰신다. 하긴 가성비가 너무 안 좋다. 1년을 꼬박 매달려 봤자 작가에게 들어오는 돈은 너무 적다. 창피해서 말도 못 할 정도다. 나만 그런 것이 아니라 몇몇 유명 작가들을 빼놓고는 다 그럴 것이다. 아니, 유명 작가들도 예전 같지 않다. 사람들이 도무지 책을 읽지 않으니 그럴 수밖에. 하긴 나도 도서관에서 책을 빌려보는 경우가 많다. 이런 시대에 책을 내는 작가들은 뭐 하는 사람들일까?

나는 아직 40대 초반으로 젊지만, 이미 내 인생이 서서히 지고 있는 기분이다. 변변한 직장도 없고, 짝도 없이 그렇게 기울어지는 딸을 보는 아버지의 마음은 속상할 것이다. 빌라 보증금과 월세와 생활비를 대주는 아버지에게는 감사하다. 나의 든든한 '빽'이시지만 그만큼 나에게는 자식의 의무가 있다. 일주일에 두세 번씩 근처의 아버지 집으로 반찬을 나른다. 반찬 가게에서 사는 것이고, 아버지의 돈으로 사니 내 부담은 없다. 하지만 가끔 가서 이야기하다 보면 종종 언쟁이 일어난다. 오늘도 그랬다.

"지금이라도 늦지 않으니 결혼하는 건 어떠니? 주변에 사람 없어?"

"아빠, 지금 와서 무슨 결혼이에요? 혼자 사는 게 편해요."

"그래도 나이 들면 짝이 있는 게 좋지."

"결혼이 애들 소꿉놀이가 아니잖아요. 내 입장에서 무슨 결혼을 해요?"

알베르토를 사귄다는 말은 하지 않았다. 모든 남자와의 만남을 결혼의 입장에서 바라보는 아버지에게 그런 이야기를 할 수는 없었다. 알베르토는 아버지 기준으로 보면 능력 없는 남자고, 나 역시 능력 없는 여자다. 결혼이란 제도 앞에 서면 우리는 너무 못나 보인다. 그럼 그 앞에 설 필요가 없다. 나는 글에 인생을 건 사람이니까. 그냥 침묵했으면 괜찮았을 텐데 내가 한마디 더 하는 바람에 이야기가 번졌다.

"요즘엔 싱글로 사는 사람들도 많아요. 애 안 낳고 사는 사람들도 많고."

"그게 나라가 망할 징조야. 인구가 줄면 나라가 망한다잖아. 어떻게 만든 나라인데…."

"그럼 제가 나라를 망친다는 거예요?"

"그건 아니지만 결과적으로 그렇게 된다는 거지. 그리고 요즘 젊은 애들이 전부 욜로족이니 하면서 힘든 거 안 하고, 자기 하고 싶은 거, 편한 거만 찾으니 이렇게 되는 거지. 인생이란 그런 게 아니야."

"제가 무슨 욜로족이에요? 얼마나 치열하게 사는데!"

"시집가서 애 키우거나 직장 다니는 것보다는 편하잖아."

"아빠! 잘못 알고 있어요. 사람은 다 나름대로 고민이 있는 거라고요! 소설 쓰는 게 뭐, 놀면서 거짓말이나 쓰는 건 줄 알아요? 읽는 게 편하다고 쓰는 것도 편한 줄 알아요?"

뫼비우스의 띠   379

"난 네 글이… 읽기 힘들어. 솔직히 무슨 말인 줄 모르겠어. 그러니까 사람들이 책을 안 읽지. 그러니까 안 팔리는 거고. 그게 문제라고!"

옛날에 비해 많이 약해지셨지만, 군인이셨던 아버지는 할 말은 직선적으로 다하셨다. 내가 나올 때, 아버지는 내 뒤통수에 대고 소리치셨다.

"젊을 때는 혼자 살아도 좋지. 늙어 봐. 네 엄마 가고 나서 혼자 사니 얼마나 외로운 줄 알아? 너도 나중에 이렇게 될까 봐 걱정돼서 그러는 거야. 너도 결혼해야 해!"

나는 대답 대신 문을 쾅 닫고 나왔다. 엄마가 그리웠다. 엄마는 내 글을 좋아하셨다. 내 글, 문장 하나하나가 아름답다고 하셨다. 여성적 감수성이 통한 것 같았다. 내 소설이 나올 때마다 몇 번씩이나 보신 분이셨다. "나 닮아서 그렇지"라는 말과 함께 딸을 자랑스러워하셨는데 어디론가 휙 날아가셨다. 허전하고 슬프다. 죽으면 어디로 가는 것일까?

냉장고에서 캔맥주를 꺼냈다. 아버지에게서 물려받은 좋은 점은 술이 세다는 것. 캔 하나를 다 마시고 나서 두 번째 캔을 집을 때 문득, 김정미의 〈봄〉이 듣고 싶어졌다. 얼마 전에 이웃 블로거가 좋다며 소개한 노래였다. 요즘엔 블로그나 유튜브를 통해서 과거를 넘나들 수 있다. 노래를 처음 들었을 때 놀라웠다. 1973년에 발표된 노래인데 그 시절에 어떻게 이런 노래가 나올 수 있지? 요즘 들어도 신선하게 들리는 노래였다. 기타 연주와 가수의 노래가 환각적이고 중독성 있다.

 빨갛게 꽃이 피는 곳
 봄바람 불어서 오면
 노랑나비 훨훨 날아서
 그곳에 나래접누나[*]

 잔잔한 시냇물처럼 흐르는 기타 선율과 몽환적인 노래가 봄바람 같았다. 부드럽고 감미로우면서 나른해지지만 어딘가 슬프다. 여고 졸업반부터 활동한 그녀의 〈봄〉은 선풍적인 인기를 끌었지만, 그 시절 가요정화운동에 걸려 저속하고 퇴폐적인 창법이라는 이유로 금지되었다. 이후 김정미는 미국으로 건너간 후 소식이 끊겼다고 한다. 그런 야만적인 시절이 있었다. 나는 그녀의 다른 노래 〈햇님〉을 틀었다. 이 곡도 몽환적이지만 역시나 슬펐다.

---

[*] 신중현 작사·작곡.

하얀 물결 위에 빨갛게 비추는

햇님의 나라로 우리 가고 있네

(…)

따뜻한 햇님 곁에서 우리는 살고 있구나

(…)

얼마나 좋은 곳이냐 태양 빛 찬란하구나[**]

야만의 시대가 그때뿐이었을까? 수많은 작가가 고사당하는 이 시대는 야만이 아닌가? 억압하는 것은 권력만이 아니다.

봄비가 오고 있다. 내일 알베르토를 만나기로 했는데 비가 많이 오려나? 그러나 봄비는 살짝 뿌리다가 그쳤다. 다행이었다. 나는 계속 노래를 들었다. 〈봄〉에서 시작해 〈햇님〉을 거쳐 〈바람〉으로 왔다. 마음이 평안해진다. 그런데 왜 이렇게 눈물이 나는 걸까?

[**] 신중현 작사·작곡.

〈벚꽃 엔딩〉을
들으며

엘프를 어디서 만날까? 데이트 경험이 거의 없는 나로서는 내가 주도해서 어디를 간다는 것이 익숙지 않았다. 고민 끝에 가끔 갔던 건대역 근처의 차이나타운에 가기로 했다. 다행히 엘프는 이곳이 처음이라며 호기심을 보였다.

"오늘은 제가 쏠게요. 여기가 지도에는 자양동 중국음식골목으로 나와있지만 저는 그냥 건대 차이나타운이라고 불러요."

건대입구역에서 나오니 평일 저녁인데도 사람들이 북적이고 있었다. 완전한 차이나타운 풍경은 아니지만 마라탕과 양꼬치를 파는 식당들이 들어서 있었다.

"오늘은 양꼬치 먹는 건가요?"

"아뇨. 오늘은 도삭면 먹어요."

"도삭면?"

"네. 면이 칼국수처럼 얇거나 고르지 않고 뭉툭뭉툭 잘린 면인데 쫄깃해서 좋아요. 저는 면보다도 얼큰한 국물을 좋아합니다. 고수 맛도 좋아하고요. 고수 먹을 수 있나요?"

"좋아해요. 처음에 동남아 여행 가서 힘들어했는데 익숙해지니까 지금은 없어서 못 먹지요."

약간 흥분한 그녀의 모습을 보니 나도 신바람이 났다. 거리에는 독특한 중국 향신료 냄새와 양꼬치 냄새가 풍겨왔다. 젊은 여인들의 중국어 소리가 흥겹게 들려왔고 중국 꽈배기를 파는 집 앞에 사람들이 줄을 서 있었다.

"와, 이거 중국의 어느 거리에 온 거 같네요."

저녁나절의 어둠과 향신료 냄새가 뒤섞이면서 다른 세계가 펼쳐지고 있었다. 도삭면을 파는 식당 앞에는 이미 스무 명 정도 줄을 서있었다. 몇 년 전만 해도 그렇지 않았는데 방송을 타면서부터 사람들이 몰려오고 있었다.

"와, 저 김 설설 끓는 거 보세요."

"밖에서 딤섬을 만들고 있는 거예요. 맛도 좋지만 저런 모습을 좋아합니다. 여기는 2호점인데 저쪽으로 더 걸어 들어가면 1호점이 있어요."

1호점으로 가니 그곳에도 줄이 길게 늘어져 있었다. 우리는 기다리기로 했다. 기다리는 시간쯤은 문제가 아니었다. 이 따스한 봄날, 중국 향신료 냄새와 설설 끓는 김이 어우러지는 어둠 속에서 한 끼를 먹기 위해 함께 기다리는 사람이 있다는 사실이 행복했다. 30분 정도 기다렸을까? 드디어 우리 차례가 왔고 구석의 빈자리에 앉을 수 있었다.

"메뉴판이 없네요?"

"글쎄요. 전번에 왔을 때는 메뉴판이 있었고, 2호점에는 태블 릿 메뉴판이 있었는데, 여기는…."

종업원에게 물어보니, 한국말이 서툰 종업원은 테이블에 있는 큐아르 코드를 손가락으로 가리켰다. 큐아르 코드를 사진으로 찍었지만 어떻게 해야 하는 건지는 알 수 없었다. 다시 종업원에게 물어보니 "카메라", "링크"라고 외쳤다. 사진을 찍지 않고, 휴대폰 카메라를 큐아르 코드에 비추니 화면에 무언가 나타났다. 그걸 터치하자 메뉴판이 나왔다.

"아, 세상이 정말 빨리 변해요. 이건 뭐, 이젠 큐아르 코드가 등장했네요, 하하."

나는 우선 도삭면 두 그릇과 사오마이, 아스파라거스 딤섬을 시켰다. 그리고 컵 술을 시켰다.

"컵 술이 뭐예요?"

"아, 이게 고량주의 일종인데 컵에 담겨 나와요. 100밀리리터 인데 38도 정도로 독해요. 혼자 오면 먹기가 편해서 종종 마셨어요."

드디어 도삭면이 나왔다. 엘프는 한 입 먹어 보더니 고개를 갸우뚱했다.

"이거 묘한 맛이네요. 한약 맛도 나는 것 같고, 하하. 근데 좋아요. 면도 쫄깃하고."

그녀는 도삭면보다도 컵에 담겨 나온 '고려촌'이라 쓰인 컵 술에 더 관심을 가졌다.

"와, 술이 독하면서도 향기롭네요! 부드럽게 넘어가요. 맛 좋다!"

그녀는 돼지고기와 버섯과 새우가 어우러진 사오마이도 즐겼고, 탱탱한 새우가 오돌오돌 씹히는 아스파라거스 딤섬도 좋아했지만, 컵 술을 가장 즐겼다. 도삭면을 다 먹기도 전에 이미 컵 술을 다 마신 그녀를 따라가느라 나도 허겁지겁 마셨다. 도삭면을 먹다가 중국식 탕수육인 꿔바로우와 마늘 청경채도 주문했다.

"모닝글로리 볶음도 시키려고 했는데 품절이네요. 모닝글로리 볶음 알아요?"

"네, 그거 좋아해요. 공심채 볶음! 아쉽네요."

다닥다닥 붙은 테이블에서 모르는 사람들과 어울려, 또 좋아하는 사람과 술잔을 기울이는 시간이 한없이 행복했다. 그녀는 분위기에 취해 컵 술을 더 마시고 싶어 했지만, 이미 각각 두 잔씩이나 마셨던지라 나는 그녀를 말렸다. 그녀는 입술을 비쭉 내밀더니 표정을 바꿔 웃으며 말했다.

"그럼 우리 석촌호수 가요. 밤에 벚꽃 보러."

저녁 8시 정도, 평일이었지만 벚꽃이 한창 개화한 석촌호수에는 수많은 사람이 걷고 있었다. 주민들, 데이트하는 젊은 남녀, 퇴근하고 온 양복에 정장을 입은 청춘 남녀들이 함께 어울려 호수 길을 걸었다. 밤하늘에는 벚꽃잎이 눈처럼 흩날렸다. 늘 혼자 방구석에 처박혀 책을 읽거나 소설을 쓰며, 웅크린 채 살았던 우리는 가슴을 활짝 펴고 사람들과 함께 걸었다.

엘프가 내 손을 잡았다. 보드라웠다. 처음으로 만져보는 그녀의 손이었다. 감미로운 기운이 온몸을 휩쓸고 지나갔다. 그녀의 어깨가 부딪혔고, 내 발걸음은 조금씩 비틀거렸다. 벚꽃에 취하고, 술에 취하고, 그녀에게 취했다. 달콤한 봄밤, 불빛에 빛나는 벚꽃, 파란 호수와 디즈니랜드 성처럼 우뚝 솟은 롯데월드 그리고 오벨리스크처럼 빛나는 롯데월드타워…. 모든 것이 황홀했다. 이때, 어디선가 버스커 버스커의 〈벚꽃 엔딩〉이 들려왔다.

누군가의 휴대폰에서 흘러나오고 있었다.

그대여 그대여 그대여 그대여
오늘은 우리같이 걸어요 이 거리를

"와, 벚꽃 엔딩이다! 봄이 오면 이 노래를 꼭 들어야 해!"
엘프가 작은 소리로 외치며 내 손을 잡고 흔들었다. 모두 피
리 부는 사내를 뒤따라가는 아이들처럼, 노래가 나오는 휴대폰
을 든 사람 뒤를 따라갔다. 사람들은 흥겹게 발을 맞추며 걸었
고 엘프는 어깨를 들썩이며 손을 흔들었다. 그러다 이 대목이
나오자, 사람들이 따라 불렀다. 엘프도 불렀고 나도 낮게 따라
불렀다.

봄바람 휘날리며
흩날리는 벚꽃잎이
울려 퍼질 이 거리를
둘이 걸어요

다 함께 합창하는 그 순간, 나는 밤하늘을 쳐다보았다. 하얀
벚꽃잎이 찬란하게 흩날리고 있었다. 이건 꿈인가…. 내 인생

에 이런 순간이 있었던가? 살아오며 이렇게 행복하고 감미로웠던 적이 있던가? 걷다가 엘프의 눈을 보았다. 그녀도 나를 바라보며 웃었다. 맑고, 깊고, 지적인 눈빛. 어쩌면 눈빛이 저렇게 매혹적일까? 예뻐서가 아니었다. 사랑이 담긴 눈빛이어서였다. 알 수 없는 세계를 그리는 눈빛이었기 때문이다. 그곳은 어떤 곳일까? 몰라도 좋았다. 그녀와 함께 끝없이 걸을 수만 있다면 무슨 상관인가? 엘프가 소녀처럼 해맑게 웃으며 노래를 따라 불렀다.

사랑하는 그대와 단둘이 손잡고
알 수 없는 이 거리를 둘이 걸어요
봄바람 휘날리며 흩날리는 벚꽃잎이
울려 퍼질 이 거리를 우우 둘이 걸어요[***]

세상이 어떻게 돌아가든, 세계가 어떻게 만들어졌든, 의미가 어떠하든, 허구든, 현실이든, 사람들이 무엇을 하든 그대와 손잡고 함께 걷는 밤의 벚꽃 길은 천국이었다.

[***] 장범준 작사·작곡.

슬픈 봄비는
온종일 내리고

알베르토는 새벽에 깨어났다. 희미한 불빛이 스며들어오고 있었다. 새벽 5시, 알베르토는 냉장고에서 물을 꺼내 마시며 어젯밤 기억을 더듬어 보았다.

'나 혼자다. 엘프도 함께 들어왔던 거 같은데 꿈이었나? 어젯밤, 벚꽃잎 흩날리는 호숫가를 걸었던 건 분명히 현실이다. 그러나 그 후의 기억이 영 오락가락한다. 어제 우리는 컵 술을 두 잔 마셨고, 노래를 따라 부르며 길을 걷다가, 근처의 카페에서 맥주를 마셨다. 그때까지만 해도 괜찮았다. 그러고는 엘프는 집 근처에 와서 자기가 쏘겠다며 나를 꼬치구이 집에 데리고 갔다. 거기서 또 생맥주를 마셨지. 그래, 계속 마셨던 것 같다. 여기서

부터 가물거린단 말이지…'

알베르토는 이마를 짚었다. 숙취 때문에 머리가 꼬여가는 것 같았다. 그녀와의 대화가 토막 나 있었다. 그는 소설가의 삶이 힘들고 막막하며, 돌아가신 어머니가 그립다고 말하던 엘프의 모습을 떠올렸다. 그리고 깊고 그윽하며 슬펐던 눈빛도 생각해 냈다. 늘 중성적이면서 강인한 이미지였던 그녀의 약한 모습이 알베르토의 눈에 어른거렸다.

생맥주를 함께 마셨던 그들은 동네 하이볼 집에 들렀다. 그 후 알베르토가 기억하는 건 끊이지 않던 서로의 웃음소리뿐이 었다. 그곳에서 무슨 일이 있었는지, 어떻게 나온 건지 그리고 자신이 어떻게 집에 돌아온 건지 알베르토는 전혀 기억하지 못 했다. 그때 문득 그녀의 속삭임이 귓가를 스쳐 지나갔다.

'돈키호테, 들어와…. 뭘 해… 들어와.'

알베르토는 팬티 차림의 자신을 보며 숙취로 엉망이 된 머리 를 흔들었다.

'그녀의 달콤한 살냄새와 황홀한 속삭임이 생생하다. 하지만 기억이 꿈처럼 희미하다. 우리는 어디까지 간 걸까?'

다시 잠들었던 알베르토가 일어난 시간은 낮 11시였다. 그는 부랴부랴 무인카페에 가서 아이스 아메리카노를 한 잔 마신 후,

편의점 일을 했다. 그리고 퇴근 무렵인 5시 정도에 그녀에게 메시지를 보냈다.

'그녀는 잘 들어갔을까? 아무리 술이 세다고 해도 과음했을 텐데.'

그러나 답이 없었다. 그녀에게 보낸 알베르토의 메시지 옆에는 '1'이란 숫자가 붙어있었다. 그녀가 아예 메시지를 보지 않았다는 표시였다. 숙취 때문에 속이 울렁거리고 골도 아파 힘들었던 그는 메시지를 읽지 않는 그녀 때문에 더 힘들어졌다. 밤에 다시 보아도 그녀는 여전히 메시지를 읽지 않고 있었다. 다음 날도 마찬가지였다. 알베르토는 초조했다. 숙취는 사라졌지만 그녀가 걱정되었다.

'무슨 일이라도 있는 걸까?'

알베르토는 그녀의 집을 몰랐기에 답답했다. 그렇게 이틀 동안 수차례 메시지를 보냈지만 그녀는 여전히 메시지를 읽지 않고 있었다. 알베르토는 미칠 것만 같았다.

'집에는 잘 들어갔나? 사고가 났나? 도대체 무슨 일이 일어난 거지? 내가 실수한 건가? 어쩌면 내게 실망한 걸까?'

얼마나 알베르토의 얼굴에 수심이 가득 끼었는지 편의점 주인이 걱정할 정도였다.

"무슨 일이 있어요? 안색이 너무 안 좋네."

"아뇨, 술 때문에…."

알베르토는 말끝을 흐린 채 편의점 주인의 시선을 피했다. 그에게서 삶의 의욕이 썰물처럼 순식간에 싹 빠져나갔다. 늦은 밤에도 알베르토는 다시 메시지를 보냈다.

무슨 일이 있나요? 무슨 일이 있었나요? 그날, 제가 무슨 실수를 했나요? 그랬다면 정말 미안합니다. 술에 취해서 아무것도 생각나지 않아요.

그러나 그녀는 여전히 메시지를 보지 않았다.

다음 날, 온종일 봄비가 왔다. 아침부터 밤까지 비는 그치지 않았다. 알베르토는 자기 방에서, 무인카페 안에서, 편의점에서 내리는 비를 보며, 100만 년 동안 비나 왔으면 좋겠다고 생각했다. 모든 것이 일장춘몽, 절정의 순간에서 절벽으로 추락한 기분이 들었다.

'대체 이게 뭐야. 도대체 무슨 일이 있었기에 내 메시지조차 안 보는 걸까? 추적추적 내리는 비에 벚꽃도 다 지겠구나. 내 짧은 사랑처럼. 그래, 내 팔자에 무슨 사랑이냐.'

알베르토의 눈가에 이슬이 맺혔다. 밤이 왔지만 비는 여전히 내리고 있었다. 컴컴한 어둠 속에서 홀로 빛나는 무인카페가 을

씨년스러워 보였다. 알베르토는 이제 휴대폰을 들여다볼 힘도 없었다. 그러나 밤 11시쯤, 궁금함을 참지 못하고 자기 전에 마지막이란 심정으로 다시 한번 휴대폰을 보았다. 그때 그동안 그가 보냈던 수많은 메시지 옆에 있던 1이 순식간에 사라졌다. 그녀가 드디어 메시지를 보기 시작한 것이다. 답을 기다리는 몇 초 동안 알베르토는 숨 막힐 것 같은 긴장감 속에서 휴대폰을 뚫어지게 쳐다보았다. 잠시 후 메시지가 왔다.

알베르토 씨의 잘못은 없어요. 지금 무인카페로 올 수 있어요?

알베르토는 울컥하는 가슴을 지그시 누르며 눈물을 참았다.

뫼비우스의 띠 속의
사랑

알베르토가 무인카페에 도착하니 평소와
다르게 클래식 음악이 흘러나오고 있었다. 구석에 있는 모니터
에서는 교향악단 지휘자가 심각한 표정으로 지휘하고 있었다.
모차르트의 오페라 〈피가로의 결혼〉 서곡이었다. 그는 대학원
시절, 클래식에 한동안 빠졌던 적이 있었다. 그 시절, 천상에서
흘러나오는 듯한 모차르트의 음악은 지쳤던 그를 늘 위로해 주
었다. 알베르토는 밝은 불빛 아래서 평화로운 음악을 들었지만
가슴은 천근만근 무거웠다. 서곡이 끝나자 아리아가 나오기 시
작했다. 〈더 이상 날지 못하리〉였다. 알베르토는 그 곡을 좋아했
지만 가사 내용은 밝지 않았다.

더 이상 날지 못하리. 사랑에 들뜬 귀여운 나비야. 밤낮으로 이리저리 날아다니며 미녀들의 휴식을 방해하는 나르시스야, 사랑의 아도니스야. 더 이상 소유하지 못하리. 아름다운 깃털과, 가볍고 예쁜 모자와 머리털을, 여인의 붉은 피부를….

모니터에는 가사가 자막으로 나오고 있었다. 백작 부인의 심부름꾼이며 바람둥이인 소년 케루비노가 군대에 간다는 사실을 알게 되자, 피가로가 조롱하듯이 부르는 노래였다. 알베르토는 한숨을 내쉬며 중얼거렸다.

"더 이상 날지 못하리. 미녀의 휴식을 방해했으니…."

그때 엘프가 나타났다. 얼굴이 핼쑥했다. 알베르토는 긴장한 채, 물끄러미 그녀를 바라보다 입을 열었다.

"무슨 일이 있었어요? 아팠어요?"

평소와 달리 그녀의 눈초리에 생기가 없었다.

"아버지가 돌아가셨어요…."

"네?"

알베르토는 말을 잃은 채 그녀를 쳐다보았다.

"우리가 석촌호수에서 벚꽃을 보던 그 무렵에 심장마비로…."

깊은 침묵이 흘렀다. 한참 후에야 알베르토가 입을 열었다.

"미안합니다. 저 때문에…."

"알베르토 씨 잘못은 아니지요. 우리가 거기 안 갔어도 알 수 없었을 거예요. 함께 살았다면 옆에서 심폐소생술이라도 하고 구급차라도 불렀을 텐데…."

그녀는 말을 잇지 못한 채 고개를 수그렸다. 납덩이 같은 적막 속에서 노래가 바뀌었다. 〈사랑의 괴로움을 그대는 아는가〉였다. 알베르토가 매우 사랑하던 아리아였다. 아득히 먼 천상의 세계에서 노래가 들려오고 있었다. 알베르토는 카페라테를 뽑아 테이블 위에 놓았다. 어둠 속에서 봄비는 추적추적 하염없이 왔다. 두 사람은 말없이 창밖을 바라보았다.

엘프는 여전히 그 모든 게 믿어지지 않았다. 아버지와 마지막으로 헤어진 장면도, 다음 날 아버지가 연락이 안 된다며 다급하게 외치던 전화 속 언니의 음성도, 술이 덜 깬 채 달려가던 그 숨 막히던 시간도, 거실에 쓰러져 있던 아버지의 모습도, 아버지가 차가운 땅에 묻히는 마지막 장면도 모두 현실 같지 않았다.

알베르토 역시 며칠 전 호숫가의 벚꽃도, 그녀의 아버지가 돌아가셨다는 사실도, 핼쑥한 그녀의 모습도, 무인카페 안의 밝은 불빛과 아름다운 노래가 들려오는 현재도 모두 꿈처럼 여겨졌다. 흘러나오는 오페라의 아리아가 아름다워서 더욱더 이 현실이 환상처럼 여겨졌다.

"호숫가에 가기 전날, 아버지와 말다툼을 했어요. 문을 쾅 닫고 뒤도 안 돌아보고 나왔는데… 그게 마지막이었어요. 아버지 와 그렇게 헤어진 거죠. 아버지는 더 이상 볼 수 없는 세계로 갔어요…."

한참 만에 입을 연 엘프는 고개를 숙인 채, 어깨를 심하게 흔들며 흐느끼기 시작했다. 알베르토는 할 말을 못 찾은 채 고개만 숙였다. 이때 두 여성의 이중창이 울려 퍼졌다. 그녀들의 고혹적인 이중창과 엘프의 흐느낌 그리고 알베르토의 눈물이 함께 어우러졌다. 한동안 격렬한 울음이 지나간 뒤, 엘프가 입을 열었다.

"노래가 참 아름답네요…."

"아름답지요? 이 곡 들으면 눈물이 나요. 〈편지의 이중창〉이 란 노래인데 가사보다도 곡이 정말 아름다워요…. 저는 이걸 들으면 영화 〈쇼생크 탈출〉의 한 장면이 떠올라요. 교도소에 수감된 주인공이 방송실 문을 잠근 채, 이 노래를 교도소 전체에 틀어요. 모든 죄수가 멈춘 채 아리아 소리에 취하는데… 감동적이에요. 가장 비참한 장소에서 울려 퍼지는 가장 아름다운 곡입니다. 〈저녁 산들바람은 부드럽게〉라고도 불려요."

"정말 평화로운 저녁 산들바람 같네요…. 아버지는 하늘나라 에 가셨겠지요?"

알베르토는 대답 대신 엘프의 어깨에 가만히 손을 얹었다.

"이 세상에 홀로 남은 기분이에요. 엄마가 돌아가실 때도 그랬지만, 아버지마저 돌아가시고 나니… 나는 이제 고아가 되었어요."

오돌오돌 떨고 있는 연약한 소녀가 거기 있었다. 한참 후, 그녀가 다시 입을 열었다.

"장례를 오늘 오전에 치렀어요. 그동안 정신이 없어서 메시지에 답을 못 했어요. 미안해요."

"아니에요, 경황이 없었을 텐데…. 전 그날 밤, 엘프 씨에게 무슨 사고가 난 건 아닐까 혹은 제가 무슨 실수를 한 게 아닐까 해서 괴로웠습니다. 전 필름이 끊겨서 하나도 기억나지 않아요. 제가 무슨 실수하지 않았나요?"

더듬거리며 힘들게 말하는 알베르토를 보던 그녀는 피식 웃었다.

"실수라니요? 우리 함께 잤어요."

"네?"

그의 놀라는 모습을 본 그녀는 웃음을 터트렸다.

"뭘 그렇게 놀라요? 우리가 못 할 짓이라도 했나요?"

태연한 그녀의 태도와 가벼운 웃음에 알베르토의 가슴이 진정되었다. 다시 침묵이 이어졌다. 그때 음악이 바뀌었다. 베토벤의 교향곡, 〈운명〉이었다. 장중한 주제곡이 공기를 갈랐다. 무인카페 안에 갑자기 뜨거운 기운이 감돌기 시작했다. 곡이 진행될수록 알베르토의 눈빛이 빛나고 얼굴이 붉어지기 시작했다. 가슴을 쿵쿵 울리는 힘찬 곡이 소용돌이치다가 호른이 팡파르처럼 울려 퍼지며 곡이 부드럽게 변하는 순간 알베르토가 외쳤다.

"엘프 씨, 제 행위에 대해 책임을 지겠습니다!"

알베르토의 눈빛과 목소리는 진지했으나 내용이 뜬금없었다. 엘프는 당황한 표정으로 알베르토를 쳐다보다 어색한 표정으로 웃었다.

"하하… 아니, 무슨 책임을요? 알베르토 씨, 돈키호테가 되라고 했더니 여전히 알베르토네. 아니, 돈키호테 같기도 하고…. 너무 심각하면 내가 불편해져요."

알베르토는 자신의 진지한 말을 웃음으로 대하는 엘프에게 당황했지만, 그녀의 표정이 한결 밝아지는 모습을 보며 더욱 힘을 냈다. 고지식한 알베르토는 한 걸음 더 나아갔다.

"엘프 씨는 제 요정입니다. 방황하지 마세요. 제가 항상 옆에 있겠습니다. 언제, 어디서든, 죽음이 우리를 갈라놓을 때까지 옆에 있겠습니다. 약속합니다!"

〈운명〉은 여전히 우렁차게 무인카페를 휘젓고 있었다. 알베르토는 지축이 흔들리는 소리와 천상에서 들려오는 나팔 소리를 들었다. 자판기가 진동하고 불빛이 흔들렸다. 알베르토의 호흡이 가빠져 왔다. 그녀에게 알베르토의 이런 모습은 처음이었다. 정면으로 그녀를 쳐다보는 알베르토의 눈빛은 단호했다. 깊이를 알 수 없는 투명한 호수처럼 그의 눈이 빛났다. 당황한 엘프의 눈빛은 차차 사랑이 가득히 담긴 눈빛으로 변해갔다. 그녀의 눈에 고인 눈물이 점점 뺨으로 흘러내렸다.

"고마워요. 당신은 참, 좋은 사람이에요. 이제 알베르토가 돈키호테가 되어가네요. 저, 엘프 역시 돈키호테와 함께 길을 갈 것을 맹세합니다…. 우리, 열심히 함께 글 써요. 그리고 언젠가 함께 산티아고 순렛길도 같이 걸어요, 돈키호테 씨."

돈키호테는 손수건을 꺼내 엘프의 뺨에 흘러내린 눈물을 닦아주고 그녀의 손을 꼭 잡았다. 한참 후, 돈키호테가 입을 열었다.

"그런데 좀 궁금한 게 있어요…. 제가 술에 취해서 기억이 오락가락하는데… 혹시 환청이었나 해서요. 그날 밤에 계속 '돈키호테, 들어와…' 그런 소리가 들렸던 거 같아서요."

갑작스러운 그의 질문에 미묘한 표정을 짓던 엘프는 가벼운 웃음을 터트렸다.

"내가 이래서 알베르토 씨를 좋아해요. 앞으로 때로는 알베르토, 때로는 돈키호테가 되어주세요. 고마워요, 당신을 사랑하지 않을 수 없어요."

엘프는 돈키호테의 머리를 부여잡고 자기 가슴에 꼭 껴안았다. 돈키호테는 숨이 막혀 헉헉거리면서도 이대로 죽어도 좋다는 생각이 들었다. 알베르토는 문득, 돌아가신 그녀의 아버지가 옆에서 보고 있는 것 같아 걱정도 들었지만 두렵지 않았다. 그는 이제 세상으로부터 도망가지 않고 돈키호테처럼 그녀를 보호하겠다고 각오했다. 그들이 하나가 되면서, 그들 곁에 있던 모든 분리된 존재들 그리고 삶과 죽음이 뫼비우스의 띠처럼 이어지기 시작했다.

사랑이야말로 이 세상과 저세상, 안과 밖, 너와 내가 하나가 되는 세계를 만든다고 그들은 믿었을까? 〈운명〉의 2악장이 흘러나오기 시작했다. 부드러우면서도 힘차게 전진하는 강물 같은 선율이 무인카페를 가득 채웠다. 그들의 가슴속에 희열이 차올랐다. 엘프는 돈키호테이며 동시에 알베르토인 남자의 입술에 자기 입술을 댔다. 두 입술이 하나가 되며 두 개의 다른 세계가 녹고 새로운 세계가 탄생하고 있었다. 자신들의 경계가 희미해지며 무한한 세계에서 흘러든 사랑만이 홀로 남았다.

에필로그

      무인카페는 이 세상과도 같았다. 이곳에는 영원한 주인이 될만한 존재가 없었다. 70대 여성은 은밀하게 무인카페를 관리했지만, 그녀가 이 시공간의 주인은 아니었다. 그녀가 주인이라면 이곳을 스쳐 지나간 모든 이들도 주인이며, 이 공간에 늘 있던 커피 자판기, 테이블, 곰돌이 인형 역시 주인이라고 할 수 있다.

    계속 새로운 사람들이 이곳에 드나들었고 노트에 글을 남겼다. 자음과 모음이 모여서 하나의 글자가 되고, 글자가 모여서 단어가 되며, 단어들이 모여 문장이 된 후, 그 문장들이 모여서 이야기가 되었다. 그렇듯 남자와 여자는 만나서 사랑을 하고,

새로운 세계를 만들고, 세상 속으로 나가 이런저런 사건을 겪었다. 그들의 이야기는 세상을 떠들썩하게 할만한 건 아니었지만, 그것들이 모여서 세상을 이루어 갔다.

그런 사연들이 쌓여가는 무인카페는 작은 세계였다. 어떻게 사는가 혹은 무엇 때문에 사는가에 대한 정답은 없었지만, 살고자 하는 생명의 투덜거림과 외침 그리고 속삭임이 가득 찬 곳이었다. 그 속에서 사랑과 삶의 의욕이 솟구쳐 나왔고 삶이 잘 풀릴 것이란 믿음이 그들을 인도해 나갔다. 믿음과 사실 사이에는 건널 수 없는 깊은 강물이 흐르고 있었지만, 믿음은 믿음 그 자체로 비상하는 그들의 날개가 되었다.

무인카페

타인은 지옥, 타인은 천국

초판 1쇄 인쇄 2024년 7월 29일
초판 1쇄 발행 2024년 8월 16일

지은이 | 지상(知相)
발행인 | 강봉자, 김은경

펴낸곳 | (주)문학수첩
주소 | 경기도 파주시 회동길 503-1(문발동 633-4) 출판문화단지
전화 | 031-955-9088(마케팅부) 031-955-9530(편집부)
팩스 | 031-955-9066
등록 | 1991년 11월 27일 제16-482호

홈페이지 | www.moonhak.co.kr
블로그 | blog.naver.com/moonhak91
이메일 | moonhak@moonhak.co.kr

ISBN 979-11-93790-33-5 03810